suhrkamp taschenbuch 2288

Zwischen Prag in den 70er Jahren und Frankreich spielt Kunderas hinreißend erotische Liebesgeschichte, in deren Mittelpunkt die junge Emigrantin Tamina steht.

»Kennen Sie das Wort Lítost?« fragt der Erzähler. Dieses tschechische Wort ist unübersetzbar; es bezeichnet ein Gefühl aus Trauer, Mitleid, schlechtem Gewissen, Wehmut und Sehnsucht nach Liebe. *Lítost* – das ist das Klima dieses Romans in Variationen. Alle Figuren versuchen, sich dem Vergessen (in der Liebe, in der Geschichte) zu widersetzen, und Kundera erzählt davon mit dem Lachen und der feinen Ironie, die wir schon aus seinen anderen Romanen so sehr kennen und lieben.

Milan Kundera, 1929 in Brno (in der heutigen Tschechischen Republik) geboren, emigrierte 1975 nach Frankreich und lebt seither in Paris.

In deutscher Übersetzung sind von ihm außerdem erschienen: *Der Scherz*, 1968 (st 1689), *Das Leben ist anderswo*, 1974 (st 1950), *Abschiedswalzer*, 1977 (st 1815), *Das Buch vom Lachen und Vergessen*, 1980, *Die unerträgliche Leichtigkeit des Seins*, 1984, *Das Buch der lächerlichen Liebe*, 1986, der Essay *Die Kunst des Romans*, 1987, *Die Unsterblichkeit*, 1992.

Milan Kundera
Das Buch vom Lachen und Vergessen

Roman

Aus dem Tschechischen
von Susanna Roth

Suhrkamp

Die tschechische Ausgabe erschien 1981 unter dem
Titel *Kniha smíchu a zapomnění* bei Sixty-Eight
Publishers in Toronto.
Erstausgabe bei Editions Gallimard, Paris 1979
Umschlagabbildung: Pablo Picasso, Zwei Figuren, 1934.

suhrkamp taschenbuch 2288
Erste Auflage 1994

Lizenzausgabe mit freundlicher Genehmigung des
Carl Hanser Verlags, München Wien
Suhrkamp Taschenbuch Verlag

Druck: Ebner Ulm
Printed in Germany
Umschlag nach Entwürfen von
Willy Fleckhaus und Rolf Staudt

3 4 5 6 – 99 98 97 96 95 94

Inhalt

ERSTER TEIL

Die verlorenen Briefe

1.

Im Februar 1948 trat der kommunistische Führer Klement Gottwald auf den Balkon eines Prager Barockpalais, um zu den Hunderttausenden von Bürgern zu sprechen, die den Altstädter Ring füllten. Es war ein historischer Augenblick in der Geschichte Böhmens. Einer jener schicksalhaften Augenblicke, wie sie nur ein- bis zweimal in einem Jahrtausend auftreten.

Gottwald war von seinen Genossen umgeben, und direkt neben ihm stand Clementis. Es schneite, es war kalt, und Gottwalds Kopf war unbedeckt. Der fürsorgliche Clementis nahm seine Pelzmütze ab und setzte sie auf Gottwalds Kopf.

Die Propagandaabteilung veröffentlichte das Foto, auf dem Gottwald mit der Lammfellmütze auf dem Kopf und den Genossen an seiner Seite vom Balkon zum Volk spricht, in Hunderttausenden Exemplaren. Auf dem Balkon hat die Geschichte des kommunistischen Böhmen begonnen. Jedes Kind kannte dieses Foto: von Plakaten, aus Schulbüchern und Museen.

Vier Jahre später wurde Clementis des Verrats angeklagt und gehenkt. Die Propagandaabteilung radierte ihn unverzüglich aus dieser Geschichte, und natürlich auch von allen Fotografien. Seither steht Gottwald allein auf dem Balkon. Dort, wo einmal Clementis war, sieht man nur noch die leere Mauer des Palais. Von Clementis ist nur die Mütze auf Gottwalds Kopf geblieben.

2.

Wir sind im Jahre 1971, und Mirek sagt: Der Kampf des Menschen gegen die Macht ist der Kampf des Gedächtnisses gegen das Vergessen.

Damit will er rechtfertigen, was seine Freunde Unvorsichtigkeit nennen: er führt sorgfältig Tagebuch, bewahrt seine Korrespondenz auf, macht sich Notizen über alle Zusammenkünfte, bei denen die Lage erörtert und wo überdacht wird, was weiter zu tun sei. Er erklärt ihnen: Ich verstoße durch nichts gegen die Verfassung. Sich zu verstecken und Schuldgefühle zu haben, das wäre der Anfang der Niederlage.

Vor einer Woche, als er mit einem Bautrupp auf dem Dach eines Neubaus gearbeitet hatte, hatte er in die Tiefe geschaut und einen Schwindelanfall bekommen. Er war ins Wanken geraten und hatte sich an einem schlecht gesicherten Balken festhalten wollen, der Balken löste sich, und Mirek mußte dann von dessen Last befreit werden. Im ersten Augenblick sah die Verletzung fürchterlich aus, als später aber festgestellt wurde, daß es sich nur um einen banalen Armbruch handelte, sagte er sich zufrieden, er werde nun ein paar Wochen frei haben und endlich Dinge erledigen können, für die ihm bisher die Zeit gefehlt hatte.

Er hat seinen vorsichtigen Kollegen schließlich recht gegeben. Die Verfassung garantiert zwar die Freiheit des Wortes, aber die Gesetze bestrafen alles, was als Unterminierung des Staatswesens ausgelegt werden kann, und man weiß nie, wann der Staat zu schreien anfängt, er werde durch dieses oder jenes Wort unterminiert. Mirek beschloß deshalb, die kompromittierenden Schriftstücke an einen sicheren Ort zu bringen.

Vorher wollte er aber noch die Angelegenheit mit Zdena bereinigen. Er rief sie in ihrer Stadt an, konnte sie jedoch nicht erreichen. So verlor er vier Tage. Erst gestern gelang es ihm, sie zu sprechen. Sie versprach, heute nachmittag auf ihn zu warten.

Sein siebzehnjähriger Sohn protestierte, er könne doch nicht mit einem Arm im Gips Auto fahren. Das Lenken fiel Mirek tatsächlich nicht leicht. Hilflos und unbrauchbar hing der verletzte Arm in der Schlaufe vor seiner Brust. Wenn er schaltete, mußte er das Lenkrad jedesmal für einen Moment loslassen.

3.

Er war vor fünfundzwanzig Jahren mit Zdena zusammen gewesen, und aus jener Zeit waren ihm nur wenige Erinnerungen geblieben.

Einmal hatte sie sich mit einem Taschentuch die Augen getrocknet und sich dann geschneuzt. Er hatte sie gefragt, was passiert sei. Sie erklärte ihm, daß tags zuvor irgendein russischer Staatsmann gestorben sei. Irgendein Schdanow, Arbusow oder Masturbow. Gemessen an der Menge der Tränen hatte Masturbows Tod sie stärker erschüttert als der Tod ihres eigenen Vaters.

War es überhaupt möglich, daß es sich so zugetragen hatte? War dieses Weinen um Masturbow nicht von seinem heutigen Haß erfunden worden? Nein, es war wohl so gewesen. Richtig war allerdings auch, daß die unmittelbaren Umstände, die aus ihrem Weinen ein glaubhaftes, wahrhaftes Weinen gemacht hatten, ihm nun nicht mehr gegenwärtig waren und die Erinnerung unglaubwürdig war wie eine Karikatur.

Alle Erinnerungen, die er an sie hatte, waren ähnlich. Sie kamen mit der Straßenbahn von der Wohnung zurück, in der sie sich zum ersten Mal geliebt hatten. (Mit besonderer Genugtuung sagte sich Mirek, daß er die Liebesakte völlig vergessen hatte und sich keine Sekunde mehr vergegenwärtigen konnte.) Sie hatte in einer Ecke auf der Bank gesessen, die Straßenbahn ratterte, und ihr Gesicht war finster, in sich gekehrt und erstaunlich alt. Als er sie fragte, weshalb sie so wortkarg sei, erfuhr er, daß sie mit der Liebe nicht zufrieden war. Sie sagte, er habe mit ihr geschlafen wie ein Intellektueller.

›Intellektueller‹ war im damaligen Politjargon ein Schimpfwort. Es bezeichnete einen Menschen, der nichts vom Leben verstand und sich dem Volk entfremdet hatte. Alle Kommunisten, die zu jener Zeit von anderen Kommunisten aufgehängt wurden, wurden mit diesem Schimpfwort bedacht. Im Unterschied zu denen, die fest auf dem Boden standen, hoben sie angeblich vom Boden ab. Deshalb war es in gewisser Weise gerecht, daß ihnen zur Strafe der Boden unter den Füßen endgültig entzogen wurde und sie ein Stück abgehoben davon hängen blieben.

Was aber hatte Zdena gemeint, als sie ihn beschuldigte, mit ihr wie ein Intellektueller geschlafen zu haben?

Wie auch immer, sie war unzufrieden mit ihm, und so, wie sie es verstand, eine abstrakte Beziehung (die Beziehung zum unbekannten Masturbow) mit einem sehr konkreten (in einer Träne materialisierten) Gefühl zu füllen, verstand sie es, einem sehr konkreten Akt eine abstrakte Bedeutung zu verleihen und ihre Unzufriedenheit auf einen politischen Nenner zu bringen.

4.

Er schaute in den Rückspiegel und stellte fest, daß hinter ihm immer derselbe Personenwagen fuhr. Er hatte nie daran gezweifelt, daß er überwacht wurde, bisher war es jedoch mit meisterhafter Diskretion geschehen. Mit dem heutigen Tag war eine grundlegende Veränderung eingetreten: sie wollten, daß er von ihnen wußte.

Ungefähr zwanzig Kilometer außerhalb von Prag war mitten in den Feldern ein großes eingezäuntes Areal, eine Autoreparaturwerkstatt. Er hatte dort einen guten Bekannten und wollte, daß dieser ihm den defekten Anlasser reparierte. Er brachte seinen Wagen vor der mit einer rotweiß gestreiften Schranke abgesperrten Einfahrt zum Stehen. Neben dieser Schranke stand eine dicke Alte. Mirek wartete darauf, daß sie die Schranke öffnen würde, sie sah ihn jedoch nur lange an und rührte sich nicht. Er hupte, vergeblich. Schaute aus dem Fenster. Die Alte sagte: »Hat man Sie noch nicht eingesperrt?«

»Nein, man hat mich noch nicht eingesperrt«, antwortete Mirek. »Aber könnten Sie bitte diese Schranke öffnen?«

Sie sah ihn noch einige Augenblicke gleichgültig an, gähnte und ging in ihre Pförtnerloge zurück, machte es sich hinter dem Tisch bequem und würdigte Mirek keines Blicks mehr.

Also stieg er aus, ging um die Schranke herum und suchte seinen Bekannten in der Werkstatt. Dieser ging mit ihm zurück und öffnete die Schranke eigenhändig (die Alte saß weiter gleichgültig in ihrer Loge), damit Mirek mit seinem Auto in den Hof fahren konnte.

»Siehst du, das hast du davon, daß du so oft im Fernsehen zu sehen warst«, sagte der Automechaniker. »Jede Tante kennt dich jetzt vom Sehen.«

»Und wer ist diese Tante?« fragte Mirek.

Er erfuhr, daß die russische Armee, die sein Land besetzt und auf alles Einfluß genommen hatte, diese Frau zu einem außergewöhnlichen Leben erweckt hatte. Sie sah, wie Leute, die höhergestellt waren als sie (und die ganze Welt war höhergestellt als sie), dank der kleinsten Beschuldigungen Macht, Position, Beruf und sogar den Lebensunterhalt verloren, und das erregte sie: sie begann zu denunzieren.

»Und wie kommt es, daß sie immer noch Pförtnerin ist? Hat man sie denn nie befördert?«

Der Automechaniker lächelte: »Sie kann nicht bis fünf zählen. Man kann sie nicht befördern. Man kann ihr nur immer wieder das Recht zur Denunziation bestätigen. Das ist die ganze Belohnung.« Dann öffnete er die Motorhaube und konzentrierte sich auf den Motor.

Mirek wurde sich plötzlich bewußt, daß zwei Schritte von ihm entfernt ein Mann stand. Er sah sich um: der Mann trug ein graues Sakko, ein weißes Hemd mit Krawatte und eine braune Hose. Über dem dicken Hals und dem aufgedunsenen Gesicht prangte graues dauergewelltes Haar. Er stand da und sah dem Mechaniker zu, der immer noch unter der aufgestellten Motorhaube hantierte.

Der Mechaniker bemerkte ihn nach einer Weile, richtete sich auf und sagte: »Suchen Sie jemanden?«

Der Mann mit dem dicken Hals und dem dauergewellten Haar antwortete: »Nein. Ich suche niemanden.«

Der Mechaniker beugte sich erneut über den Motor und sagte: »In Prag auf dem Wenzelsplatz steht ein Mann und kotzt. Ein anderer kommt vorbei, schaut ihn an und nickt traurig: – Wenn Sie wüßten, wie gut ich Sie verstehe...«

5.

Die Ermordung Allendes überschattete bald die Erinnerung an die russische Invasion Böhmens, das blutige Massaker in Bangladesh ließ Allende vergessen, der Krieg in der Wüste Sinai übertönte das Weinen von Bangladesh, das Massaker in Kambodscha ließ den Sinai vergessen, und so weiter und so fort, bis alles von allen völlig vergessen sein wird.

In den Zeiten, als die Geschichte noch langsam ihren Lauf nahm, konnte man sich die wenigen Ereignisse merken; sie bildeten den allgemein bekannten *Hintergrund*, vor dem sich das spannende Theater der privaten menschlichen Abenteuer abspielte. Heute stürmt die Zeit mit Riesenschritten voran. Ein historisches Ereignis, das über Nacht vergessen sein wird, strahlt schon am nächsten Tag im Licht der Neuheit, so daß es in der Überlieferung des Erzählers nicht den Hintergrund, sondern ein überraschendes *Abenteuer* darstellt, das sich vor dem Hintergrund der allgemein bekannten Banalität des Privaten abspielt.

Geschichtliche Ereignisse lassen sich nicht als allgemein bekannt voraussetzen, und deshalb muß ich von Ereignissen, die ein paar Jahre zurückliegen, so erzählen, als wären sie tausend Jahre alt: Im Jahre 1939 marschierte die deutsche Armee in Böhmen ein, und der Staat der Tschechen hörte auf zu existieren. Im Jahre 1945 marschierte die russische Armee in Böhmen ein und das Land nannte sich wieder unabhängige Republik. Die Menschen waren begeistert von Rußland, das die Deutschen aus dem Land gejagt hatte, und da sie in der tschechischen kommunistischen Partei den treuen Arm Rußlands sahen, übertrugen sie ihre Sympathie auf diese Partei. So geschah es, daß sich die Kommunisten im Februar 1948 der Regierung nicht mit Blut und Gewalt, sondern unter dem Jubel von ungefähr der Hälfte der Nation bemächtigten. Und jetzt passen Sie auf: die Hälfte, die jubelte, war die aktivere, intelligentere und bessere.

Ja, Sie mögen einwenden, was Sie wollen, die Kommunisten waren intelligenter. Sie hatten ein großzügiges Programm. Den Plan einer völlig neuen Welt, in der jeder einzelne seinen Platz finden sollte. Ihre Gegner hatten keinen großen Traum, sondern lediglich einige veraltete und fade moralische Grundsätze, aus denen sie Flickstücke für die zerschlissenen Hosen der bestehenden Verhältnisse schneidern wollten. Kein Wunder also, daß die Begeisterten und Großzügigen einen leichten Sieg über die Kompromißbereiten und Vorsichtigen davontrugen und anfingen, ihren Traum rasch zu verwirklichen, die Idylle der Gerechtigkeit für alle.

Ich betone es nochmals: *Idylle* und *für alle*, denn alle Menschen sehnen sich seit Urzeiten nach der Idylle, nach diesem Garten, in dem die Nachtigallen singen, nach diesem Areal der Harmonie, in dem sich die Welt nicht fremd gegen den Menschen, nicht ein Mensch gegen den andern richtet, sondern wo alle Menschen aus einem einzigen Stoff geschaffen sind und das Feuer, das am Himmel glüht, das gleiche ist, das in den Seelen der Menschen brennt. Alle sind dort eine Note in einer wunderbaren Bachschen Fuge, und wer dies nicht sein will, bleibt ein schwarzes Pünktchen, überflüssig und bar jeder Bedeutung, das man nur zu packen braucht, um es zwischen den Fingern zu zerquetschen wie einen Fisch.

Gleich am Anfang gestanden sich einige Leute ein, daß sie nicht das Naturell für eine Idylle hatten und das Land verlassen wollten. Da das Wesen der Idylle aber darin besteht, daß sie eine Welt für alle ist, negierten jene, die emigrieren wollten, die Idylle, und sie wanderten statt ins Ausland hinter Gitter. Bald pilgerten ihnen weitere Tausende und Zehntausende nach, schließlich auch viele Kommunisten wie zum Beispiel der Außenminister Clementis, der Gottwald seine Mütze geliehen hatte. Auf den Leinwänden der Kinos hielten sich schüchterne Liebespaare die Hände, eheliche Untreue wurde von Ehrengerichten der Bürgerkomitees hart bestraft, die Nachtigallen sangen und Clementis' Körper baumelte wie eine Glocke, die einen neuen Morgen der Menschheit einläutete.

Und da bemächtigte sich dieser jungen, intelligenten und radikalen Menschen plötzlich das merkwürdige Gefühl, daß sie eine Tat in die Welt gesetzt hatten und diese Tat ihr Eigenleben zu leben begann, daß sie aufhörte, ihren Vorstellungen ähnlich zu sein und jene nicht mehr beachtete, die sie geschaffen hatten. Diese jungen und intelligenten Menschen fingen also an, ihre Tat anzuschreien, zu rufen, zu ermahnen, zu jagen und zu verfolgen. Wenn ich einen Roman über die Generation dieser begabten und radikalen Menschen schriebe, würde ich ihn *Die Verfolgung der verlorenen Tat* nennen.

6.

Der Mechaniker klappte die Motorhaube zu, und Mirek fragte, wieviel er schuldig sei.

»Einen Scheißdreck«, sagte der Mechaniker.

Mirek setzte sich ans Steuer und war gerührt. Er hatte keine Lust, die Fahrt fortzusetzen. Er wäre lieber beim Mechaniker geblieben und hätte mit ihm Anekdoten erzählt.

Der Mechaniker neigte sich zu ihm ins Auto und klopfte ihm auf die Schulter. Dann ging er zur Pförtnerloge, um die Schranke zu öffnen.

Als Mirek an ihm vorbeifuhr, deutete der Mechaniker mit einer Kopfbewegung auf das Auto, das vor dem Eingang zur Werkstatt geparkt war.

Neben der geöffneten Tür stand der Mann mit dem dicken Hals und dem dauergewellten Haar. Er schaute Mirek an. Der Kerl, der hinterm Lenkrad saß, beobachtete ihn ebenfalls. Beide sahen ihn unverfroren und ohne Scheu an, und als Mirek an ihnen vorbeifuhr, bemühte er sich, sie ebenso anzuschauen.

Er überholte sie und sah im Rückspiegel, wie der Mann einstieg und den Wagen wendete, um ihm zu folgen.

Ihm kam der Gedanke, daß er die kompromittierenden Schriftstücke vielleicht doch schon früher hätte fortschaffen sollen. Hätte er es gleich am ersten Tag seines Krankenurlaubs getan und nicht gewartet, bis er Zdena getroffen hatte, hätte er es möglicherweise noch gefahrlos geschafft. Doch er hatte an nichts anderes als an seine Reise zu Zdena denken können. Eigentlich dachte er schon seit einigen Jahren daran. In den letzten Wochen war ihm jedoch klargeworden, daß er es nicht mehr länger hinausschieben durfte, da sein Schicksal sich erfüllte und er alles tun mußte für dessen Vollkommenheit und Schönheit.

7.

Nachdem er sich in dieser längst vergangenen Zeit von Zdena getrennt hatte (sie waren fast drei Jahre miteinander gegangen), hatte er das berauschende Gefühl grenzenloser Freiheit, und plötzlich gelang ihm alles. Er heiratete bald darauf eine Frau, deren Schönheit ihm Selbstbewußtsein gab. Dann starb die Schönheit, und er blieb allein zurück mit seinem Sohn und lebte sein Verlassensein so kokett, daß ihm dies Bewunderung, Interesse und Fürsorge vieler Frauen eintrug.

Auch als Wissenschaftler hatte er viel Erfolg, und dieser Erfolg war sein Schutz. Der Staat brauchte ihn, und so konnte er es sich erlauben, schon zu einer Zeit auf dessen Kosten boshaft zu sein, als das noch fast niemand wagte. In dem Maße, wie jene, die ihre Tat verfolgten, an Einfluß gewannen, erschien auch er immer öfter auf dem Bildschirm und wurde zu einer allseits bekannten Persönlichkeit. Als er sich nach dem Einmarsch der Russen weigerte, seine Ansichten zu widerrufen, wurde er von seiner Stelle verjagt und von Spitzeln verfolgt. Das brach ihm jedoch nicht das Rückgrat. Er war verliebt in sein Schicksal, und sein Marsch in den Untergang kam ihm erhaben und schön vor.

Verstehen Sie mich richtig, ich habe nicht gesagt, daß er in sich selbst, sondern daß er in sein Schicksal verliebt war. Das sind zwei völlig verschiedene Dinge. Sein Leben hatte sich gewissermaßen verselbständigt und verfolgte plötzlich eigene Interessen, die mit denen Mireks nicht übereinstimmten. Das meine ich, wenn ich sage, daß das Leben sich in ein Schicksal verwandelt. Das Schicksal hatte nicht die Absicht, für Mirek einen Finger zu rühren (für dessen Glück und Sicherheit, die gute Laune und die Gesundheit), wohingegen

Mirek bereit war, alles für sein Schicksal zu tun (für dessen Größe, Klarheit und Schönheit, für dessen Stil und verständlichen Sinn). Er fühlte sich für sein Schicksal verantwortlich, sein Schicksal jedoch fühlte sich nicht verantwortlich für ihn.

Er hatte zu seinem Leben ein Verhältnis wie ein Bildhauer zu seiner Statue oder ein Romancier zu seinem Roman. Eines der unveräußerlichen Rechte des Romanciers ist das Recht, seinen Roman zu überarbeiten. Wenn ihm der Anfang nicht gefällt, kann er ihn umschreiben oder streichen. Zdenas Existenz aber sprach Mirek die Autorenrechte ab. Zdena bestand darauf, auf den ersten Seiten des Romans zu bleiben und nicht gestrichen zu werden.

8.

Weshalb aber schämte er sich ihrer so entsetzlich?

Am naheliegendsten ist folgende Erklärung: Mirek hat schon sehr früh zu jenen gehört, die sich an die Verfolgung der eigenen Taten machten, während Zdena noch immer dem Garten treu blieb, in dem die Nachtigallen singen. Schließlich gehörte sie sogar zu jenen zwei Prozent des Volkes, die die russischen Panzer willkommen geheißen hatten.

Ja, das stimmt, aber ich halte diese Erklärung nicht für plausibel. Ginge es nur darum, daß sie die russischen Panzer willkommen geheißen hatte, hätte er ganz laut und in aller Öffentlichkeit über sie schimpfen können und nicht geleugnet, daß er sie kannte. Zdena hatte sich ihm gegenüber auf viel schlimmere Weise schuldig gemacht. Sie war häßlich.

Aber war es denn wichtig, daß sie häßlich war, wenn er schon mehr als zwanzig Jahre nicht mehr mit ihr schlief?

Es war wichtig: Zdenas große Nase warf auch noch aus der Ferne einen Schatten auf sein Leben.

Vor Jahren hatte er eine schöne Geliebte gehabt. Einmal war sie in Zdenas Stadt gefahren und mißmutig zurückgekommen: »Ich bitte dich, wie hast du mit dieser Schreckschraube gehen können?«

Er erklärte, er habe sie nur sehr oberflächlich gekannt und stritt eine intime Beziehung ganz entschieden ab.

Ein großes Lebensgeheimnis war ihm nämlich nicht unbekannt: Frauen suchen nicht nach schönen Männern, Frauen suchen nach Männern, die schöne Frauen gehabt haben. In diesem Sinne ist es ein fataler Fehler, eine häßliche Geliebte zu haben. Mirek versuchte, alle Spuren Zdenas zu verwischen, und da jene, die die Nachtigallen liebten, ihn immer mehr haßten, hoffte er, daß Zdena, die eifrig Karriere als Parteifunktionärin machte, ihn rasch und gern vergessen würde.

Aber er hatte sich geirrt. Sie redete immer, überall und bei jeder Gelegenheit über ihn. Wenn er ihr durch einen unglücklichen Zufall in Gesellschaft begegnete, hatte sie nichts Eiligeres zu tun, als um jeden Preis eine Erinnerung zum Besten zu geben, aus der klar hervorging, daß sie ihn einmal intim gekannt hatte.

Er tobte.

»Wenn du dieses Frauenzimmer so haßt, dann sag mir, warum du mit ihr gegangen bist?« wurde er einmal von einem Freund gefragt, der sie kannte.

Mirek begann ihm zu erklären, daß er damals ein zwanzigjähriger dummer Junge und sie sieben Jahre älter gewesen sei. Sie war geachtet, allmächtig und wurde bewundert! Sie kannte jeden im Zentralkomitee der Partei! Sie half ihm, förderte ihn und machte ihn mit einflußreichen Leuten bekannt!

»Ich war ein Karrierist, du Hornochse!« schrie er: »Verstehst du, ein aggressiver, blutjunger Karrierist! Deshalb habe ich mich an sie gehängt, und es war mir egal, daß sie häßlich war!«

9.

Mirek sagt nicht die Wahrheit. Obwohl Zdena über Masturbows Tod geweint hatte, hatte sie vor fünfundzwanzig Jahren weder hilfreiche Beziehungen, noch war sie in der Lage, sich oder sonst jemandem zu helfen.

Warum also hat Mirek sich das ausgedacht? Warum lügt er?

Er hielt mit einer Hand das Lenkrad fest, sah im Rückspiegel die Geheimpolizisten und errötete plötzlich. Ganz unerwartet war eine Erinnerung aufgetaucht:

Als sie ihm nach ihrem ersten Liebesakt sein allzu intellektuelles Verhalten vorgeworfen hatte, wollte er diesen Eindruck am nächsten Tag zunichte machen und spontane, ungezügelte Leidenschaft beweisen. Nein, es stimmt nicht, daß er alle damaligen Liebesakte vergessen hatte! Einen sah er ganz deutlich vor sich: Er bewegte sich mit vorgetäuschter Wildheit auf ihr, gab einen langen, knurrenden Ton von sich, wie wenn ein Hund mit dem Pantoffel seines Herrn kämpft, und schaute sie dabei (leicht verwundert) an, wie sie sehr ruhig, still und fast gleichgültig unter ihm dalag.

Durch das Auto klang dieses fünfundzwanzig Jahre alte

Knurren, der unerträgliche Ton seiner Unterwürfigkeit und sklavischen Strebsamkeit, der Ton seiner Bereitwilligkeit und Anpassungsfähigkeit, seiner Lächerlichkeit und Erbärmlichkeit.

Ja, so ist es: Mirek ist bereit, sich als Karrieristen hinzustellen, nur um die Wahrheit nicht zuzugeben: er war mit einer Häßlichen gegangen, weil er sich an eine Hübsche nicht herangewagt hatte. Er hatte sich nicht mehr zugetraut als eben Zdena. Diese Schwäche, dieses Elend waren das Geheimnis, das er versteckte.

Durch das Auto klang das rasende Knurren der Leidenschaft, und dieser Ton bewies ihm, daß Zdena nur das magische Bild war, das er treffen wollte, um so seine gehaßte Jugend zu zerstören.

Er hielt vor ihrem Haus. Der Wagen, der ihm gefolgt war, hielt hinter ihm.

10.

Historische Ereignisse ahmen einander meist ziemlich einfallslos nach, doch es kommt mir vor, als hätte die Geschichte in Böhmen ein noch nie dagewesenes Experiment in Szene gesetzt. Dort hat sich nicht nach altem Rezept eine Gruppe von Menschen (eine Klasse, ein Volk) gegen eine andere erhoben, sondern es haben sich bestimmte Menschen (eine Generation von Menschen) gegen ihre eigene Jugend erhoben.

Sie haben versucht, ihre eigene Tat einzufangen und zu zähmen, und es wäre ihnen beinahe gelungen. In den sechziger Jahren gewannen sie immer mehr Einfluß, und Anfang

1968 besaßen sie fast das Sagen. Diese letzte Periode wird normalerweise *Prager Frühling* genannt: die Hüter der Idylle mußten die Wanzen aus Privatwohnungen abmontieren, die Grenzen wurden geöffnet und die Noten aus der Partitur von Bachs großer Fuge liefen davon, um ihre eigene Melodie zu summen. Es war eine unglaubliche Fröhlichkeit, und es war ein Karneval!

Rußland, das eine große Fuge für den ganzen Erdball komponierte, konnte nicht zulassen, daß ihnen irgendwo Noten davonliefen. Am 21. August 1968 schickten sie eine Armee von einer halben Million Mann nach Böhmen. Kurz danach verließen ungefähr 120000 Tschechen ihre Heimat, und von denen, die dablieben, verloren etwa 500000 ihre Arbeitsplätze und mußten in Betriebe gehen, die irgendwo verlassen in der Landschaft lagen, an Fließbänder von Fabriken auf dem Land, hinter die Lenkräder von Lastwagen, an Orte also, von denen her ihre Stimme nicht mehr zu hören sein würde.

Und damit kein Schatten einer unguten Erinnerung das Land in seiner wiederhergestellten Idylle störte, war es notwendig, den Prager Frühling und die Ankunft der russischen Panzer, diesen Fleck auf einer schönen Geschichte, ungeschehen zu machen. Deshalb erinnert heute in Böhmen niemand mehr an den 21. August, und die Namen der Menschen, die gegen ihre eigene Jugend aufgestanden waren, wurden wie ein Fehler in der Hausaufgabe mit viel Sorgfalt aus dem Gedächtnis des Landes radiert.

Auch Mirek war auf diese Weise ausradiert worden. Wenn er jetzt die Treppe zu Zdenas Wohnung hinaufsteigt, ist er im Grunde genommen nur ein weißer Fleck, nur ein Stück umrandete Leere, die sich durch die Spirale des Treppenhauses nach oben bewegt.

11.

Er sitzt Zdena gegenüber, sein Arm baumelt in der Schlinge. Zdena schaut zur Seite, weicht seinen Blicken aus und spricht hastig:

»Ich weiß nicht, weshalb du gekommen bist. Aber ich bin froh, daß du gekommen bist. Ich hab mit den Genossen gesprochen. Es ist doch Unsinn, daß du den Rest deines Lebens als Tagelöhner auf dem Bau verbringst. Die Partei hat die Tür vor dir ganz sicher noch nicht endgültig zugeschlagen, das weiß ich. Noch ist Zeit.«

Er fragt, was er tun soll.

»Du mußt sie um eine Audienz bitten. Du selbst. Den ersten Schritt mußt du selbst machen.«

Er weiß, worum es geht. Man gibt ihm zu verstehen, daß ihm nur noch fünf Minuten bleiben, um laut zu verkünden, daß er sich von allem distanziere, was er je gesagt und getan hatte. Er kennt diesen Handel. Sie sind willens, den Leuten für ihre Vergangenheit eine Zukunft zu verkaufen. Sie werden ihn zwingen, mit reumütiger Stimme im Fernsehen aufzutreten und dem Volk zu erklären, daß er sich geirrt habe, als er gegen Rußland und die Nachtigallen argumentiert hatte. Sie werden ihn zwingen, sein eigenes Leben abzustreifen und ein Schatten zu werden, ein Mensch ohne Vergangenheit, ein Schauspieler ohne Rolle, sie werden ihn zwingen, sein abgestreiftes Leben, diese vom Schauspieler fallengelassene Rolle, in einen Schatten zu verwandeln. Wenn er sich so in einen Schatten verwandelt hat, wird man ihn leben lassen.

Er mustert Zdena: Weshalb spricht sie so hastig und unsicher? Weshalb schaut sie zur Seite, meidet seinen Blick?

Es ist ihm nur allzu klar: Sie hat ihm eine Falle gestellt. Sie handelt im Auftrag der Partei oder der Polizei. Sie hat die Aufgabe, ihn zur Kapitulation zu überreden.

12.

Aber Mirek irrt sich! Niemand hat Zdena beauftragt, mit ihm zu verhandeln. Ach nein, heute würde keiner der Mächtigen Mirek zu einer Audienz empfangen, selbst wenn er noch so sehr darum bäte. Es ist bereits zu spät.

Wenn Zdena ihn trotzdem drängt, etwas zu seinem Vorteil zu unternehmen, und behauptet, Genossen der höchsten Ebene würden ihm das nahelegen, ist dies nur Ausdruck ihres ratlosen und verwirrten Wunsches, ihm irgendwie zu helfen. Wenn sie dabei hastig spricht und seinen Blick meidet, so tut sie dies nicht, weil sie eine Falle in der Hand hat, sondern weil ihre Hände ganz leer sind.

Hat Mirek sie überhaupt je verstanden?

Er hat immer geglaubt, Zdena sei der Partei so verbissen treu geblieben, weil sie eine politische Fanatikerin ist.

Das stimmt nicht. Sie ist der Partei treu geblieben, weil sie Mirek geliebt hat.

Als er sie verlassen hatte, hatte sie keinen anderen Wunsch, als zu beweisen, daß Treue ein Wert war, der über allen anderen Werten stand. Sie wollte beweisen, daß er *in allem* treulos und sie *in allem* treu war. Was aussah wie politischer Fanatismus, war nichts als ein Vorwand, eine Parabel, ein Manifest der Treue, ein chiffrierter Vorwurf enttäuschter Liebe.

Ich stelle mir vor, wie sie eines Morgens im August von

fürchterlichem Flugzeuglärm geweckt wird. Sie läuft auf die Straße, und aufgeregte Leute sagen ihr, daß die russische Armee das Land besetzt hat. Sie bricht in hysterisches Lachen aus. Die russischen Panzer sind gekommen, um die Untreue zu rächen! Endlich wird sie Mireks Untergang sehen! Endlich wird sie ihn auf den Knien sehen! Endlich wird sie sich zu ihm hinabneigen können als diejenige, die weiß, was Treue ist, und ihm helfen.

Er beschließt, das Gespräch, das die falsche Richtung eingeschlagen hat, brutal zu unterbrechen:

»Du weißt, daß ich dir damals viele Briefe geschrieben habe. Ich möchte sie gerne zurückhaben.«

Überrascht hebt sie den Kopf. »Briefe?«

»Ja, meine Briefe. Ich habe dir seinerzeit mindestens hundert Briefe geschrieben.«

»Ja, deine Briefe, ich weiß«, sagt sie und meidet seinen Blick plötzlich nicht mehr, sondern schaut ihm fest in die Augen. Mirek hat das unangenehme Gefühl, daß sie bis auf den Grund seiner Seele sieht und ganz genau weiß, was er will und weshalb er es will.

»Die Briefe, ja, deine Briefe«, wiederholt sie, »vor kurzem habe ich sie wieder gelesen. Ich habe mich gefragt, wie es bloß möglich war, daß du zu solchen Gefühlsausbrüchen fähig warst.«

Sie wiederholt das Wort *Gefühlsausbruch* noch mehrmals, und sie sagt es nicht schnell und hastig, sondern langsam und bedächtig, als zielte sie auf etwas, das sie nicht verpassen will, und sie läßt ihn nicht aus den Augen, als wollte sie feststellen, ob es ihr gelungen ist, ins Schwarze zu treffen.

13.

Vor seiner Brust hing der eingegipste Arm, und seine Wangen brannten, als hätte er eine Ohrfeige bekommen.

Ach ja, seine Briefe mußten ziemlich sentimental gewesen sein. Wie auch nicht! Schließlich hatte er sich um jeden Preis beweisen müssen, daß nicht Schwäche und Elend ihn an sie banden, sondern seine Liebe! Und wahrlich: nur eine grenzenlose Leidenschaft konnte die Beziehung zu dieser häßlichen Ente rechtfertigen.

»Du hast mir geschrieben, ich sei deine Kampfgefährtin, erinnerst du dich?«

Er errötete noch mehr, falls dies überhaupt noch möglich war. Dieses unendlich lächerliche Wort *Kampf*. Woraus hatte ihrer beider Kampf bestanden? Sie hatten in endlosen Sitzungen gesessen und davon Schwielen am Hintern bekommen, doch in dem Moment, als sie von ihren Stühlen aufstanden, um irgendeine sehr radikale Meinung vorzutragen (den Klassenfeind gelte es noch strenger zu bestrafen, diesen oder jenen Gedanken noch unnachgiebiger zu formulieren), hatten sie das Gefühl, wie Figuren heroischer Bilder zu sein: er fällt zu Boden, in der Hand eine Pistole und am Arm eine blutende Wunde, und sie, ebenfalls mit einem Schießeisen bewaffnet, schreitet voran, um sich dorthin durchzukämpfen, wohin er es nicht mehr geschafft hat.

Seine Haut war damals noch von spätpubertären Pickeln übersät gewesen, und um sie zu kaschieren, hatte er sich die Maske der Revolte aufs Gesicht gesetzt. Er hatte allen erzählt, daß er sich für immer von seinem Vater, einem Großbauern, losgesagt habe. Daß er der jahrhundertealten dörflichen Tradition, die an Besitz und Boden klebte, ins Gesicht spucke. Er hatte die Streitszene und den dramatischen Weggang von zu Hause geschildert. Daran war nicht das geringste wahr. Wenn er heute zurückschaute, sah er dort nichts als Lüge und Legende.

»Du warst damals ein anderer Mensch«, sagte Zdena.

Und er stellte sich vor, wie er dieses Paket Briefe mitnehmen würde. Er würde bei der erstbesten Mülltonne anhalten, die Briefe angeekelt zwischen zwei Finger nehmen, als wäre das Papier mit Scheiße beschmiert, und sie zum Abfall werfen.

14.

»Wozu brauchst du diese Briefe?« fragte sie. »Weshalb willst du sie eigentlich zurück?«

Er konnte nicht sagen, daß er sie in eine Mülltonne werfen wollte. Er verfiel in einen melancholischen Ton und erzählte ihr, daß er in die Jahre gekommen sei, in denen man zurückschaue.

(Es war ihm peinlich, als er das sagte, sein Märchen schien ihm nicht sehr überzeugend zu klingen, und er schämte sich.)

Ja, er schaue zurück, weil er heute schon vergessen habe, wie er gewesen sei, als er noch jung war. Er wisse, daß er gescheitert sei. Deshalb wolle er herausfinden, von wo und von was er ausgegangen sei, um sich besser bewußt zu machen, wo er Fehler gemacht habe. Deshalb wolle er zu seiner Korrespondenz mit ihr zurückkehren, denn darin läge das Geheimnis seiner Jugend, seiner Anfänge und seiner Wurzeln.

Sie schüttelte den Kopf: »Ich würde sie dir nicht mal im Traum geben.«

»Ich will sie mir doch nur ausleihen«, log er.

Sie schüttelte abermals den Kopf.

Er dachte daran, daß irgendwo in ihrer Wohnung, nicht weit von ihm entfernt, seine Briefe lagen, die sie jederzeit jedermann zu lesen geben konnte. Es kam ihm unerträglich vor, daß ein Stück seines Lebens in ihren Händen geblieben war, und er hatte Lust, ihr den schweren Glasaschenbecher, der auf dem Tischchen zwischen ihnen stand, an den Kopf zu werfen und die Briefe mitzunehmen. Statt dessen erklärte er ihr noch einmal, daß er zurückblicke und begreifen wolle, von wo er ausgegangen sei.

Sie schaute zu ihm auf und brachte ihn mit ihrem Blick zum Schweigen. »Ich würde sie dir niemals geben. Niemals!«

15.

Als sie ihn hinausbegleitete, standen die beiden Autos hintereinander vor ihrem Haus. Die Geheimpolizisten vertraten sich die Beine auf dem Gehsteig gegenüber. Jetzt blieben sie stehen und sahen zu ihnen her.

Er deutete hinüber: »Diese beiden Herren sind mir den ganzen Weg gefolgt.«

»Wirklich?« sagte sie ungläubig, und aus ihrer Stimme war eine gekünstelte Ironie herauszuhören: »Wirst du von allen verfolgt?«

Wie konnte sie so zynisch sein und ihm ins Gesicht sagen, die beiden Männer, die demonstrativ und dreist herüberstierten, seien nur zufällige Passanten?

Es gab nur eine Erklärung. Sie spielte deren Spiel. Das

Spiel, das darin bestand, so zu tun, als gäbe es keine Geheimpolizei, als sei nie jemand verfolgt worden.

Die Polizisten hatten inzwischen die Straße überquert und sich vor Mireks und Zdenas Augen ins Auto gesetzt.

»Mach's gut«, sagte Mirek und sah sie nicht mehr an. Er setzte sich ans Steuer. Im Rückspiegel sah er das Auto der Geheimpolizei anfahren. Zdena sah er nicht. Er wollte sie nicht sehen. Wollte sie nie mehr sehen.

Deshalb sah er nicht, daß sie auf dem Gehsteig stand und ihm lange nachschaute. In ihrem Gesicht war ein Erschrekken.

Nein, es war kein Zynismus gewesen, als sie sich geweigert hatte, in den Männer auf dem Gehsteig gegenüber Geheimpolizisten zu sehen. Sie war von einer Angst vor etwas überwältigt worden, das ihr über den Kopf gewachsen war. Sie wollte vor ihm und vor sich die Wahrheit verbergen.

16.

Zwischen ihm und dem Auto der Geheimpolizisten tauchte plötzlich ein roter, von einem rasenden Fahrer gesteuerter Sportwagen auf. Mirek trat aufs Gaspedal. Sie fuhren gerade in ein kleines Städtchen ein. Die Straße machte eine Kurve. Mirek begriff, daß seine Verfolger ihn in diesem Augenblick nicht sehen konnten, und bog in ein Gäßchen ein. Die Bremsen quietschten, und ein Junge, der die Straße überqueren wollte, konnte gerade noch zur Seite springen. Im Rückspiegel sah er das rote Auto auf der Hauptstraße vorbei flitzen. Der Wagen seiner Verfolger war noch nicht zu sehen. Es gelang ihm, in eine andere Straße einzubiegen und ihnen auf diese Weise definitiv aus dem Blickfeld zu entschwinden.

Er verließ die Stadt auf einer Straße, die in eine andere Richtung führte. Er sah in den Rückspiegel. Niemand folgte ihm, die Straße war leer.

Er stellte sich die armen Polizisten vor, die ihn nun suchten und Angst hatten, daß der Chef sie zur Sau machen könnte. Er lachte laut. Er fuhr langsamer und betrachtete die Landschaft. Eigentlich hatte er sich noch nie eine Landschaft angesehen. Immer fuhr er irgendwohin, um etwas zu erledigen und zu verhandeln, so daß der Raum der Welt für ihn etwas Negatives geworden war, ein Zeitverlust, ein Hindernis, das seine Aktivität hemmte.

In einiger Entfernung gingen vor ihm langsam zwei rotweiß gestreifte Schranken nieder. Er hielt an.

Auf einmal spürte er, daß er unendlich müde war. Weshalb war er überhaupt zu ihr gefahren? Weshalb wollte er diese Briefe zurück?

Das Unsinnige, Lächerliche und Kindische seiner Reise erdrückte ihn schier. Keine Überlegung und kein praktisches Interesse hatten ihn dazu verleitet, sondern nur ein unüberwindlicher, sehnlicher Wunsch. Der Wunsch, mit der Hand weit in die Vergangenheit zurückzugreifen und dort mit der Faust zuzuschlagen. Der Wunsch, das Bild seiner Jugend mit einem Messer zu zerschneiden. Ein leidenschaftlicher Wunsch, den er nicht hatte zähmen können und der nunmehr unerfüllt bleiben würde.

Er fühlte sich tatsächlich unendlich müde. Wahrscheinlich würde er nicht mehr in der Lage sein, die kompromittierenden Schriftstücke aus seiner Wohnung zu schaffen. Die Polizisten hatten sich an seine Fersen geheftet und würden ihn nicht mehr loslassen. Es war zu spät. Ja, es war für alles zu spät.

Aus der Ferne hörte er das Fauchen eines Zuges. Neben dem Bahnwärterhäuschen stand eine Frau mit rotem Kopftuch. Der Zug, ein langsamer Personenzug, kam angefahren, aus einem Fenster neigte sich ein alter Mann mit einer Pfeife und spuckte hinaus. Dann war das Klingeln der Bahnhofsglocke zu hören, und die Frau mit dem roten Kopftuch trat zu den Schranken und begann zu kurbeln. Als sie oben waren, startete Mirek den Wagen. Er fuhr in das Dorf, das aus einer einzigen, endlos langen Straße bestand, an deren Ende sich der Bahnhof befand: ein kleines, niedriges weißes Haus, daneben ein Holzzaun, durch den hindurch man die Bahnsteige und die Gleise sehen konnte.

17.

In den Bahnhofsfenstern blühten die Begonien. Mirek hielt das Auto an. Er saß hinter dem Lenkrad und betrachtete das Gebäude, betrachtete eines der Fenster und die roten Blüten. Aus längst vergangenen Zeiten tauchte vor ihm das Bild eines anderen weißen Hauses auf, auf dessen Fenstersimsen die Begonien rot leuchteten. Es ist ein kleines Hotel in einem Bergdorf, und es sind Sommerferien. Im Fenster taucht zwischen den Blumen eine große Nase auf. Und der zwanzigjährige Mirek schaut zu dieser Nase empor und spürt in seinem Innern eine grenzenlose Liebe.

Er möchte rasch Gas geben und dieser Erinnerung entfliehen. Aber ich lasse mich diesmal nicht hereinlegen und rufe die Erinnerung zurück, um sie festzuhalten. Ich wiederhole also: Im Fenster zwischen den Begonien ist Zdenas Gesicht mit der riesigen Nase zu sehen, und Mirek spürt in seinem Innern eine grenzenlose Liebe.

Ist das möglich?

Ja. Warum auch nicht? Warum soll ein Schwacher für eine Häßliche nicht wahrhaftige Liebe empfinden können?

Er erzählt ihr, wie er sich gegen den reaktionären Vater aufgelehnt hat, sie ereifert sich gegen die Intellektuellen, beide haben Schwielen an ihren Hintern und halten sich an den Händen. Sie besuchen Versammlungen, denunzieren Mitbürger, lügen und lieben einander. Sie weint über Masturbows Tod, er knurrt wie ein wütender Hund auf ihrem Körper, und einer kann ohne den andern nicht leben.

Er hat sie nicht aus der Fotografie seines Lebens radiert, weil er sie nicht gemocht, sondern weil er sie geliebt hat. Er hat sie samt seiner Liebe zu ihr weggewischt, wegradiert wie die Propagandaabteilung der Partei Clementis vom Balkon, auf dem Gottwald seine historische Rede hielt. Mirek ist genauso ein Umschreiber der Geschichte wie die kommunistische Partei, wie alle politischen Parteien, wie alle Völker, wie der Mensch. Die Menschen schreien, daß sie eine bessere Zukunft erbauen wollen, aber das ist nicht wahr. Die Zukunft ist eine gleichgültige Leere, die niemanden interessiert, während die Vergangenheit von Leben erfüllt ist und uns mit ihrem Gesicht reizt, erzürnt und beleidigt, so daß wir sie zerstören oder übermalen möchten. Die Menschen wollen die Herren der Zukunft sein, um die Vergangenheit verändern zu können. Sie kämpfen um den Zugang zu den Labors, in denen die Fotografien retuschiert und die Biographien und die Geschichte umgeschrieben werden.

Wie lange stand er vor diesem Bahnhof?

Und was bedeutet dieser Halt?

Er bedeutet nichts.

Mirek hat ihn augenblicklich aus seinen Gedanken radiert, so daß er in diesem Moment nichts mehr weiß von dem weißen Haus mit den Begonien. Er fährt bereits wieder durch die Landschaft und schaut sich nicht mehr um. Der Raum der Welt ist nur noch ein Hindernis, das seine Aktivität hemmt.

18.

Das Auto, das er abgeschüttelt hatte, war vor seinem Haus geparkt. Die beiden Männer standen ganz in der Nähe.

Er hielt seinen Wagen hinter dem ihren an und stieg aus. Sie lächelten Mirek fast fröhlich zu, als wäre seine Flucht nur ein lustiges Spiel, das alle angenehm zerstreut hatte. Als er an ihnen vorbeiging, lachte der Mann mit dem dicken Hals und dem grauen dauergewellten Haar und nickte ihm zu. Mirek wurde bange angesichts solcher Vertraulichkeit, die ahnen ließ, daß man künftig noch enger miteinander verbunden sein würde.

Er verzog keine Miene und betrat das Haus. Öffnete mit dem Schlüssel die Wohnungstür. Zuerst sah er seinen Sohn und dessen aufgeregten Blick. Ein Unbekannter mit Brille trat auf Mirek zu und wies sich aus: »Wollen Sie den Hausdurchsuchungsbefehl des Staatsanwalts sehen?«

»Ja«, sagte Mirek.

In der Wohnung befanden sich noch zwei unbekannte Männer. Der eine stand neben dem Schreibtisch, auf dem sich Papiere, Hefte und Bücher stapelten. Er nahm die Dinge eins nach dem andern in die Hand, während der andere am Tisch saß und aufschrieb, was ihm der erste diktierte.

Der Mann mit der Brille zog ein zusammengefaltetes Papier aus seiner Brusttasche und streckte es Mirek hin: »Hier haben Sie die Order des Staatsanwalts, und dort« – er deutete auf die beiden Männer – »wird die Liste der beschlagnahmten Materialien erstellt.«

Auf dem Fußboden lagen Papiere und Bücher verstreut, die Schranktür stand offen, die Möbel waren von den Wänden gerückt. Der Sohn neigte sich zu Mirek und sagte: »Sie sind fünf Minuten nach deiner Abfahrt gekommen.«

Die Männer am Schreibtisch erstellten eine Liste der beschlagnahmten Materialien: Briefe von Mireks Freunden, Dokumente aus den ersten Tagen der russischen Okkupation, Analysen der politischen Situation, Versammlungsprotokolle und einige Bücher.

»Sie nehmen nicht gerade viel Rücksicht auf Ihre Freunde«, sagte der Mann mit der Brille und wies mit dem Kopf auf die konfiszierten Sachen.

»Es ist nichts dabei, was gegen die Verfassung verstößt«, sagte der Sohn, und Mirek wußte, daß dies seine eigenen Worte waren.

Der Mann mit der Brille sagte, das Gericht werde darüber entscheiden, was gegen die Verfassung verstoße und was nicht.

19.

Diejenigen, die emigriert sind (mehr als hundertzwanzigtausend), und diejenigen, die totgeschwiegen werden und die Arbeit verloren haben (ein halbe Million), verschwinden wie ein Umzug, der sich im Nebel verliert, ungesehen und vergessen.

Das Gefängnis jedoch ist, obwohl ringsum von Mauern umgeben, eine herrlich beleuchtete Bühne der Geschichte.

Mirek weiß das schon lange. Die Vorstellung des Gefängnisses hat ihn schon das ganze vergangene Jahr unwiderstehlich fasziniert. So muß Flaubert von Madame Bovarys Selbstmord fasziniert gewesen sein. Nein, er könnte sich für den Roman seines Lebens kein besseres Ende vorstellen.

Sie wollten Hunderttausende Leben aus dem Gedächtnis ausradieren, damit nur noch die eine unbefleckte Zeit einer unbefleckten Idylle übrigblieb. Er aber würde sich mit seinem ganzen Körper als Fleck auf diese Idylle legen. Er würde an ihr haften bleiben wie Clementis' Mütze auf Gottwalds Kopf.

Sie ließen Mirek die Liste der beschlagnahmten Materialien unterschreiben und forderten dann auch seinen Sohn auf mitzukommen. Nach einjähriger Untersuchungshaft kam es zum Prozeß. Mirek wurde zu sechs Jahren verurteilt, sein Sohn zu zwei, und etwa zehn Freunde erhielten Gefängnisstrafen zwischen einem und sechs Jahren.

ZWEITER TEIL

Die Mutter

1.

Es hatte eine Zeit gegeben, in der Marketa ihre Schwiegermutter nicht mochte. Das war damals, als sie zusammen mit Karel bei ihr wohnte (der Schwiegervater lebte zu der Zeit noch) und sie täglich mit deren Streitsucht und Ausfälligkeiten konfrontiert war. Sie hielten es nicht lange aus und zogen weg. *Möglichst weit weg von der Mutter*, lautete damals ihre Devise. Sie nahmen sich eine Wohnung in einer Stadt, die am anderen Ende der Republik lag, so daß sie Karels Eltern kaum einmal im Jahr sahen.

Dann starb eines Tages der Schwiegervater, und die Mutter blieb allein zurück. Sie trafen sie auf dem Begräbnis; sie war kleinlaut und elend und kam ihnen kleiner vor als früher. Beide hatten sie den Satz im Kopf: *Mama, du kannst jetzt nicht allein bleiben, wir nehmen dich zu uns.*

Der Satz hallte in ihren Köpfen, kam aber nicht über ihre Lippen. Dies um so mehr, als die Mutter, obwohl elend und klein, ihnen am Tag nach dem Begräbnis auf einem wehmütigen Spaziergang mit einer Aggressivität, die ihnen deplaziert schien, vorwarf, was sie sich ihr gegenüber hatten zuschulden kommen lassen. »Sie wird sich nicht ändern«, sagte Karel zu Marketa, als sie schon im Zug saßen. »Es ist traurig, aber für mich gilt nach wie vor: weit weg von der Mutter.«

Doch dann waren die Jahre dahingegangen, und wenn es tatsächlich zutraf, daß sich die Mutter nicht verändert hatte, so hatte sich vermutlich Marketa verändert, denn es kam ihr plötzlich so vor, als sei alles, wodurch die Schwiegermutter sie damals verletzt hatte, nur eine Lappalie gewesen, wohingegen sie selbst die wirklichen Fehler gemacht habe, indem sie dem Gezeter der Schwiegermutter zu große Bedeutung beimaß. Sie hatte damals zur Mutter aufgeschaut wie ein Kind zu einem Erwachsenen, während die Rollen nun vertauscht waren: Marketa war erwachsen, und die Mutter schien ihr aus der Ferne klein und wehrlos wie ein Kind. Sie empfand für sie nachsichtige Geduld und fing sogar an, mit ihr zu korrespondieren. Die alte Frau gewöhnte sich sehr schnell daran, antwortete gewissenhaft und verlangte von Marketa immer mehr Briefe mit der Behauptung, nur diese Briefe ließen sie ihre Einsamkeit ertragen.

Der Satz, der am Begräbnis des Vaters geboren worden war, hallte in letzter Zeit wieder in ihren Köpfen nach. Und es war abermals der Sohn, der die Güte der Schwiegertochter zähmte, und statt zu sagen, *Mama, wir nehmen dich zu uns*, luden sie sie ein, eine Woche bei ihnen zu verbringen.

Es war Ostern, der zehnjährige Sohn fuhr in ein Ferienlager. Am Ende der Woche, am Sonntag, sollte Eva kommen. Sie waren bereit, bis auf den Sonntag die ganze Woche mit der Mutter zu verbringen. Sie sagten zu ihr: von Samstag bis Samstag kommst du zu uns. Am Sonntag haben wir etwas vor. Wir fahren weg. Sie sagten ihr nichts Bestimmtes, weil sie keine Lust hatten, über Eva zu sprechen. Karel wiederholte es noch zweimal am Telefon: Von Samstag bis Samstag. Am Sonntag haben wir etwas vor, wir fahren weg. Und die Mutter sagte zu ihnen: Ja, Kinder, ihr seid sehr lieb, es versteht sich von selbst, daß ich wieder fahre, wann ihr es wünscht. Wenn ich nur für ein Weilchen meiner Einsamkeit entkomme.

Am Samstagabend jedoch, als Marketa sich mit ihr absprechen wollte, wann sie sie am nächsten Morgen zum Bahnhof bringen solle, erklärte sie ganz einfach, sie werde am Montag fahren. Marketa sah sie überrascht an, und die Mutter fuhr fort: »Karel hat mir gesagt, daß ihr am Montag schon was vorhabt, daß ihr irgendwohin fahrt, also muß ich schon am Montagmorgen verschwinden.«

Marketa hätte selbstverständlich sagen können *Mama, du täuschst dich, wir fahren schon morgen*, aber sie brachte einfach nicht den Mut dazu auf. Sie war nicht in der Lage, sich schnell auszudenken, wohin die Reise gehen sollte. Sie begriff, daß sie sich ihre Ausrede sehr fahrlässig zurechtgelegt hatten, sagte nichts und fand sich damit ab, daß die Mutter auch noch am Sonntag bei ihnen bleiben würde. Sie tröstete sich damit, daß das Zimmer des Jungen, in dem sie die Mutter untergebracht hatten, am anderen Ende der Wohnung lag, und sie nicht stören würde.

»Bitte, sei nicht böse«, ermahnte sie Karel: »Schau sie doch an. Sie ist ein armes Geschöpf. Mir krampft sich bei ihrem bloßen Anblick das Herz zusammen.«

2.

Karel zuckte ergeben mit den Schultern. Marketa hatte recht: die Mutter hatte sich tatsächlich verändert. Sie war mit allem zufrieden, für alles dankbar. Vergeblich wartete Karel auf den Moment, in dem sie sich wegen etwas in die Haare geraten würden.

Einmal schaute sie auf einem Spaziergang in die Ferne und sagte: »Was ist das dort für ein schönes weißes Dorf?« Es war kein Dorf, es waren Prellsteine. Karel registrierte voller Mitleid, wie sehr die Sehkraft seiner Mutter abgenommen hatte.

Dieses Gebrechen schien aber etwas Wesentlicheres auszudrücken: was für sie beide groß war, war für die Mutter klein, was für sie beide Prellsteine waren, waren für die Mutter Häuser.

Wenn ich genau sein will, war ihnen dieser Zug an ihr nicht ganz neu. Nur: früher hatten sie sich darüber aufgeregt. Als ihr Land zum Beispiel einmal über Nacht von den Panzern eines Nachbarlandes besetzt wurde, war das ein solcher Schock, ein solcher Schreck, daß lange niemand an etwas anderes denken konnte. Es war August, im Garten wurden gerade die Birnen reif. Die Mutter hatte schon eine Woche vorher den Herrn Apotheker eingeladen, daß er sie pflücken komme. Aber der Herr Apotheker kam nicht, und er entschuldigte sich nicht einmal. Die Mutter konnte ihm das nicht verzeihen, und Karel und Marketa waren darüber außer sich vor Wut. Alle denken an die Panzer und du denkst an die Birnen, warfen sie ihr vor. Bald danach zogen sie mit dem Gedanken an die Engstirnigkeit der Mutter weg.

Sind Panzer aber tatsächlich wichtiger als Birnen? Je mehr Zeit verging, desto stärker wurde Karel bewußt, daß die Antwort auf diese Frage nicht so selbstverständlich war, wie er immer gedacht hatte, und er begann insgeheim, mit der Perspektive der Mutter zu sympathisieren, in der vorn eine große Birne stand und irgendwo weit hinten ein Panzer, klein wie ein Marienkäferchen, das jeden Moment emporfliegen und aus dem Blickfeld entschwinden konnte. Ach ja, eigentlich hatte die Mutter recht: der Panzer war vergänglich und die Birne ewig.

Früher hatte die Mutter darauf bestanden, alles über ihren Sohn zu wissen, und sie war ihm böse gewesen, wenn er sein Leben vor ihr versteckt hatte. Deshalb wollten sie ihr jetzt eine Freude machen und ihr erzählen, was sie taten, was ihnen zugestoßen war, was sie dachten. Sie merkten jedoch bald, daß die Mutter ihnen eher aus Höflichkeit zuhörte und auf ihre Erzählungen mit Bemerkungen über ihren Pudel reagierte, den sie für die Zeit ihrer Abwesenheit einer Nachbarin anvertraut hatte.

Früher hätte er das für Egozentrik oder Engstirnigkeit gehalten, heute aber wußte er, daß dem nicht so war. Es war viel mehr Zeit verflossen, als sie ahnten. Die Mutter hatte den Marschallstab ihrer Mütterlichkeit abgelegt und sich in eine andere Welt begeben. Auf einem Spaziergang wurden sie von einem Sturm überrascht. Sie hielten die Mutter jeder auf einer Seite unter dem Arm fest und mußten sie buchstäblich tragen, der Wind hätte sie sonst fortgeblasen wie eine Feder. Gerührt spürte Karel ihr fast nicht mehr wahrnehmbares Gewicht in seiner Hand, und er begriff, daß seine Mutter in ein Reich anderer Wesen gehörte: sie waren kleiner, leichter und einfacher fortzublasen.

3.

Eva kam kurz nach Mittag. Marketa holte sie am Bahnhof ab, weil sie der Meinung war, daß Eva vor allem ihre Freundin war. Sie mochte Karels Freundinnen nicht. Bei Eva war es anders, Eva hatte sie zuerst gekannt.

Es war vor ungefähr sechs Jahren. Marketa war mit Karel in einem Badestädtchen zur Erholung. Sie ging jeden zweiten Tag in die Sauna. Als sie dort wieder einmal schweißgebadet mit anderen Damen auf der Holzbank saß, betrat ein hochgewachsenes nacktes Mädchen den Raum. Sie lächelten einander zu, obwohl sie sich nicht kannten, und das Mädchen sprach Marketa nach kurzer Zeit an. Da sie sehr spontan und Marketa ihrerseits sehr dankbar war für die Zeichen der Sympathie, freundeten sie sich an.

Marketa war bezaubert von Evas Charme, der einzigartig war: Allein schon die Art, wie sie sie ohne Umschweife angesprochen hatte! Als hätten sie sich in der Sauna verabredet! Eva hatte überhaupt keine Zeit damit verloren, das Gespräch zuerst einmal, wie es üblich war, darauf zu bringen, daß die Sauna gesund und man danach hungrig sei, sie hatte sofort von sich zu erzählen begonnen, etwa so, wie Leute es tun, die sich per Inserat kennenlernen und im ersten Brief versuchen, dem künftigen Partner in knappen Worten zu erklären, wer und wie sie sind.

Wer also ist Evas Schilderung zufolge Eva? Eva ist eine fröhliche Männerjägerin. Sie jagt die Männer jedoch nicht, weil sie heiraten will. Sie jagt sie so, wie Männer Frauen jagen. Liebe existiert nicht für sie, es gibt nur Freundschaft und Sinnlichkeit. Deshalb hat sie viele Freunde: die Männer fürchten nicht, daß sie sie heiraten will, und die Frauen fürchten nicht, ihre Ehemänner zu verlieren. Übrigens, sollte sie doch einmal heiraten, wäre ihr Mann ein Freund, dem sie alles erlauben und von dem sie nichts fordern würde.

Als sie Marketa das alles erzählt hatte, verkündete sie, Marketa habe ein schönes *Skelett*, und das sei sehr selten, weil eine Frau ihrer Meinung nach nur selten einen wirklich schönen Körper habe. Dieses Kompliment sprudelte so aufrichtig von ihren Lippen, daß Marketa sich darüber mehr freute, als wenn es von einem Mann gekommen wäre. Dieses Mädchen hatte ihr den Kopf verdreht. Marketa hatte das Gefühl, ins Reich der Aufrichtigkeit getreten zu sein, und sie verabredete sich mit Eva für den übernächsten Tag zur gleichen Zeit in der Sauna. Später stellte sie ihre Freundin Karel vor, doch er blieb in dieser Freundschaft immer nur der dritte.

»Karels Mutter ist bei uns«, sagte Marketa entschuldigend zu ihr, als sie vom Bahnhof zurückfuhren. »Ich werde dich als meine Cousine vorstellen. Es macht dir hoffentlich nichts aus.«

»Im Gegenteil«, sagte Eva und wollte von Marketa einige grundlegende Informationen über ihre Familie hören.

4.

Die Mutter hatte sich nie besonders für die Verwandtschaft der Schwiegertochter interessiert, aber die Wörter Cousine, Nichte, Tante und Enkelin verströmten Wärme: sie gehörten in den Kreis vertrauter Begriffe.

Und wieder einmal bestätigte sich, was sie schon lange wußte: ihr Sohn war ein unverbesserlicher Sonderling. Als könnte die Mutter ihm im Wege stehen, wenn eine Verwandte zu Besuch kam! Sie verstand vollkommen, daß sie sich alleine unterhalten wollten. Aber sie deshalb einen Tag früher wegzuschicken, war Unsinn. Zum Glück wußte sie, wie man mit den beiden umgehen mußte. Sie hatte ganz einfach beschlossen, sich in der Vereinbarung zu irren, und es amüsierte sie fast, wie die gute Marketa es nicht fertigbrachte, ihr zu sagen, daß sie schon am Sonntag hätte fahren sollen.

Ja, sie mußte zugeben, die beiden waren jetzt netter als früher. Vor Jahren hätte Karel ihr unbarmherzig gesagt, sie müsse abreisen. Mit ihrer kleinen Betrügerei hatte sie den beiden eigentlich einen guten Dienst erwiesen. Wenigstens für einmal würden sie sich nicht Vorwürfe machen müssen, daß sie die Mutter unnötigerweise einen Tag früher in ihre Einsamkeit entlassen hatten.

Übrigens war sie froh, die neue Verwandte kennengelernt zu haben. Sie war ein besonders liebes Mädchen. (Sie erinnerte sie ganz stark an jemanden. Aber an wen?) Ganze zwei Stunden mußte sie ihre Fragen beantworten. Wie hatte sich die Mutter als junges Mädchen frisiert? Sie hatte einen Zopf getragen. Ach natürlich, das war noch im alten Österreich-Ungarn. Wien war die Hauptstadt. Mamas Gymnasium war tschechisch, und sie war eine Patriotin. Sie hatte Lust, ein paar patriotische Lieder vorzusingen, die damals gesungen wurden. Oder die Gedichte! Gewiß würde sie viele noch auswendig können. Gleich nach dem Krieg (aber natürlich, nach dem Ersten Weltkrieg, 1918, als die tschechoslowakische Republik entstanden war, großer Gott, diese Cousine wußte nicht, wann die Republik entstanden war!) hatte die Mutter auf einem Schulfest ein Gedicht rezitiert. Man feierte das Ende des alten Österreich. Man feierte den selbständigen Staat! Und plötzlich, das müsse man sich mal vorstellen, sei ihr bei der letzten Strophe schwarz vor Augen geworden und sie habe nicht mehr weiter gewußt. Stumm sei sie dagestanden, ihre Stirn sei von Schweißtröpfchen bedeckt gewesen, sie habe geglaubt, vor Scham im Erdboden versinken zu müssen. Und plötzlich, ganz unerwartet, brausender Applaus! Alle dachten, das Gedicht sei zu Ende, niemandem war aufgefallen, daß die letzte Strophe fehlte! Aber die Mutter war trotzdem verzweifelt und schämte sich so entsetzlich, daß sie davonlief und sich auf der Toilette einsperrte. Der Schulleiter persönlich lief ihr nach, trommelte an die Tür und bat sie, doch nicht zu weinen und herauszukommen, sie habe doch großen Erfolg gehabt.

Die Cousine lachte, und die Mutter schaute sie lange an: »Sie erinnern mich an jemanden, mein Gott, an wen erinnern Sie mich bloß...«

»Aber nach dem Krieg bist du doch gar nicht mehr zur Schule gegangen«, warf Karel ein.

»Ich muß schließlich wissen, wann ich zur Schule gegangen bin«, sagte die Mutter.

»Du hast die Matura im letzten Kriegsjahr gemacht. Das war noch zu Zeiten Österreich-Ungarns.«

»Ich muß wissen, wann ich die Matura gemacht habe«, sagte die Mutter verärgert. Aber noch im selben Augenblick wurde ihr klar, daß Karel recht hatte. Sie hatte die Matura tatsächlich während des Krieges gemacht. Woher stammte dann diese Erinnerung an die Feier nach dem Krieg? Die Mutter wurde plötzlich unsicher und verstummte.

In diese kurze Stille hinein erklang Marketas Stimme. Sie wandte sich an Eva, und das Gesagte bezog sich weder auf die Rezitation noch auf das Jahr 1918.

Die Mutter fühlte sich verlassen in ihren Erinnerungen, verraten durch das plötzliche Desinteresse und das Versagen ihres Gedächtnisses.

»Unterhaltet euch gut, Kinder, ihr seid jung und habt euch viel zu erzählen«, sagte sie und ging, plötzlich sehr unzufrieden, in das Zimmer ihres Enkels.

5.

Als Eva die Mutter mit Fragen überschüttete, sah Karel sie voll gerührter Sympathie an. Er kannte sie seit zehn Jahren, und sie war immer so gewesen. Direkt und mutig. Er hatte mit ihr (da wohnte er noch mit Marketa bei seinen Eltern) fast so rasch Bekanntschaft geschlossen wie einige Jahre später seine Frau. Eines Tages hatte er von einem unbekannten Mädchen einen Brief in die Firma bekommen. Sie kenne ihn vom Sehen und habe beschlossen, ihm zu schreiben, da Konventionen für sie bedeutungslos seien, wenn ein Mann ihr gefalle. Karel gefalle ihr, und sie sei eine Jägerin. Eine Jägerin unvergeßlicher Erlebnisse. Die Liebe lasse sie nicht gelten. Nur Freundschaft und Sinnlichkeit. Dem Brief lag das Foto eines nackten Mädchens in aufreizender Pose bei.

Karel hatte sich zunächst gescheut zu antworten, da er vermutete, jemand halte ihn zum Narren. Schließlich konnte er aber nicht widerstehen. Er schrieb dem Mädchen zurück und lud sie in die Wohnung eines Freundes ein. Eva kam, aufgeschossen, mager und schlecht gekleidet. Sie sah aus wie ein schlaksiger Jüngling in den Kleidern seiner Oma. Sie nahm ihm gegenüber Platz und erzählte ihm noch einmal, daß Konventionen für sie bedeutungslos seien, wenn ein Mann ihr gefalle. Daß sie nur Freundschaft und Sinnlichkeit gelten lasse. Ihrem Gesicht waren Unsicherheit und Anstrengung deutlich anzusehen, und Karel empfand für sie eher brüderliches Mitgefühl als Verlangen. Aber dann sagte er sich, es sei schade um jede verpaßte Gelegenheit. »Es ist wunderbar«, sagte er ermunternd, »wenn zwei Jäger sich begegnen.«

Das waren die ersten Worte, mit denen er das hervorsprudelnde Bekenntnis des Mädchens unterbrach, und Eva lebte mit einem Mal auf, als wäre die Last der Situation, die sie fast eine Viertelstunde lang heldenhaft allein getragen hatte, von ihr gefallen.

Er sagte zu ihr, sie sei schön auf dem Foto, das sie ihm geschickt habe, und fragte (mit der provozierenden Stimme eines Jägers), ob es sie errege, sich nackt zu zeigen.

»Ich bin eine Exhibitionistin«, sagte sie im gleichen Ton, wie wenn sie erklärt hätte, Anababtistin zu sein.

Er sagte, er wolle sie nackt sehen.

Erleichtert rekelte sie sich und fragte, ob es in der Wohnung einen Plattenspieler gebe.

Ja, einen Plattenspieler gab es, aber Karels Freund hatte nur klassische Musik, Bach, Vivaldi und Wagneropern. Karel wäre es komisch vorgekommen, wenn sich das Mädchen zum Gesang der Isolde ausgezogen hätte. Auch Eva war mit den Platten unzufrieden. »Gibt es hier keinen Pop?« Nein, Pop gab es nicht. Es war nichts zu machen, schließlich legte er eine Klaviersuite von Bach auf den Plattenteller. Er setzte sich in eine Ecke des Raums, um den Überblick zu haben.

Eva versuchte, sich im Rhythmus zu bewegen und sagte nach einer Weile zu ihm, daß es zu dieser Musik nicht gehe.

»Zieh dich aus und schweig!« rief er ihr streng zu.

Bachs himmlische Musik erfüllte das Zimmer, und Eva fuhr folgsam fort, ihre Hüften zu verrenken. Diese Musik, die alles andere als Tanzmusik war, gestaltete ihre Leistung besonders beschwerlich, und Karel schien es, als müßte der Weg vom ersten Wegwerfen bis zum letzten, vom Pullover bis zum Slip für sie endlos sein. Das Klavier klang durchs Zimmer, Eva verrenkte sich in Tanzbewegungen und warf ein Kleidungsstück nach dem andern auf den Boden. Karel sah sie dabei nicht an. Sie war ganz auf sich und ihre Bewegungen konzentriert, wie ein Geiger, der eine schwierige

Komposition aus dem Gedächtnis spielt und sich nicht durch Blicke ins Publikum ablenken darf. Als sie ganz nackt war, drehte sie sich um, lehnte sich mit der Stirn gegen die Wand und schob eine Hand zwischen ihre Schenkel. Karel zog sich rasch aus und beobachtete verzückt den bebenden Rücken des masturbierenden Mädchens. Es war wunderbar, und es versteht sich, daß er seither nichts mehr auf sie kommen ließ.

Übrigens war sie die einzige von all seinen Frauen, die sich nicht an seiner Liebe zu Marketa stieß. »Deine Frau muß begreifen, daß du sie liebst, aber ein Jäger bist und diese Jagd sie nicht gefährdet. Aber das begreift ohnehin keine Frau. Nein, keine Frau versteht die Männer«, fügte sie traurig hinzu, als wäre sie selbst einer dieser Unverstandenen.

Dann bot sie Karel an, alles zu tun, um ihm zu helfen.

6.

Das Zimmer des Enkels, in das die Mutter gegangen war, war knappe sechs Meter entfernt und nur durch zwei dünne Wände von Karel und Marketa getrennt. Der Schatten der Mutter war ständig bei ihnen, und Marketa fühlte sich eingeengt. Zum Glück war Eva gesprächig. Seit dem letzten Zusammentreffen war viel passiert: sie war in eine andere Stadt gezogen, und vor allem: sie hatte dort einen weisen älteren Herrn geheiratet, der in ihr eine unersetzliche Freundin gefunden hatte, denn Eva hatte, wie wir wissen, ein großes Talent zur Freundschaft, wogegen sie die Liebe mit all ihrem Egoismus und ihrer Hysterie nicht gelten ließ.

Sie hatte auch eine neue Stelle angetreten. Sie verdiente relativ gut, mußte aber tüchtig zupacken. Am nächsten Morgen mußte sie wieder arbeiten.

»Was! Wann willst du denn fahren?« fragte Marketa bestürzt.

»Um fünf in der Früh fährt ein Schnellzug.«

»Mein Gott, Evalein, da mußt du ja um vier aufstehen! Das ist ja grauenhaft!«, und sie verspürte in diesem Augenblick vielleicht nicht Wut, aber doch eine Art Verbitterung, daß Karels Mutter hier bei ihnen geblieben war. Eva wohnte weit weg, hatte wenig Zeit und sich diesen Sonntag trotzdem freigehalten für Marketa, die sich ihr jetzt nicht so widmen konnte, wie sie es sich vorgestellt hatte, weil das Phantom von Karels Mutter ständig anwesend war.

Marketa bekam schlechte Laune, und weil ein Unglück selten allein kommt, klingelte auch noch das Telefon. Karel hob ab. Seine Stimme klang unsicher, die Antworten waren verdächtig lakonisch und vieldeutig. Marketa schien es, daß er seine Worte vorsichtig wählte, um den Sinn seiner Sätze zu vertuschen. Sie war überzeugt davon, daß er sich mit irgendeiner Frau verabredete.

»Wer war es?« fragte sie. Karel antwortete, eine Kollegin aus der Nachbarstadt wolle nächste Woche kommen, um etwas zu verhandeln. Von diesem Moment an sprach Marketa kein Wort mehr.

War sie eifersüchtig?

Vor Jahren, in der ersten Phase ihrer Liebe, war sie es zweifellos gewesen. Nur gingen die Jahre vorbei, und die Eifersucht, die sie heute noch empfand, war fast schon zur Gewohnheit geworden.

Sagen wir es noch anders: Jede Liebesbeziehung beruht auf ungeschriebenen Abkommen, die die Liebenden in den ersten Wochen der Liebe unbedacht abschließen. Sie sind noch wie im Traum, legen dabei aber, ohne es zu wissen, wie unversöhnliche Anwälte die einzelnen Vertragsklauseln fest. O Liebende, seid auf der Hut in diesen gefährlichen ersten Tagen! Wenn ihr dem Partner das Frühstück ans Bett bringt, werdet ihr es ewig tun müssen, wenn ihr nicht der Lieblosigkeit und des Verrats beschuldigt werden wollt!

Schon in den ersten Wochen war zwischen Karel und Marketa klar, daß Karel untreu war und Marketa sich damit abfinden würde, sie dafür aber das Recht in Anspruch nahm, die Bessere zu sein, vor der Karel sich schuldig fühlte. Niemand wußte besser als Marketa, wie traurig es war, die Bessere zu sein. Sie war es nur deshalb, weil ihr nichts Besseres übrigblieb.

In der Tiefe ihrer Seele wußte sie freilich, daß das Telefongespräch an sich bedeutungslos war. Es ging aber nicht darum, was es *war*, sondern was es *besagte*. Es enthielt in vielsagender Verkürzung die ganze Situation ihres Lebens: Sie tat alles nur wegen Karel und für Karel. Sie kümmerte sich um seine Mutter. Machte ihn mit ihrer besten Freundin bekannt. Schenkte sie ihm. Einzig seinetwegen und zu seinem Vergnügen. Aber weshalb tat sie das alles? Weshalb bemühte sie sich so? Weshalb wälzte sie diesen Stein den Berg hinauf wie Sisyphos? Was auch immer sie tat, Karel war in Gedanken anderswo. Er verabredete sich mit einer anderen Frau und entzog sich ihr ständig.

Als sie noch aufs Gymnasium ging, war sie unzähmbar, unruhig und fast allzu lebendig gewesen. Der alte Mathematikprofessor hatte sie gern geneckt: »Marketa, Sie wird keiner festhalten können! Mir tut Ihr Ehemann jetzt schon leid!« Sie hatte stolz gelächelt, die Worte hatten für sie geklungen wie ein glückverheißendes Orakel. Und dann war sie plötzlich, ohne zu wissen wie, in eine ganz andere Rolle hineingeschlittert, entgegen ihrer Erwartung, entgegen ihrem Willen und ihrem Geschmack. Und das alles nur, weil sie in jener Woche, als der Vertrag ohne ihr Wissen aufgesetzt wurde, nicht auf der Hut gewesen war.

Es machte ihr keinen Spaß mehr, ständig die Bessere zu sein. All die Jahre ihrer Ehe fielen plötzlich wie ein schwerer Sack auf sie nieder.

7.

Marketa wurde immer verbitterter und Karels Gesicht immer zorniger. Eva geriet in Panik. Sie fühlte sich verantwortlich für das Eheglück der beiden und versuchte deshalb durch gesteigerte Redseligkeit, die Wolken zu verscheuchen, die sich im Raum zusammengeballt hatten.

Doch das überstieg ihre Kräfte. Karel, verstimmt durch die diesmal so offensichtliche Ungerechtigkeit, schwieg verbissen. Marketa, die weder ihre eigene Verbitterung beherrschen noch den Zorn ihres Mannes ertragen konnte, stand auf und ging in die Küche.

Eva versuchte inzwischen, Karel davon zu überzeugen, daß er den Abend nicht verderben solle, auf den sie sich alle so lange gefreut hätten. Karel jedoch blieb unversöhnlich: »Einmal kommt der Moment, wo man nicht mehr weiter kann. Ich bin müde! Immer wird mir irgend etwas vorgeworfen. Es macht mir keinen Spaß mehr, mich ständig schuldig zu fühlen! Wegen einem solchen Blödsinn! Einem solchen Blödsinn! Nein, nein. Ich will sie nicht mehr sehen. Ich will sie überhaupt nicht mehr sehen.« Er redete immer so weiter und fing immer wieder von vorn an und weigerte sich, Evas bittendes Zureden zu hören.

Deshalb überließ sie ihn sich selbst und ging zu Marketa, die in der Küche kauerte und wußte, daß etwas passiert war, das nicht hätte passieren dürfen. Eva versuchte, ihr klarzumachen, daß der Telefonanruf ihre Verdächtigungen keinesfalls rechtfertigte. Marketa, die in der Tiefe ihrer Seele wußte, daß sie diesmal im Unrecht war, antwortete: »Wenn ich aber nicht mehr kann. Es ist immer das gleiche. Jahr für Jahr, Monat für Monat, immer nur Weiber und Lügen. Ich bin müde. Müde. Ich habe es satt.«

Eva begriff, wie schwierig es war, mit dem einen wie mit dem andern Ehepartner zu reden. Und sie begriff, daß die unklare Absicht, mit der sie hergekommen und über deren Antrieb sie sich zunächst nicht im klaren gewesen war, richtig war. Wenn sie den beiden helfen wollte, durfte sie sich nicht scheuen, eigenmächtig zu handeln. Die beiden liebten einander, brauchten aber jemanden, der ihnen die Last abnahm, die sie sich selbst aufgebürdet hatten. Jemanden, der sie befreite. Der Plan, mit dem sie angereist war, lag also nicht nur in ihrem eigenen Interesse (ja, es stand außer Zweifel, daß es in erster Linie ein eigenes Interesse gab, und gerade deshalb hatte sie sich ein bißchen schwergetan, weil sie ihren Freunden gegenüber nicht egoistisch handeln wollte), sondern auch in Marketas und Karels Interesse.

»Was soll ich tun?« sagte Marketa.

»Geh zu ihm. Sag ihm, er soll nicht mehr böse sein.«

»Aber ich will ihn nicht mehr sehen. Ich will ihn überhaupt nicht mehr sehen.«

»Dann senk den Blick. Das sieht noch rührender aus.«

8.

Der Abend ist gerettet. Marketa bringt feierlich eine Flasche und gibt sie Karel, damit er wie ein Starter bei der Olympiade mit einem großen Knall den Endlauf eröffnet. Der Wein fließt in die drei Gläser, und Eva geht mit wiegenden Schritten zum Plattenspieler, wählt eine Platte aus und hört dann nicht mehr auf, zu den Klängen der Musik (diesmal ist es nicht Bach, sondern Ellington) im Zimmer herumzukurven.

»Glaubst du, daß Mama schon schläft?« fragt Marketa.

»Es wäre vielleicht gescheiter, ihr gute Nacht zu sagen«, rät Karel.

»Wenn du ihre gute Nacht sagen gehst, kommt sie wieder ins Reden, und eine weitere Stunde ist futsch. Du weißt, daß Eva früh aufstehen muß!«

Marketa hat den Eindruck, daß sie heute schon zu viel Zeit verloren hatten. Sie nimmt ihre Freundin an der Hand und geht statt zu Mama mit ihr ins Badezimmer.

Karel bleibt allein mit Ellingtons Musik im Zimmer zurück. Er ist froh, daß sich die Wolken des Streits verzogen haben, freut sich aber nicht auf den weiteren Verlauf des Abends. Diese kleine Episode mit dem Anruf hat ihm jäh klargemacht, was er sich nicht hat eingestehen wollen: er ist müde und hat auf nichts mehr Lust.

Schon vor vielen Jahren hatte Marketa ihn dazu bewogen, zusammen mit ihr und einer seiner Geliebten zu schlafen, auf die sie eifersüchtig war. Ihm war damals bei diesem Angebot vor Erregung schwindlig geworden. Aber der Abend hatte ihm nicht viel Freude gemacht. Im Gegenteil, es war schrecklich anstrengend gewesen! Die beiden Frauen küßten und umarmten sich vor ihm, hörten aber keinen Augenblick auf, Rivalinnen zu sein, die wachsam beobachteten, welcher von ihnen er sich intensiver widmete, zu welcher er zärtlicher war. Er legte jedes Wort auf die Goldwaage, bemaß jede Berührung und war mehr Diplomat als Liebhaber, auf ängstliche Weise rücksichtsvoll, aufmerksam, höflich und gerecht. Er schaffte es trotzdem nicht. Einmal fing die Geliebte mitten im Liebesakt zu weinen an, dann wieder verfiel Marketa in tiefes Schweigen.

Hätte er glauben können, daß Marketa sich diese kleine Orgie aus purer Sinnlichkeit gewünscht hätte – als die schlechtere von beiden –, hätte er sich bestimmt darüber gefreut. Da aber schon von Anfang an feststand, daß er der schlechtere sein würde, sah er in ihren Ausschweifungen nur ihre schmerzliche Selbstverleugnung, ihr edles Bemühen, seinen polygamen Gelüsten nachzugeben und diese zu einem Bestandteil ihres Eheglücks zu machen. Er war für immer gezeichnet vom Blick auf die Wunde ihrer Eifersucht, auf eine Wunde, die er ihr zu Beginn ihrer Liebe zugefügt hatte. Als er damals gesehen hatte, wie sie eine andere Frau küßte, wäre er am liebsten vor ihr auf die Knie gesunken und hätte sie um Verzeihung gebeten.

Waren ausschweifende Spiele denn nur Bußübungen?

Und so kam ihm eines Tages der Gedanke, daß, wenn die Liebe zu dritt Spaß machen sollte, Marketa nicht das Gefühl haben durfte, einer Nebenbuhlerin zu begegnen. Sie mußte ihre eigene Freundin mitbringen, die Karel nicht kannte und die sich nicht für ihn interessierte. Deshalb hatte er sich die Begegnung zwischen Marketa und Eva in der Sauna ausgedacht. Die List glückte: die beiden Frauen wurden Freundinnen, Verbündete, Verschwörerinnen, die ihn vergewaltigten, mit ihm spielten, sich auf seine Kosten amüsierten und ihn gemeinsam begehrten. Karel hatte gehofft, daß es Eva gelingen würde, das Schmerzliche der Liebe aus Marketas Gedanken zu verdrängen, daß er endlich frei sein könnte, ohne mit Vorhaltungen traktiert zu werden.

Jetzt aber stellt er fest, daß sich das, was vor Jahren festgelegt worden ist, nicht mehr ändern läßt. Marketa ist immer noch die gleiche und er immer noch der Angeklagte.

Warum also hat er Eva mit Marketa bekannt gemacht? Warum hat er mit ihnen geschlafen? Jeder andere hätte es längst schon geschafft, Marketa fröhlich, sinnlich und glücklich zu machen. Jeder außer Karel. Er kam sich vor wie Sisyphos.

Wie Sisyphos? Hat Marketa sich nicht gerade eben mit Sisyphos verglichen?

Ja, die beiden Ehepartner sind im Lauf der Jahre zu Zwillingen geworden, sie haben den gleichen Wortschatz, die gleichen Vorstellungen und das gleiche Los. Beide haben sich gegenseitig Eva geschenkt, um den anderen glücklich zu machen. Beide haben den Eindruck, einen Stein den Berg hinaufzuwälzen. Beide sind müde.

Karel hörte aus dem Bad das Plätschern von Wasser und das Lachen der beiden Frauen, und er begriff, daß er nie so hatte leben können, wie er wollte, daß er nie die Frauen gehabt hatte, die er sich wünschte, und daß er sie nicht so gehabt hatte, wie er sie sich wünschte. Er wollte irgendwohin fliehen, wo er seine eigene Geschichte würde weben können, allein, nach seinem Geschmack und ohne Rücksicht auf liebende Blicke.

Aber im Grunde war ihm nicht einmal mehr daran gelegen, irgendeine Geschichte zu weben, er wollte ganz einfach allein sein.

9.

Es war unvernünftig von Marketa, und in ihrer Ungeduld nicht gerade weitsichtig, der Mutter nicht gute Nacht zu sagen und anzunehmen, daß sie schlafe. Die Gedanken der Mutter waren während des Besuchs beim Sohn in Bewegung geraten und an diesem Abend ganz besonders rastlos geworden. Schuld daran war die sympathische Verwandte, die sie an irgend jemanden aus ihrer Jugend erinnerte. An wen bloß?

Schließlich fiel es ihr ein: Nora! Ja, genau die gleiche Figur, die gleiche Körperhaltung, zudem ging diese Frau auf den gleich schönen langen Beinen durch die Welt.

Nora freilich hatte es an Liebenswürdigkeit und Bescheidenheit gefehlt, und die Mutter war oft betroffen gewesen über deren Benehmen. Aber daran dachte sie jetzt nicht. Wichtiger für sie war, daß sie hier unverhofft ein Stück ihrer Jugend wiedergefunden hatte, etwas wie einen Gruß aus der Distanz eines halben Jahrhunderts. Es freute sie, daß alles, was sie je erlebt hatte, immer noch bei ihr war, sie in ihrer Einsamkeit umgab und mit ihr redete. Obwohl sie Nora nie gemocht hatte, freute sie sich jetzt darüber, daß sie ihr hier begegnet war, zumal diese Nora hier vollkommen zahm war, verkörpert in jemandem, der ehrerbietig zu ihr war.

Als ihr das einfiel, wollte sie im ersten Augenblick zu den dreien laufen. Doch sie beherrschte sich. Sie wußte sehr wohl, daß sie nur dank einer List noch hier war und diese beiden Toren mit ihrer Verwandten allein sein wollten. Mochten sie also ruhig ihre Geheimnisse bereden. Sie langweilte sich keineswegs hier, im Zimmer ihres Enkels. Sie hatte ihr Strickzeug, ihre Lektüre und vor allem immer etwas zu denken. Karel hatte sie ganz durcheinandergebracht.

Ja, er hatte völlig recht, selbstverständlich hatte sie die Matura noch im Krieg gemacht. Sie hatte etwas verwechselt. Diese Geschichte mit der Rezitation und der vergessenen letzten Strophe hatte sich mindestens fünf Jahre früher zugetragen. Der Herr Schulleiter hatte tatsächlich an die Toilettentür getrommelt, hinter der sie sich weinend eingeschlossen hatte. Nur war sie damals erst knapp dreizehn, und es war an einem Schulfest vor Weihnachten. Auf dem Podium stand ein geschmückter Tannenbaum, die Kinder sangen Weihnachtslieder, und dann rezitierte sie ein Gedicht. Bei der letzten Strophe hatte sie einen Blackout und wußte nicht mehr weiter.

Die Mutter schämte sich. Was sollte sie Karel sagen? Zugeben, daß sie sich geirrt hatte? Er hielt sie ohnehin für eine Greisin. Die beiden waren nett zu ihr, das stimmte, aber der Mutter entging nicht, daß sie wie ein Kind behandelt wurde, mit einer Art Nachsicht, die ihr mißfiel. Würde sie Karel jetzt recht geben und sagen, sie habe eine Weihnachtsfeier für Kinder mit einer politischen Versammlung verwechselt, würden die beiden nochmals einige Zentimeter größer, während sie sich noch kleiner vorkäme. Nein, nein, diese Freude würde sie ihnen nicht machen.

Sie würde ihnen sagen, daß sie an jener Feier nach dem Krieg tatsächlich ein Gedicht rezitiert habe. Es sei zwar schon nach der Matura gewesen, aber der Herr Schulleiter habe sich an sie als die beste Rezitatorin erinnert und als ehemalige Schülerin eingeladen, ein Gedicht vorzutragen. Das sei eine große Ehre gewesen! Aber die habe sie auch verdient! Sie sei eine Patriotin! Davon hätten die jungen Leute ja keine Ahnung, wie es gewesen sei, als nach dem Krieg Österreich-Ungarn zerfallen sei! Diese Freude! Diese Lieder und Fahnen! Und wieder hatte sie große Lust, zu Sohn und Schwiegertochter zu laufen und ihnen von der Welt ihrer Jugend zu erzählen.

Übrigens fühlte sie sich jetzt fast verpflichtet, zu ihnen zu gehen. Es stimmte zwar, daß sie ihnen versprochen hatte, nicht zu stören, das war aber nur die halbe Wahrheit. Die andere Hälfte der Wahrheit war, daß Karel nicht begriff, wie sie nach dem Krieg an einer Festveranstaltung des Gymnasiums hatte rezitieren können. Die Mutter war eine alte Frau, deren Gedächtnis sie manchmal im Stich ließ, sie hatte es nicht verstanden, dem Sohn sofort alles zu erklären, aber jetzt, da sie sich endlich erinnerte, wie es sich im einzelnen zugetragen hatte, konnte sie doch nicht so tun, als habe sie die Frage ihres Sohnes vergessen. Das wäre nicht gut. Sie würde zu ihnen gehen (sie hatten ohnehin nichts so Wichtiges zu bereden) und sich entschuldigen: sie wolle nicht stören und sei auch bestimmt nicht gekommen, hätte Karel nicht gefragt, wie es möglich sei, daß sie an einer Festveranstaltung des Gymnasiums rezitiert habe, obwohl sie die Matura schon hinter sich gehabt habe.

Dann hörte sie, wie jemand eine Tür öffnete und wieder schloß. Sie preßte das Ohr an die Wand. Sie hörte zwei Frauenstimmen und ein neuerliches Öffnen einer Tür. Danach Lachen und Wasserplätschern. Sie sagte sich, daß die beiden Mädchen sich vermutlich schon zum Schlafengehen fertigmachten. Es war also höchste Zeit, wenn sie mit allen noch ein bißchen plaudern wollte.

10.

Das Kommen der Mutter war wie eine Hand, die ein gutgelaunter Gott Karel lächelnd hinstreckte. Je ungelegener der Zeitpunkt war, desto gelegener kam ihm die Mutter. Sie brauchte sich gar nicht zu entschuldigen, Karel überhäufte sie sofort von sich aus mit herzlichen Fragen, was sie den ganzen Nachmittag gemacht habe, ob sie sich nicht traurig gefühlt habe und warum sie nicht schon früher gekommen sei.

Die Mutter erklärte ihm, junge Leute hätten einander immer viel zu erzählen, und die Alten sollten das wissen und nicht stören.

Und da hörte man auch schon, wie die beiden schallend lachenden Frauen zur Tür stürzten. Die erste war Eva, sie hatte ein dunkelblaues Hemd an, das bis genau dorthin reichte, wo die schwarzen Schamhaare aufhörten. Beim Anblick der Mutter erschrak sie, konnte aber nicht mehr zurück, sie mußte sie anlächeln und weiter durchs Zimmer gehen, in Richtung des Sessels, in dem sie schnell ihre kaum verhüllte Nacktheit verbergen wollte.

Karel wußte, daß direkt hinter ihr Marketa kam und ahnte, daß sie im Abendkleid war, was in der gemeinsamen Sprache der drei bedeutete, daß sie nur gerade eine Korallenkette um den Hals und eine rote Samtschärpe um die Taille trug. Er wußte, daß er etwas tun müßte, um sie am Eintreten zu hindern und der Mutter den Schreck zu ersparen. Aber was? Vielleicht rufen *komm nicht herein*? oder *zieh dich rasch an, Mama ist hier*? Möglicherweise ließ sich auch etwas Gescheiteres finden, um Marketa zurückzuhalten, Karel hatte jedoch nicht mehr als eine oder zwei Sekunden zum Überlegen, und in dieser Zeit fiel ihm überhaupt nichts ein.

Im Gegenteil, er spürte eine Art euphorische Ermattung, die ihm jede Geistesgegenwart raubte. Er tat also nichts, so daß Marketa schon auf der Schwelle des Zimmers stand, sie war tatsächlich nackt und nur mit der Korallenkette und der Schärpe um die Taille bekleidet.

Genau in diesem Moment wandte sich die Mutter an Eva und sagte freundlich lächelnd: »Ihr wollt ja schon schlafen gehen, und ich halte euch hier auf.« Eva, die Marketa aus einem Augenwinkel sah, sagte, nein, sie schrie es fast, als wollte sie mit ihrer Stimme den Körper der Freundin bedekken, die endlich kapierte und in die Diele zurückwich.

Als sie kurz danach in einem langen Morgenrock zurückkam, wiederholte die Mutter, was sie gerade zu Eva gesagt hatte: »Marketa, ich halte euch hier auf, ihr wollt gewiß schon schlafen gehen.«

Marketa hätte ihr fast schon zugestimmt, doch Karel schüttelte fröhlich den Kopf: »Ach was, Mama, wir sind froh, daß du hier bei uns bist.« Und so konnte die Mutter ihnen endlich erzählen, wie es mit der Rezitation auf der feierlichen Versammlung nach dem Ersten Weltkrieg gewesen war, als Österreich-Ungarn zerfiel und der Herr Schulleiter die ehemalige Schülerin des Gymnasiums einlud, ein patriotisches Gedicht zu rezitieren.

Die beiden jungen Frauen wußten nicht, was die Mutter erzählte, Karel aber hörte interessiert zu. Ich möchte diese Behauptung präzisieren: Die Geschichte der vergessenen Strophe interessierte ihn nicht sonderlich. Er hatte sie schon oft gehört und ebensooft wieder vergessen. Was ihn interessierte, war nicht die von der Mutter erzählte Geschichte, sondern die Mutter, die eine Geschichte erzählte. Die Mutter und ihre Welt, die einer großen Birne glich, auf der wie ein Marienkäferchen ein russischer Panzer saß. Die Toilettentür, gegen die die wohlmeinende Faust des Herrn Schulleiters trommelte, war im Vordergrund, und die gierige Ungeduld der beiden jungen Frauen war dahinter überhaupt nicht mehr zu sehen.

Das gefiel Karel sehr. Vergnügt schaute er Eva und Marketa an. Deren Nacktheit vertrat sich unter dem Hemd und dem Morgenrock ungeduldig die Füße. Mit um so größerem Genuß stellte er weitere Fragen über den Herrn Schulleiter, das Gymnasium, den Ersten Weltkrieg, und schließlich bat er die Mutter sogar, ihnen das patriotische Gedicht aufzusagen, dessen letzte Strophe sie damals vergessen hatte.

Die Mutter dachte nach und begann dann ganz angespannt das Gedicht zu rezitieren, das sie mit dreizehn Jahren auf der Schulfeier vorgetragen hatte. Es war kein patriotisches Gedicht, es waren Verse über den Weihnachtsbaum und den Stern von Bethlehem, aber dieser Sachverhalt wurde von niemandem bemerkt, nicht einmal von ihr selbst. Sie dachte nur daran, ob sie sich an die Verse der letzten Strophe würde erinnern können. Sie erinnerte sich. Der Stern von Bethlehem strahlte, die drei Könige kamen zum Kripplein. Sie war durch diesen Erfolg ganz aufgeregt, lachte und schüttelte den Kopf über sich selbst.

Eva fing an zu applaudieren. Als die Mutter sie ansah, erinnerte sie sich plötzlich an das Wichtigste, was sie ihnen hatte sagen wollen: »Weißt du, Karel, an wen mich eure Cousine erinnert? An Nora!«

11.

Karel sah Eva an und wollte seinen Ohren nicht trauen: »Nora? Frau Nora?«

Er erinnerte sich aus der Kindheit noch gut an die Freundin seiner Mutter. Sie war eine blendend schöne Frau, hochgewachsen, mit dem herrlichen Gesicht einer Herrscherin. Karel hatte sie nicht gemocht, weil sie so stolz und unnahbar gewesen war, hatte dabei aber nie den Blick von ihr lösen können. Bei Gott, worin sollte eine Ähnlichkeit zwischen ihr und der fröhlichen Eva bestehen?

»Ja«, fuhr die Mutter fort, »Nora! Schau sie dir doch an! Diese hohe Gestalt! Und auch der Gang! Und sogar das Gesicht!«

»Steh auf, Eva«, sagte Karel.

Eva hatte Angst aufzustehen, weil sie nicht sicher war, ob das kurze Hemd ihre Schamhaare hinreichend verdeckte. Doch Karel drängte derart, daß sie schließlich gehorchen mußte. Sie stand da mit an den Körper gepreßten Armen und zog das Hemd unauffällig nach unten. Karel beobachtete sie gespannt, und plötzlich schien ihm, als gliche sie Nora tatsächlich. Diese Ähnlichkeit war nur entfernt und schwer faßbar, sie blitzte nur kurz auf und erlosch sofort wieder, Karel wollte diese Blitze jedoch festhalten, weil er Lust hatte, in Eva die schöne Frau Nora zu sehen, und zwar anhaltend und lange.

»Dreh dich um«, befahl er.

Eva wollte sich nicht umdrehen, weil sie ständig daran dachte, daß sie unter dem Hemd nackt war. Aber Karel beharrte auf seinem Wunsch, obwohl nun auch die Mutter protestierte: »Du kannst doch das Fräulein hier nicht exerzieren lassen wie einen Soldaten!«

»Nein, nein, ich will, daß sie sich umdreht«, insistierte Karel, und Eva gehorchte endlich.

Vergessen wir nicht, daß die Mutter sehr schlecht sah. Prellsteine kamen ihr vor wie ein Dorf, Eva verschmolz für sie mit Frau Nora. Aber Karel brauchte nur die Augen zu schließen, um Prellsteine ebenfalls für Häuser zu halten. Hatte er seine Mutter nicht schon die ganze Woche um ihre Perspektive beneidet? Er schloß also die Augen und sah statt Eva die schöne Frau aus der Vergangenheit vor sich.

Er hatte eine unvergeßliche, heimliche Erinnerung an sie. Er war ungefähr vier Jahre alt, die Mutter und Frau Nora waren mit ihm in einem Badestädtchen (er hatte nicht die geringste Ahnung, wo es gewesen sein konnte), und er mußte in einer verlassenen Garderobe auf sie warten. Geduldig stand er dort, ganz allein zwischen abgelegten Frauenkleidern. Dann betrat eine hochgewachsene, wunderschöne nackte Frau den Raum, sie drehte dem Kind den Rücken zu und streckte sich nach dem Kleiderhaken an der Wand aus, an dem ihr Bademantel hing. Es war Nora.

Niemals hatte er dieses Bild des ausgestreckten, nackten, von hinten gesehenen Körpers aus dem Gedächtnis verloren. Er war ganz klein und schaute sie von unten an, aus der Froschperspektive, wie wenn er heute zu einer fünf Meter hohen Statue emporschaute. Er stand ganz nah bei ihr, und trotzdem war er ihr unendlich fern. Zweifach fern. Fern in Raum und Zeit. Dieser Körper ragte über ihm in die Höhe und war von ihm durch eine unübersehbare Anzahl von Jahren getrennt. Diese zweifache Ferne rief in dem vierjährigen Jungen Schwindelgefühle hervor. Jetzt verspürte er sie wieder in seinem Innern mit ungeheurer Intensität.

Er betrachtete Eva (sie drehte ihm noch immer den Rükken zu) und sah Frau Nora. Er war von ihr zwei Meter und noch eine oder zwei Minuten getrennt.

»Mama«, sagte er, »es war sehr schön, daß du noch mit uns geplaudert hast. Jetzt möchten die Mädchen aber schlafen gehen.«

Die Mutter ging bescheiden und folgsam weg, und er erzählte den beiden Frauen von seiner Erinnerung an Frau Nora. Er kniete sich vor Eva hin und drehte sie wieder mit dem Rücken zu sich, um seine Augen auf den Spuren des längst vergangenen Blicks des kleinen Jungen wandern zu lassen.

Seine Müdigkeit war mit einem Mal wie verflogen. Er riß Eva zu Boden. Sie lag auf dem Bauch, er kauerte neben ihren Fersen und ließ seinen Blick nochmals ihren Beinen entlang zum Hintern gleiten, dann warf er sich auf sie und liebte sie.

Und ihm war, als sei dieser Sprung auf ihren Körper ein Sprung über die unendliche Zeit, der Sprung des kleinen Jungen, der aus dem Kindesalter ins Mannesalter geworfen wurde. Und während er sich auf ihr bewegte, vorwärts und rückwärts, schien ihm, als beschreibe er immer wieder diese Bewegung von der Kindheit bis ins Erwachsenenalter und wieder zurück, die Bewegung vom kleinen Jungen, der hilflos einen riesigen Frauenkörper ansah, bis zum Mann, der diesen Körper umschlang und bezwang. Diese Bewegung, die gewöhnlich kaum fünfzehn Zentimeter ausmacht, war so lang wie drei Jahrzehnte.

Die beiden Frauen paßten sich seiner Wildheit an, und er wechselte plötzlich von Frau Nora zu Marketa und dann wieder zu Frau Nora und nochmals zurück. Als das alles schon sehr lange dauerte, mußte er einen Moment verschnaufen. Er fühlte sich wunderbar, stark wie nie zuvor. Er streckte sich in einem Sessel aus und sah auf die beiden

Frauen, die vor ihm auf der breiten Couch lagen. In dieser kurzen Ruhepause sah er nicht Frau Nora vor sich, sondern seine beiden alten Freundinnen, die Zeuginnen seines Lebens, Marketa und Eva, und er kam sich vor wie ein großer Schachspieler, der gerade den Gegner auf zwei Schachbrettern bezwungen hatte. Dieser Vergleich gefiel ihm sehr, und er konnte sich nicht zurückhalten, ihn laut auszusprechen. »Ich bin Bobby Fisher! Ich bin Bobby Fisher«, schrie er lachend.

12.

Während Karel schrie, daß er sich vorkomme wie Bobby Fisher (der ungefähr zur gleichen Zeit auf Island die Schachweltmeisterschaft gewonnen hatte), lagen Eva und Marketa aneinandergeschmiegt auf der Couch, und Eva flüsterte ihrer Freundin ins Ohr »abgemacht?«

Marketa bejahte und saugte sich an Evas Lippen fest.

Als sie vor einer Stunde allein im Badezimmer waren, hatte Eva sie gebeten, im Gegenzug einmal zu ihr zu Besuch zu kommen. Sie würde sie ja gern zusammen mit Karel einladen, aber sowohl Karel als auch ihr eigener Ehemann seien eifersüchtig und ertrügen die Gegenwart eines anderen Mannes nicht.

Marketa schien es im ersten Moment unmöglich, unter diesen Bedingungen einzuwilligen, sie sagte jedoch nichts und lachte. Als sie einige Minuten später im Zimmer saß und ihr das Gerede von Karels Mutter um die Ohren flatterte, wurde Evas Angebot um so verlockender, je unannehmbarer es im ersten Augenblick ausgesehen hatte. Evas Mann war als Phantom anwesend.

Und als Karel geschrien hatte, er sei ein vierjähriger Junge, als er in die Hocke gegangen war und von unten auf die vor ihm stehende Eva geschaut hatte, war es ihr vorgekommen, als sei er tatsächlich vier Jahre alt, als habe er sich vor ihr in seine Kindheit geflüchtet und als seien die beiden Frauen mit seinem ungewöhnlich leistungsfähigen Körper hier allein zurückgeblieben, der mechanisch so tüchtig war, daß er unpersönlich und entleert wirkte, und zu dem man sich jede beliebige Seele hinzudenken konnte. Zum Beispiel auch die Seele von Evas Mann, dieses vollkommen unbekannten Menschen ohne Gesicht und Gestalt.

Marketa ließ sich von diesem mechanischen Männerkörper lieben und schaute dann zu, wie dieser Körper sich zwischen Evas Beine warf, sie versuchte aber, das Gesicht nicht zu sehen, um sich vorstellen zu können, es handle sich um den Körper eines Unbekannten. Es war wie ein Maskenball. Karel hatte Eva die Maske Noras und sich selbst die Maske eines Kindes aufgesetzt, und Marketa hatte ihm den Kopf vom Rumpf genommen. Es war der Körper eines kopflosen Mannes. Karel war verschwunden, und da geschah ein Wunder: Marketa fühlte sich frei und glücklich!

Will ich damit etwa Karels Verdacht erhärten, daß ihre kleinen häuslichen Orgien für Marketa bis jetzt nur Selbstverleugnung und Qual gewesen waren?

Nein, dies wäre eine allzu grobe Vereinfachung. Marketa begehrte tatsächlich, mit ihrem Körper und mit allen Sinnen, all die Frauen, die sie für Karels Geliebte hielt. Und sie begehrte sie auch mit ihrem Kopf: der Prophezeiung des alten Mathematikprofessors gehorchend, wollte sie – wenigstens in den Grenzen des unglückseligen Abkommens – initiativ und ausgelassen sein und Karel überraschen.

Sobald sie aber nackt auf der breiten Couch neben ihnen

lag, verschwanden die sinnlichen Phantasien aus ihrem Kopf, und der bloße Anblick ihres Mannes versetzte sie zurück in ihre Rolle, in die Rolle der Besseren, der Unrecht getan wurde. Sogar wenn sie mit Eva zusammen war, die sie mochte und auf die sie nicht eifersüchtig war, fiel die Gegenwart ihres allzu geliebten Mannes bedrückend auf sie nieder und dämpfte ihre Sinnesfreuden.

Seit dem Augenblick, als sie den Kopf von Karels Rumpf genommen hatte, spürte sie die unbekannte und berauschende Berührung der Freiheit. Diese Anonymität der Körper war ein unverhofft entdecktes Paradies. Mit verwundertem Vergnügen verjagte sie ihre verletzte und allzu wachsame Seele aus ihrem Innern und verwandelte sich in einen bloßen Körper ohne Vergangenheit und ohne Gedächtnis, der aber um so empfänglicher und begieriger war. Zärtlich streichelte sie Evas Gesicht, während der Körper ohne Kopf sich kraftvoll auf ihr bewegte.

Und dann hielt der kopflose Körper plötzlich in seinen Bewegungen inne und sagte mit einer Stimme, die sie unangenehm an Karel erinnerte, den unglaublich albernen Satz: »Ich bin Bobby Fisher! Ich bin Bobby Fisher!«

Es war, als hätte sie ein Wecker aus einem Traum gerissen. Und es war der Augenblick, da sie sich an Eva schmiegte (wie ein aufgeweckter Schläfer sich ans Kopfkissen preßt, um sich vor dem trüben Tageslicht zu verbergen) und Eva sie fragte *abgemacht?*, Marketa bejahte und sich an ihr festsaugte. Sie hatte sie schon immer geliebt, heute aber liebte sie sie zum ersten Mal mit allen Sinnen, um ihrer selbst, um ihres Körpers und ihrer Haut willen, und sie war berauscht von dieser körperlichen Liebe wie von einer plötzlichen Offenbarung.

Dann lagen sie mit ihren sanft gewölbten Hintern nebeneinander auf der Couch, und Marketa spürte auf der Haut, daß dieser unglaublich leistungsfähige Körper sie schon wieder mit seinen Augen anstarrte und sie bald wieder zu lieben anfangen würde. Sie bemühte sich, die Stimme nicht zu hören, die behauptete, die schöne Frau Nora zu sehen, sie bemühte sich, nur ein tauber Körper zu sein, der sich an die süße Freundin und einen Mann ohne Kopf schmiegte.

Als alles vorbei war, schlief ihre Freundin augenblicklich ein. Marketa beneidete sie um diesen animalischen Schlaf, sie wollte ihn aus ihrem Mund einatmen, in ihrem Rhythmus einschlafen. Sie kuschelte sich an sie und schloß die Augen, um Karel zu überlisten, der glaubte, daß beide eingeschlafen seien, und sich im Nebenzimmer hinlegte.

Um halb fünf in der Früh öffnete Marketa die Tür zu seinem Zimmer. Er sah sie verschlafen an.

»Schlaf weiter, ich kümmere mich allein um Eva«, sagte sie und küßte ihn zärtlich. Er drehte sich auf die andere Seite und schlief sofort wieder ein.

Im Auto fragte Eva sie nochmals: »Also abgemacht?«

Marketa war nicht mehr so entschlossen wie gestern. Ja, sie hätte das alte, ungeschriebene Abkommen gern aufgekündigt. Ja, sie wollte aufhören, die Bessere zu sein. Aber wie konnte sie das anstellen, ohne die Liebe zu zerstören? Wie konnte sie es tun, wenn sie Karel immer noch so sehr liebte?

»Hab keine Angst«, sagte Eva, »er wird es nicht merken. Bei euch ist es ein für allemal so festgelegt, daß du diejenige bist, die verdächtigt, und nicht er. Du brauchst nicht die geringste Angst zu haben, daß ihm so was einfallen könnte.«

13.

Eva döst im holpernden Abteil vor sich hin, Marketa ist vom Bahnhof zurückgekehrt und schläft bereits wieder (in einer Stunde wird sie aufstehen und sich für die Arbeit fertigmachen müssen), jetzt ist Karel an der Reihe, seine Mutter zum Zug zu begleiten. Es ist der Morgen der Züge. Einige Stunden später (da werden die beiden Ehepartner schon an ihrem Arbeitsplatz sein) wird ihr Sohn auf dem Bahnsteig aus dem Zug steigen und den definitiven Schlußpunkt hinter die Geschichte setzen.

Karel ist noch ganz erfüllt von der Schönheit der vergangenen Nacht. Er weiß sehr wohl, daß von den zwei- oder dreitausend Liebesakten (wie oft im Leben hatte er eigentlich geliebt?) lediglich zwei oder drei wesentlich und unvergeßlich bleiben, wohingegen alle andern nur Rückkehr, Imitation, Wiederholung oder Erinnerung sind. Und Karel weiß, daß die gestrige Liebe einer jener zwei oder drei großen Akte war, und er ist von unendlicher Dankbarkeit erfüllt.

Er fährt seine Mutter zum Bahnhof, und die Mutter erzählt den ganzen Weg lang.

Was erzählt sie?

Vor allem dankt sie ihm: Sie habe sich bei Sohn und Schwiegertochter sehr wohl gefühlt.

Dann aber macht sie ihm Vorwürfe: Früher hätten sie sich ihr gegenüber viel herausgenommen. Als er mit Marketa noch bei ihr gewohnt habe, habe er sich ihr gegenüber ungeduldig, oft sogar grob und gleichgültig benommen, sie habe sehr gelitten. Ja, sie gebe zu, daß sie diesmal sehr lieb gewesen seien, anders als sonst. Sie hätten sich verändert, gewiß. Aber weshalb erst so spät?

Karel hört sich die lange Litanei der Vorwürfe an (er kennt sie auswendig), ist aber nicht im geringsten gereizt. Er schaut aus einem Augenwinkel auf seine Mutter und stellt einmal mehr überrascht fest, wie klein sie ist. Als wäre ihr ganzes Leben ein Prozeß eines graduellen Kleinerwerdens.

Aber was ist das eigentlich für ein Kleinerwerden?

Ist es das reale Kleinerwerden eines Menschen, der seine Erwachsenen-Ausmaße ablegt und den langen Weg durch Alter und Tod hindurch in jene Fernen beschreitet, wo er nur noch ein dimensionsloses Nichts sein wird?

Oder ist dieses Kleinerwerden nur eine optische Täuschung, die dadurch hervorgerufen wird, daß die Mutter sich entfernt, daß sie anderswo ist als er, er sie also aus weiter Ferne sieht und sie ihm vorkommt wie ein Lämmchen, eine Puppe, ein Schmetterling?

Als die Mutter ihre vorwurfsvolle Litanei kurz unterbricht, fragt Karel sie: »Wie geht es eigentlich Frau Nora?«

»Sie ist natürlich auch schon alt. Fast ganz blind.«

»Siehst du sie ab und zu?«

»Weißt du es denn nicht?« sagt die Mutter gekränkt. Die beiden Frauen haben sich vor langer Zeit überworfen, sie sind beleidigt und zerstritten und werden sich nie wieder vertragen. Karel solle sich das merken.

»Und weißt du noch, wo wir mit ihr in den Ferien waren, als ich ein kleiner Junge war?«

»Aber sicher«, sagt die Mutter und nennt einen böhmischen Badeort. Karel kennt ihn gut, hat aber nie gewußt, daß sich genau dort jene Garderobe befindet, in der er Frau Nora nackt gesehen hat.

Jetzt sieht er die lieblich gewellte Landschaft jenes Badeorts vor sich, die hölzerne Kolonnade mit den geschnitzten Säulen, rundherum Hügel mit Wiesen, auf denen Schafe mit bimmelnden Glöckchen um den Hals weiden. In diese Landschaft setzt er nun (wie ein Autor von Collagen, der eine ausgeschnittene Radierung auf eine andere Radierung aufklebt) Frau Noras nackte Gestalt, und durch seinen Kopf fährt der Gedanke, daß die Schönheit der Funke sei, der emporsprüht, wenn sich zwei verschiedene Lebensalter über die Entfernung der Jahre hinweg plötzlich berühren. Daß die Schönheit das Auflösen der Chronologie und ein Aufstand gegen die Zeit sei.

Er ist ganz mit dieser Schönheit und einem Gefühl der Dankbarkeit dafür erfüllt. Dann sagt er ganz unverhofft: »Mama, Marketa und ich haben uns gefragt, ob du nicht doch bei uns wohnen willst. Es ist kein Problem, unsere Wohnung gegen eine größere einzutauschen.«

Die Mutter streichelt seine Hand: »Du bist sehr nett, Karel. Sehr lieb. Es freut mich, daß du mir das sagst. Aber weißt du, mein Pudel hat sich dort eingelebt. Und ich habe dort gute Nachbarinnen.«

Dann steigen sie zusammen in den Zug und Karel wählt für seine Mutter ein Abteil aus. Alle kommen ihm zu voll und zu unbequem vor. Schließlich setzt er sie in die erste Klasse und läuft zum Schaffner, um den Zuschlag zu bezahlen. Und als er das Portemonnaie in der Hand hält, zieht er einen Hundertkronenschein heraus und legt ihn der Mutter in die Hand, als sei sie ein kleines Mädchen, das man in die weite Welt hinausschickt, und die Mutter nimmt diesen Hunderter, ohne sich zu wundern, mit der Selbstverständlichkeit einer Schülerin, die es gewohnt ist, von den Erwachsenen von Zeit zu Zeit etwas Geld zugesteckt zu bekommen.

Und dann setzt sich der Zug in Bewegung, die Mutter steht am Fenster, Karel auf dem Bahnsteig, und er winkt ihr lange, lange nach.

DRITTER TEIL

Die Engel

1.

In Eugène Ionescos Theaterstück *Die Nashörner* verwandeln sich die Menschen, besessen von dem Wunsch, alle gleich zu sein, nach und nach in Nashörner. Gabriela und Michaela, zwei junge Amerikanerinnen, nahmen dieses Stück im Rahmen eines Ferienkurses für ausländische Studenten in einer kleinen Stadt am Mittelmeer durch. Frau Professor Raphael mochte die beiden von der ganzen Klasse am meisten, weil sie sie ständig gebannt anschauten und jede ihrer Bemerkungen gewissenhaft aufschrieben. Heute hatte sie ihnen aufgetragen, für die nächste Stunde ein gemeinsames Referat über das Stück vorzubereiten.

»Ich weiß nicht recht, wie ich es verstehen soll, daß Menschen sich in Nashörner verwandeln«, sagte Gabriela.

»Du mußt es als Symbol verstehen«, wurde sie von Michaela belehrt.

»Stimmt«, sagte Gabriela: »Die Literatur besteht aus Zeichen.«

»Das Nashorn ist in erster Linie ein Zeichen«, sagte Michaela.

»Gut, aber auch wenn wir einsehen, daß sie sich nicht in echte Nashörner, sondern nur in Zeichen verwandeln, weshalb verwandeln sie sich dann ausgerechnet in dieses und nicht in ein anderes Zeichen?«

»Ja, das ist allerdings ein Problem«, sagte Michaela betrübt, und die beiden Mädchen, die auf dem Heimweg zum Studentenwohnheim waren, verstummten für lange.

Das Schweigen wurde von Gabriela unterbrochen: »Meinst du nicht, daß es ein phallisches Symbol ist?«

»Was?« fragte Michaela.

»Dieses Horn«, sagte Gabriela.

»Klar!« jubelte Michaela, zögerte dann aber: »Aber weshalb sollten sich alle in Phallussymbole verwandeln? Männer wie Frauen?«

Die beiden Mädchen verstummten wieder.

»Mir fällt was ein«, sagte Michaela plötzlich.

»Was?« fragte Gabriela neugierig.

»Madame Raphael hat übrigens indirekt darauf angespielt«, sagte Michaela, um Gabriela auf die Folter zu spannen.

»Na sag schon!« drängte Gabriela.

»Der Autor wollte einen komischen Effekt erzielen!«

Gabriela war von dem Gedanken, den ihre Freundin ausgesprochen hatte, dermaßen fasziniert, daß sie, ganz konzentriert auf das, was in ihrem Kopf vorging, ihre Füße vergaß und den Schritt verlangsamte. Die beiden Mädchen blieben fast stehen.

»Du glaubst, daß das Symbol des Nashorns einen komischen Effekt erzeugen sollte?« fragte sie.

Michaela lächelte stolz wie ein Entdecker: »Ja.«

Die beiden Mädchen schauten einander an, verzückt von der eigenen Kühnheit, und der Stolz ließ ihre Mundwinkel zucken. Dann gaben sie plötzlich einen hohen, abgerissenen Ton von sich, der sich mit Worten nur sehr schwer beschreiben läßt.

2.

»Lachen? Fragt man je nach dem Lachen? Ich meine dem wahren Lachen, dem Lachen jenseits von Scherz und Spaß, jenseits des Lächerlichen. Lachen, immense und köstliche Wonne, volle Wonne...

Ich sagte zu meiner Schwester, oder sie zu mir, komm, spielen wir lachen? Wir legten uns nebeneinander aufs Bett, und los ging's. Zum Schein natürlich. Gezwungenes Lachen. Lächerliches Lachen. So lächerliches Lachen, daß wir darüber lachen mußten. Dann kam es, das wahre Lachen, das vollkommene Lachen, um uns mit sich fortzutragen in seiner gewaltigen Brandung. Aufgebrochenes, wiederholtes, unordentliches und entfesseltes Lachen, wunderbares, majestätisches und verrücktes Lachen... Und wir lachten endlos vor Lachen über unser Lachen... O Lachen! Lachen der Wonne, Wonne des Lachens; lachen, das bedeutet: ganz intensiv leben...«

Ich zitiere aus einem Buch mit dem Titel *Parole de femme*. Es wurde 1974 von einer dieser leidenschaftlichen Feministinnen geschrieben, die das Klima unserer Zeit nachhaltig beeinflußt haben. Es handelt sich um ein mystisches Manifest der Freude. Als Gegenpol zum sexuellen Verlangen des Mannes, das auf die flüchtigen Momente der Erektion verwiesen bleibe und in fataler Weise mit Gewalt, Zerstörung und Untergang verbunden sei, besingt die Autorin als positiven Gegenpol dazu die weibliche Freude, das Erlebnis, die Lust, die Wonne, was im Französischen im Wort *la jouissance* zusammengefaßt werden kann, eine Wonne, die süß, allgegenwärtig und anhaltend ist. Falls eine Frau sich ihrem Wesen nicht entfremdet hat, wird für sie alles zur Wonne, auch »essen, trinken, urinieren, defäkieren, berühren, hören oder sogar einfach da sein«. Diese Aufzählung der Wonnen zieht sich wie eine schöne Litanei durch das ganze Buch. »Leben ist Glück: sehen, hören, berühren, trinken, essen, urinieren, defäkieren, ins Wasser tauchen und den Himmel anschauen, lachen und weinen.« Und wenn der Koitus schön ist, so nur deshalb, weil er die Summe »aller möglichen Wonnen des Lebens ist: des Tastens, des Sehens, des Hörens, des Sprechens, des Riechens, aber auch des Trinkens, des Essens, des Defäkierens, des Erkennens und des Tanzens«. Und auch das Stillen ist eine Freude, sogar das Gebären ist eine Wonne, das Menstruieren ist Lust: »dieser laue Speichel, diese dunkle Milch, dieses warme, gleichsam zuckersüße Rinnen des Bluts, dieser Schmerz, der den brennenden Geschmack des Glücks hat«.

Nur ein Dummkopf könnte über dieses Manifest der Wonne lachen. Jede Mystik übertreibt. Ein Mystiker darf sich nicht vor der Lächerlichkeit fürchten, wenn er bis zum Ende gehen will, zum Ende der Demut, oder zum Ende der Lust. So wie die heilige Therese in der Agonie lächelte, behauptet die heilige Annie Leclerc (denn so heißt die Autorin, aus deren Buch ich zitiere), daß der Tod ein Stück Freude sei und nur der Mann ihn fürchte, weil er kläglich »an seinem kleinen Ich und seiner kleinen Macht« klebe.

Oben, im Gewölbe dieser Kathedrale des Glücks, erklingt das Lachen, »köstliche Verzückung des Glücks, höchster Gipfel der Lust. Lachen der Wonne, Wonne des Lachens«. Es besteht kein Zweifel, daß ein solches Lachen »nichts mit Scherz, mit Hohn oder Lächerlichkeit gemeinsam hat«. Die beiden Schwestern auf dem Bett lachen nicht über etwas Konkretes, ihr Lachen hat nichts zum Gegenstand, es ist Ausdruck des Seins, das sich freut zu sein. Ähnlich wie der Mensch sich durch Stöhnen an den gegenwärtigen Augenblick seines leidenden Körpers fesselt (und vollkommen jenseits von Vergangenheit und Zukunft steht), ist er auch in diesem ekstatischen Lachen ohne Erinnerung, er sehnt sich nach nichts, sondern ruft den gerade gegenwärtigen Moment der Welt an und will außer ihm nichts wahrhaben.

Sicher kennen Sie diese Szene aus Dutzenden schlechter Filme: ein Junge und ein Mädchen halten sich an den Händen und laufen durch eine wunderbar frühlingshafte (gegebenenfalls sommerliche) Natur. Sie laufen, laufen und lachen. Das Lachen der beiden Läufer soll aller Welt und den Zuschauern in allen Kinos verkünden: wir sind glücklich, wir sind gern auf der Welt, wir bejahen das Sein! Die Szene ist albern, sie ist kitschig, und doch beinhaltet sie eine der menschlichen Grundsituationen: *das ernste Lachen, das Lachen jenseits des Scherzes.*

Alle Kirchen, alle Wäschefabrikanten, alle Generäle, alle politischen Parteien stimmen in diesem Lachen überein und plazieren das Bild dieser beiden lachenden Läufer auf ihren Plakaten, mit denen sie für ihre Religionen, ihre Produkte, ihre Ideologien, ihre Völker, ihren Sex oder ihr Spülmittel werben.

Genau dieses Lachen lachen Michaela und Gabriela. Sie kommen Hand in Hand aus einer Papeterie, und jede schwenkt in der freien Hand ein kleines Päckchen, in dem sich farbiges Papier, Leim und ein Gummiband befinden.

»Madame Raphael wird begeistert sein! Du wirst sehen!« sagt Gabriela und gibt dabei diesen hohen, abgerissenen Ton von sich. Michaela teilt deren Meinung und antwortet mit einem ähnlichen Ton.

3.

Kurz nachdem mein Land im Jahre 1968 von den Russen besetzt worden war, verlor ich (wie Tausende und Abertausende anderer Tschechen) meine Arbeit, und niemand mehr durfte mich anstellen. Damals kamen mich junge Leute besuchen, Leute, die so jung waren, daß sie noch nicht auf den Listen der Russen standen und in den Redaktionen, Schulen und Filmteams hatten bleiben können. Diese guten jungen Freunde, die ich nie verraten werde, boten mir ihre Hilfe an, damit ich unter ihrem Namen Hörspiele, Stücke fürs Fernsehen und fürs Theater, Artikel, Reportagen und Drehbücher schreiben und so meinen Lebensunterhalt verdienen konnte. Zum Teil habe ich ihre Angebote angenommen, meistens aber abgelehnt, weil ich es gar nicht schaffte, alles zu tun, was man mir anbot, und auch, weil es gefährlich war. Nicht für mich, sondern für sie. Die Geheimpolizei wollte uns aushungern, uns in die Enge treiben und zwingen, daß wir kapitulierten und öffentlich Buße taten. Deshalb ließ sie die Notausgänge scharf bewachen, durch die wir aus der Umzingelung zu flüchten versuchten, und Namensgeber wurden streng bestraft.

Unter diesen gutherzigen Namensgebern war auch R. (Nachdem alles aufgeflogen ist, habe ich in ihrem Fall nichts zu verheimlichen.) Dieses schüchterne, feinfühlige und kluge Mädchen war Redakteurin einer illustrierten Jugendzeitschrift, die in einer Riesenauflage erschien. Da die Zeitschrift damals eine unglaubliche Menge unverdaulicher politischer Artikel veröffentlichen mußte, in denen das russische Brudervolk verherrlicht wurde, suchte die Redaktion irgend etwas, um die Aufmerksamkeit der Massen zu gewinnen. Sie beschloß, die Reinheit der marxistischen Ideologie ausnahmsweise zu durchbrechen und eine astrologische Rubrik einzuführen.

Ich hatte zu diesem Zeitpunkt meiner Ächtung einige Tausend Horoskope erstellt. Wenn der große Jaroslav Hašek hatte Hundehändler sein können (er verkaufte viele gestohlene Hunde und versah nicht selten Bastarde mit wertvollen Stammbäumen), weshalb sollte ich nicht Astrologe sein? Ich hatte von Pariser Freunden alle Bücher André Barbaults über Astrologie bekommen. Unter seinem Namen stand der stolze Titel *Président du Centre international d'astrologie*, und ich hatte mit verstellter Handschrift und Tinte auf die ersten Seiten geschrieben: *A Milan Kundera avec admiration, André Barbault*. Diese Bücher mit Widmung ließ ich wie zufällig auf dem Tisch liegen und erklärte meinen verblüfften Prager Klienten, daß ich früher einmal in Paris einige Monate lang Assistent des berühmten Barbault gewesen sei.

Als R. mich bat, heimlich die astrologische Rubrik ihres Wochenblatts zu übernehmen, war ich natürlich begeistert und empfahl ihr, in der Redaktion zu sagen, daß der Verfasser der Texte ein berühmter Atomphysiker sei, der nicht wolle, daß seine Kollegen über ihn lachten und deshalb seinen Namen nicht preisgebe. Unser Unternehmen schien mir auf diese Weise doppelt abgesichert: durch den nicht existierenden Wissenschaftler und dessen Pseudonym.

Ich schrieb also unter dem erfundenen Namen einen schönen, langen Artikel über Astrologie, und dann jeden Monat einen kurzen, ziemlich albernen Text über die einzelnen Sternzeichen, zu denen ich selbst die Zeichnungen von Widder, Stier, Jungfrau und Fisch anfertigte. Die Honorare waren verschwindend klein, und auch die Sache als solche war weder lustig noch bemerkenswert. Erheiternd am Ganzen war nur meine Existenz, die Existenz eines aus der Geschichte, den Literaturlehrbüchern und dem Telefonverzeichnis radierten Menschen, eines toten Menschen, der als Resultat einer wunderbaren Inkarnation wiederauferstanden war und Hunderttausenden sozialistischen Jugendlichen die hohe Wahrheit der Astrologie verkündete.

Eines Tages teilte R. mir mit, daß der Chefredakteur von seinem Astrologen sehr angetan sei und sich von ihm ein Horoskop machen lassen wolle. Ich war entzückt. Der Chefredakteur war von den Russen in diese Zeitschrift katapultiert worden und hatte sein halbes Leben auf Kursen des Marxismus-Leninismus in Prag und Moskau verbracht!

»Er hat sich ein bißchen geschämt, als er mir das sagte«, lachte R.: »Es wäre ihm gar nicht recht, wenn es sich überall herumspräche, daß er einem eher mittelalterlichen Aberglauben anhängt. Aber er ist davon sehr fasziniert.«

»Das ist gut«, sagte ich und freute mich. Ich kannte den Chefredakteur. Er war nicht nur R.s Vorgesetzter, sondern auch Mitglied der höchsten Kaderkommission der Partei und hatte das Leben vieler meiner Freunde zerstört.

»Er besteht auf absoluter Diskretion. Ich soll Ihnen nur sein Geburtsdatum nennen, aber Sie dürfen nicht wissen, daß es sich um ihn handelt.«

»Um so besser«, sagte ich erfreut.

»Er würde Ihnen für das Horoskop einen Hunderter zahlen.«

»Einen Hunderter?« lachte ich: »Was glaubt er denn, dieser Geizkragen!«

Er mußte mir tausend Kronen schicken. Ich füllte zehn Seiten mit der Beschreibung seines Charakters, schilderte seine Vergangenheit (über die ich ausreichend informiert war) und seine Zukunft. Ich arbeitete eine ganze Woche lang an meinem Werk und beriet mich eingehend mit R. Mit einem Horoskop kann man die Menschen fantastisch beeinflussen, ja sogar ihr Verhalten steuern. Man kann ihnen gewisse Taten empfehlen, sie vor anderen warnen und sie durch behutsame Anspielungen auf kommende Katastrophen zur Demut anhalten.

Als ich mich später mit R. traf, lachten wir herzlich. Sie behauptete, der Chefredakteur habe sich nach der Lektüre des Horoskops gebessert. Er brülle weniger herum. Er fange an, sich vor seiner Strenge zu fürchten und lege Wert auf jene Prise Liebenswürdigkeit, derer er fähig war, und in seinem Blick, der sich so oft im Leeren verliere, sei die Traurigkeit eines Menschen zu erkennen, dem die Sterne für die Zukunft nur noch Leiden verhießen.

4.

(Über die zwei Arten von Lachen)

Wer den Teufel als Vertreter Des Bösen und den Engel als Kämpfer für Das Gute betrachtet, übernimmt die Dämagogie der Engel. Die Sache ist selbstverständlich komplizierter.

Die Engel sind nicht die Vertreter Des Guten, sondern der göttlichen Schöpfung. Der Teufel hingegen spricht der göttlichen Welt jeden vernünftigen Sinn ab.

Bekanntlich teilen sich die Teufel und die Engel die Macht über die Welt. Das Gute auf der Welt verlangt jedoch nicht, daß die Engel die Übermacht über die Teufel hätten (wie ich es mir als Kind vorgestellt habe), sondern eine ungefähre Ausgewogenheit. Wenn es auf der Welt allzuviel unanfechtbaren Sinn gibt (Herrschaft der Engel), bricht der Mensch unter dessen Last zusammen. Verliert die Welt jedweden Sinn (Herrschaft der Teufel), läßt es sich gleichfalls nicht leben.

Dinge, die plötzlich ihren herkömmlichen Sinn einbüßen, den Platz, der ihnen in der vermeintlichen Ordnung der Dinge zusteht (ein in Moskau geschulter Marxist, der an Horoskope glaubt), reizen uns zum Lachen. Ursprünglich kommt das Lachen also von den Teufeln. Darin liegt ein Stück Boshaftigkeit (die Dinge erscheinen anders, als sie vorgeben zu sein), aber auch ein Stück wohltuender Erleichterung (die Dinge sind leichter, als sie scheinen, man kann freier mit ihnen leben, sie bedrücken uns nicht mit ihrem strengen Ernst).

Als der Engel zum ersten Mal das Lachen des Teufels hörte, erstarrte er. Es geschah während irgendeines Festmahls, es waren viele Leute versammelt, und sie stimmten einer nach dem andern in das Lachen des Teufels ein, denn es war ansteckend. Der Engel begriff gut, daß dieses Lachen gegen Gott und die Würde seines Werkes gerichtet war. Ihm wurde klar, daß er rasch reagieren mußte, doch er fühlte sich wehrlos und schwach. Da er nicht in der Lage war, selber etwas zu erfinden, ahmte er seinen Widersacher nach. Er öffnete den Mund und gab einen unterbrochenen, abgerissenen Klang in der höheren Tonlage seines Stimmregisters von sich (ähnlich dem Ton, den Gabriela und Michaela in der Straße des Städtchens am Meer von sich gegeben hatten) und verlieh ihm den gegenteiligen Sinn: während das Lachen des Teufels auf die Sinnlosigkeit der Dinge verwies, wollte der Schrei des Engels sich darüber freuen, daß alles auf der Welt vernünftig geregelt, richtig ausgedacht, schön, gut und sinnvoll sei.

Und so standen sie einander gegenüber, Teufel und Engel, öffneten den Mund und gaben annähernd den gleichen Ton von sich, aber jeder drückte durch seine Klangfarbe das Gegenteil des andern aus. Und der Teufel schaute auf den lachenden Engel und lachte immer lauter, besser und aufrichtiger, da der lachende Engel unheimlich lächerlich war.

Ein Lachen, das zum Lachen ist, ist ein Debakel. Trotzdem haben die Engel eines geschafft: Dank eines semantischen Betrugs haben sie uns alle hinters Licht geführt. Ihre Imitation des Lachens und das ursprüngliche Lachen (das Lachen des Teufels) werden mit demselben Wort bezeichnet. Die Menschen sind sich heute nicht mehr bewußt, daß die gleiche äußerliche Erscheinung zwei völlig verschiedene innere Haltungen in sich birgt. Es gibt zwei Arten von Lachen, und uns fehlt das Wort, um die beiden Phänomene voneinander zu unterscheiden.

5.

In einer Illustrierten war folgendes Foto abgedruckt: eine Reihe uniformierter Männer mit geschulterten Gewehren und mit Helmen, die mit Visieren aus Plexiglas versehen sind, schauen in Richtung einer kleinen Gruppe junger Menschen in Jeans und T-Shirts, die sich an den Händen halten und vor den Uniformierten im Kreis tanzen.

Es ist offensichtlich der Augenblick des Wartens vor dem Zusammenstoß mit der Polizei, die ein Kernkraftwerk, einen militärischen Übungsplatz, ein Parteisekretariat oder die Fenster irgendeiner Botschaft sichern soll. Die jungen Leute nutzen die Zeit, um einen Kreis zu bilden und zur Melodie einer einfachen Volksweise zu tanzen, zwei Schritte auf der Stelle, einen nach vorn und schließlich zuerst das eine und dann das andere Bein anheben.

Ich glaube sie zu verstehen: sie haben das Gefühl, daß der Kreis, den sie auf dem Boden beschreiben, ein magischer Kreis ist und sie durch ihn verbunden sind wie durch einen Fingerring. Und in ihrer Brust breitet sich das intensive Gefühl der Unschuld aus: sie sind nicht wie Soldaten oder faschistische Kämpfer durch einen *Marsch*, sondern wie Kinder durch einen *Tanz* verbunden. Sie möchten den Polizisten ihre Unschuld ins Gesicht spucken.

So mußte sie auch der Fotograf gesehen und diesen vielsagenden Gegensatz noch unterstrichen haben: auf der einen Seite die Polizei in ihrer *unechten* (auferlegten, befohlenen) Einheit der Reihe, auf der anderen die jungen Menschen in ihrer *wahrhaftigen* (aufrichtigen und organischen) Einheit des Kreises; auf der einen Seite die Polizei in ihrer *tristen* Tätigkeit des Lauerns, auf der anderen die Jugend in der *Freude* des Spiels.

Der Tanz im Kreis ist magisch und spricht zu uns aus der jahrtausendealten Tiefe des menschlichen Gedächtnisses. Frau Professor Raphael hat dieses Foto aus der Zeitschrift ausgeschnitten und ist darüber ins Träumen geraten. Auch sie sehnt sich danach, in einem solchen Kreis zu tanzen. Sie sucht ihr Leben lang einen Kreis von Menschen, mit denen sie sich an der Hand halten und im Kreis tanzen kann, sie hat ihn zuerst in der methodistischen Kirche gesucht (ihr Vater war ein religiöser Schwärmer), dann in der kommunistischen Partei, dann in einer trotzkistischen Partei, dann in einer trotzkistischen Splittergruppe, dann im Kampf gegen die Abtreibung (das Kind hat ein Recht auf Leben!), dann im Kampf für die Legalisierung der Abtreibung (die Frau hat ein Recht auf ihren Körper!), sie hat den Kreis bei den Marxisten, den Psychoanalytikern und dann bei den Strukturalisten gesucht, sie hat ihn bei Lenin, im Zen-Buddhismus, bei Mao Zedong gesucht, unter den Anhängern des Joga, in der Schule des Nouveau Roman, in Brechts Theater, im Panik-Theater, und zuletzt sehnte sie sich danach, wenigstens mit ihren Schülern zu einer Einheit zu verschmelzen, was bedeutete, daß sie sie ständig zwang, so zu denken und zu sprechen, wie sie dachte und sprach, damit sie ein Körper und eine Seele würden, ein Kreis und ein Tanz.

Ihre beiden Lieblingsschülerinnen sind gerade nach Hause gekommen, ins Studentenwohnheim. Sie beugen sich über den Text von Ionescos *Nashörnern*, und Michaela liest laut folgende Sätze vor:

»Logiker zum älteren Herrn: Nehmen Sie ein Blatt Papier, rechnen Sie. Man nimmt zwei Pfoten von zwei Katzen. Wie viele Pfoten bleiben jeder Katze?

Älterer Herr zum Logiker: Mehrere Lösungen sind möglich. Die eine Katze hat vier Pfoten, die andere zwei. Möglicherweise hat eine Katze fünf Pfoten und die andere nur eine. Nimmt man zwei Pfoten von den acht der zwei Katzen weg, hat möglicherweise eine Katze sechs Pfoten und die andere gar keine.«

Michaela unterbricht ihre Lektüre: »Ich verstehe nicht, wie man einer Katze die Pfoten wegnehmen kann. Dazu müßte man sie ihnen doch abhacken?«

»Michaela!« rief Gabriela.

»Und ich verstehe auch nicht, wie eine Katze sechs Pfoten haben kann!«

»Michaela!« rief Gabriela nochmals.

»Was?« fragte Michaela.

»Hast du es schon wieder vergessen? Du hast es doch selbst gesagt!«

»Was denn?« fragte Michaela wieder.

»Dieser Dialog soll bestimmt einen komischen Eindruck machen!«

»Du hast recht«, sagte Michaela und schaute Gabriela glücklich an. Die beiden Mädchen sahen einander in die Augen, und dann fingen ihre Mundwinkel vor Stolz zu zucken an, und schließlich kam aus ihren Mündern ein kurzer, abgerissener Ton in einer höheren Stimmlage. Und dann noch ein gleicher Ton und noch einer. »Ein gezwungenes Lachen. Ein lächerliches Lachen. Ein so lächerliches Lachen, daß sie nicht anders können, als darüber zu lachen. Danach kommt das wahre Lachen. Ein entfesseltes, wiederholtes, unordentliches, zügelloses Lachen, Explosionen von Lachen, wunderbar, prachtvoll und verrückt. Sie lachen ihr Lachen bis in die Unendlichkeit ihres Lachens hinein... O Lachen! Lachen der Wonne, Wonne des Lachens...«

Und irgendwo schlenderte die einsame Madame Raphael durch die Straßen des Städtchens am Meer. Plötzlich hob sie den Kopf, als hörte sie von weitem auf den Flügeln der Brise ein Stück einer abgebrochenen Melodie, oder als sei ihr ein ferner Duft in die Nase gestiegen. Sie blieb stehen und vernahm in ihrer Seele den Schrei der Leere, die sich auflehnte und ausgefüllt werden wollte. Ihr schien es, als loderte irgendwo in der Nähe die Flamme eines großen Lachens, als hielten sich vielleicht irgendwo hier in der Nähe Leute an den Händen und tanzten im Kreis...

Sie stand eine Weile da und schaute sich nervös nach allen Seiten um, dann brach diese geheimnisvolle Musik jäh ab (Michaela und Gabriela hatten aufgehört zu lachen; auf einmal hatten sie gelangweilte Gesichter und vor sich eine leere Nacht ohne Liebe), und Madame Raphael kehrte, seltsam unruhig und unzufrieden, durch die warmen Straßen des Städtchens am Meer nach Hause zurück.

6.

Auch ich habe im Kreis getanzt. Es war im Frühling des Jahres 1948, die Kommunisten hatten in meinem Land gerade gesiegt, die sozialistischen und christdemokratischen Minister waren ins Ausland geflüchtet, und ich hielt andere kommunistische Studenten an der Hand oder um die Schulter gefaßt, wir machten zwei Schritte auf der Stelle, einen nach vorn und hoben zuerst das eine und dann das andere Bein, und wir machten es fast jeden Monat, denn es gab ständig etwas zu feiern, irgendein Jubiläum oder irgendein Ereignis, altes Unrecht wurde wiedergutgemacht, neues Unrecht wurde begangen, Fabriken wurden verstaatlicht, Tausende kamen ins Gefängnis, die medizinische Versorgung war kostenlos, den Kioskbesitzern wurden die Kioske beschlagnahmt, alte Arbeiter fuhren erstmals zur Erholung in konfiszierte Villen, und auf unseren Gesichtern lag das Lächeln des Glücks. Dann habe ich eines Tages etwas gesagt, was ich nicht hätte sagen sollen, ich wurde aus der Partei ausgeschlossen und mußte den Kreis verlassen.

Zu jenem Zeitpunkt erkannten wir die magische Bedeutung des Kreises. Wenn wir aus einer Reihe tanzen, können wir uns nachher wieder eingliedern. Die Reihe ist eine offene Formation. Ein Kreis jedoch schließt sich, und es gibt dort kein Zurück. Es ist kein Zufall, daß die Planeten sich im Kreis bewegen und ein Stein, der sich von ihnen löst, durch die Zentrifugalkraft unwiederbringlich von ihnen weggeschleudert wird. Wie ein herausgebrochener Meteorit flog auch ich aus dem Kreis, und ich fliege heute noch. Es gibt Menschen, denen es vergönnt ist, mitten in der Kreisbewegung zu sterben, und es gibt andere, die am Ende des Sturzes zerschellen. Und diese anderen (zu denen ich gehöre) tragen ständig eine stille Wehmut über den verlorenen Kreistanz in ihrem Innern, denn wir sind alle Bewohner eines Universums, in dem sich alles im Kreis dreht.

Es war wieder einmal ein Jahrestag von Gott weiß was, und wieder standen auf den Straßen Prags junge Leute, die im Kreis tanzten. Ich irrte um sie herum, stand ganz in ihrer Nähe, durfte aber in keinen der Kreise treten. Es war im Juni 1950, tags zuvor war Milada Horáková gehenkt worden. Sie war Abgeordnete der sozialistischen Partei gewesen, und ein kommunistisches Gericht hatte sie staatsfeindlicher Umtriebe angeklagt. Zusammen mit ihr war auch Záviš Kalandra gehängt worden, ein tschechischer Surrealist und Freund André Bretons und Paul Eluards. Und die jungen Tschechen tanzten und wußten, daß in ihrer Stadt am Tag zuvor eine Frau und ein Surrealist am Galgen hatten baumeln müssen, und sie tanzten um so leidenschaftlicher, als ihr Tanz eine Manifestation ihrer Unschuld und ihrer Reinheit war, die sich strahlend von der Schuld der beiden Gehängten abhob, die das Volk und seine Hoffnungen verraten hatten.

André Breton glaubte nicht, daß Kalandra das Volk und dessen Hoffnungen verraten hatte, und forderte Paul Eluard in Paris auf (in einem offenen Brief am 13. Juni 1950), gegen die absurde Beschuldigung zu protestieren und zu versuchen, den alten Prager Freund zu retten. Eluard jedoch tanzte gerade in einem riesigen Kreis zwischen Paris, Moskau, Warschau, Prag, Sofia und Athen, zwischen allen sozialistischen Ländern und allen kommunistischen Parteien der Welt, und er rezitierte überall seine schönen Verse über die Freude und die Brüderlichkeit. Als er Bretons Brief gelesen hatte, machte er zwei Schritte auf der Stelle und einen Schritt nach vorn, schüttelte den Kopf, weigerte sich, den Volksverräter zu verteidigen (in der Zeitschrift *Action* vom 19. Juni

1950) und rezitierte statt dessen mit seiner metallenen Stimme:

»Wir werden die Unschuld erfüllen
Mit der Kraft die uns
So lange gefehlt hat
Nie wieder werden wir allein sein.«

Und ich irrte weiter durch die Straßen von Prag, um mich herum tanzten Kreise lachender Tschechen, und ich wußte, daß ich nicht zu ihnen gehörte, sondern zu Kalandra, der sich ebenfalls von der Kreisbahn losgerissen hatte und immer tiefer fiel, bis er in einem Gefängnissarg aufschlug, doch obwohl ich nicht zu ihnen gehörte, schaute ich dennoch voller Haß und Wehmut zu, wie sie tanzten, und ich konnte die Augen nicht von ihnen losreißen. Und da sah ich ihn direkt vor mir!

Er hielt die andern um die Schultern gefaßt, er sang mit ihnen diese zwei oder drei einfachen Töne, und er hob ein Bein auf die eine und das andere auf die andere Seite. Ja, er war es, der Liebling Prags, Eluard! Und plötzlich verstummten seine Mittänzer, sie bewegten sich nur noch in vollkommener Stille weiter, und er skandierte zum Stampfen ihrer Füße:

»Wir fliehen die Ruhe fliehen den Schlaf
Überflügeln Morgenrot und Frühling
Und Tage wie Jahreszeiten werden wir
nach dem Maß unserer Träume bereiten.«

Und dann stimmten wieder alle lautstark diese drei oder vier einfachen Töne an und beschleunigten ihre Tanzschritte. Sie flohen die Ruhe und den Schlaf, sie überflügelten die Zeit und erfüllten sie mit der Stärke ihrer Unschuld. Alle lächelten sie, und Eluard neigte sich zu dem Mädchen hinab, das er um die Schultern gefaßt hatte:

»Wer sich dem Frieden ergeben hat, wird ewig lächeln.«

Und sie lächelte und stampfte noch lauter auf den Boden, so daß sie sich einige Zentimeter über das Straßenpflaster erhob und die anderen mit sich in die Höhe zog, bald schon berührte niemand mehr die Pflastersteine, sie machten zwei Schritte auf der Stelle und einen nach vorn, ohne den Boden zu berühren, ja, sie schwebten über dem Wenzelsplatz, ihr tanzender Kreis glich einem großen, emporschwebenden Kranz, und ich lief unten auf der Erde und sah ihnen nach, und sie segelten davon, indem sie die Beine zuerst auf die eine und dann auf die andere Seite hoben, und unter ihnen lag Prag mit seinen Kaffeehäusern voller Dichter und seinen Gefängnissen voller Volksverräter, und im Krematorium wurden gerade eine sozialistische Abgeordnete und ein Surrealist verbrannt, der Rauch stieg zum Himmel empor wie ein glückliches Omen, und ich hörte Eluards metallene Stimme:

»Die Liebe ist am Werk, sie ist unermüdlich.«

Und ich lief weiter durch die Straßen hinter dieser Stimme her, um den wunderbaren Kranz emporschwebender Körper nicht aus den Augen zu verlieren, und ich wußte mit Bangigkeit im Herzen, daß sie wie Vögel dahinflogen und ich in die Tiefe fiel wie ein Stein, daß sie Flügel hatten und ich für immer flügellos bleiben würde.

7.

Siebzehn Jahre nach seiner Hinrichtung wurde Kalandra vollständig rehabilitiert, doch einige Monate später rollten die russischen Panzer in Prag ein, und sogleich wurden weitere Zehntausende des Verrats am Volk und seinen Hoffnungen angeklagt, der kleinere Teil wurde ins Gefängnis geworfen, der größere vom Arbeitsplatz verjagt, und nochmals zwei Jahre später (also genau zwanzig Jahre, nachdem Eluard über dem Wenzelsplatz geschwebt hatte) schrieb einer dieser neuen Angeklagten (ich) in einer illustrierten Jugendzeitschrift über Astrologie. Seit dem letzten Artikel über den Schützen war ein weiteres Jahr vergangen (es war also im Dezember 1972), als mich eines Tages ein unbekannter junger Mann besuchte. Wortlos überreichte er mir einen Umschlag. Ich riß ihn auf, las den Brief, begriff aber erst nach einer Weile, daß er von R. war. Ihre Schrift war völlig verändert. Offenbar mußte sie sehr aufgeregt gewesen sein, als sie diese Zeilen geschrieben hatte. Sie hatte sich bemüht, die Sätze so zu formulieren, daß niemand außer mir sie verstand, was mit sich brachte, daß auch ich sie nur teilweise verstand. Ich begriff nur, daß meine Identität als Autor nach einem Jahr aufgedeckt worden war.

Zu jener Zeit bewohnte ich ein kleines Appartement in der Bartolomějská. Das ist eine kurze, aber berühmte Straße von Prag. Alle Häuser mit Ausnahme von zweien (in einem davon wohnte ich) gehörten der Polizei. Wenn ich aus meinem breiten Fenster im vierten Stock schaute, sah ich oben über den Dächern die Türme des Hradschin und unten unter mir die Höfe der Polizei. Oben schritt die glorreiche Geschichte der böhmischen Könige, unten die Geschichte berühmter Häftlinge. Alle waren sie hier hindurchgegangen, auch Kalandra und Horáková, auch Clementis und meine Freunde Šabata und Hübl.

Der junge Mann (alles deutete darauf hin, daß er R.s Verlobter war) sah sich unsicher um. Offensichtlich nahm er an, daß die Polizei meine Wohnung mit heimlich installierten Wanzen abhörte. Wir nickten uns schweigend zu und gingen hinaus auf die Straße. Eine Weile gingen wir, ohne miteinander zu sprechen, und erst als wir auf der lauten Nationalstraße standen, sagte er mir, daß R. mich sehen wolle und einer ihrer Freunde, den ich nicht kannte, uns für dieses heimliche Treffen seine Wohnung in einem Prager Vorort zur Verfügung stelle.

Am nächsten Tag fuhr ich also mit der Straßenbahn an den Stadtrand, es war Dezember, meine Hände waren klamm und die Siedlung war in den Vormittagsstunden verödet. Ich fand das besagte Haus nach der Beschreibung, fuhr mit dem Aufzug in den dritten Stock, las die Namensschilder auf den Türen und klingelte. In der Wohnung blieb es still. Ich läutete nochmals, doch niemand öffnete. Ich ging wieder auf die Straße. Eine halbe Stunde spazierte ich im Frost um das Haus herum, in der Annahme, daß R. sich verspätet habe und ich ihr auf dem menschenleeren Gehsteig begegnen würde, wenn sie von der Haltestelle der Straßenbahn kam. Aber es kam niemand. Ich fuhr nochmals mit dem Aufzug in den dritten Stock und klingelte. Nach einigen Sekunden hörte ich aus dem Innern der Wohnung die Wasserspülung. In diesem Augenblick schien mir, als hätte mir jemand einen Eisklotz aus Angst aufgebürdet. Ich spürte am eigenen Leib die Angst eines Mädchens, das unfähig war, die Tür zu öffnen, weil die Beklommenheit ihr den Magen umgedreht hatte.

Sie öffnete; sie war blaß, lächelte aber und versuchte, so

nett zu sein, wie sie immer gewesen war. Sie machte einige unbeholfene Scherze darüber, daß wir jetzt endlich allein in einer fremden Wohnung seien. Wir setzten uns, und sie erzählte, daß sie vor kurzem auf die Polizeiwache vorgeladen worden sei. Man hatte sie einen ganzen Tag lang verhört. In den ersten zwei Stunden fragte man sie nach vielen Belanglosigkeiten, sie fühlte sich schon Herr der Lage, scherzte und fragte kühn, ob sie denn der Ansicht seien, daß sie wegen solcher Dummheiten das Mittagessen versäumen sollte. In diesem Augenblick fragten sie: Liebes Fräulein R., wer schreibt für Ihre Zeitschrift eigentlich die Artikel über Astrologie? Sie errötete und versuchte, über den berühmten Physiker zu reden, dessen Namen sie nicht verraten dürfe. Sie fragten: Und kennen Sie den Herrn Kundera? Sie bejahte. Ob das etwas Schlimmes sei? Sie antworteten: Daran ist gar nichts Schlimmes. Aber wissen Sie, daß sich der Herr Kundera mit Astrologie beschäftigt? Darüber weiß ich nichts, sagte sie. Darüber wissen Sie nichts? lachten sie. Ganz Prag spricht davon, und Sie wissen nichts? Sie redete noch eine Weile über den Atomphysiker, und dann schrie einer der Polizisten sie an, sie solle aufhören zu lügen.

Sie sagte ihnen die Wahrheit. Man habe in der Zeitschrift eine Rubrik über Astrologie publizieren wollen, um mehr Leser zu bekommen, aber nicht gewußt, an wen man sich wenden sollte, sie habe mich gekannt und um Hilfe gebeten. Sie sei sich sicher, gegen kein tschechoslowakisches Gesetz verstoßen zu haben. Nein, pflichteten sie bei, gegen ein Gesetz habe sie nicht verstoßen. Sie habe nur gegen die internen Dienstvorschriften verstoßen, die eine Zusammenarbeit mit bestimmten Leuten, die das Vertrauen von Partei und Staat mißbraucht hätten, verbieten würden. Sie wandte ein, daß nichts Schwerwiegendes vorgefallen sei: der Name des

Herrn Kundera sei ja unter einem Pseudonym versteckt geblieben und habe also keinen Anstoß erregen können. Und die Honorare, die Herr Kundera bekommen habe, seien nicht erwähnenswert. Sie pflichteten ihr abermals bei: es gehe ja gar nicht um etwas Schwerwiegendes, sie würden jetzt nur ein Protokoll aufnehmen über das, was vorgefallen sei, sie werde es unterschreiben und habe weiter nichts zu befürchten.

Sie unterschrieb das Protokoll, und zwei Tage später wurde sie zum Chefredakteur zitiert, der ihr eröffnete, daß sie fristlos entlassen sei. Sie ging noch an demselben Tag zum Rundfunk, wo sie Freunde hatte, die ihr dort schon vor langem eine Anstellung angeboten hatten. Sie wurde freudig empfangen, als sie aber am nächsten Tag wiederkam, um die Formalitäten zu erledigen, machte der Personalchef, der sie gut leiden mochte, eine unglückliche Miene: »Was haben Sie da bloß für einen Blödsinn gemacht, Kleines. Sie haben Ihr Leben ruiniert. Ich kann absolut nichts für Sie tun.«

Zuerst hatte sie nicht gewagt, mit mir zu reden, da sie den Polizisten hatte versprechen müssen, über das Verhör Stillschweigen zu bewahren. Als sie aber eine weitere Vorladung erhielt (sie sollte morgen wieder zur Polizei), beschloß sie, mich heimlich zu treffen und sich mit mir abzusprechen, damit wir nicht widersprüchliche Aussagen machten, für den Fall, daß auch ich vorgeladen werden sollte.

Verstehen Sie das nicht falsch, R. war kein Angsthase, sie war ganz einfach jung und wußte nichts von der Welt. Sie hatte jetzt den ersten Schlag einstecken müssen, einen unverständlichen, unerwarteten Schlag, den sie nie mehr vergessen würde. Ich begriff, daß ich zum Boten auserkoren worden war, der den Menschen Warnungen und Strafen übermitteln mußte, und ich wurde von Entsetzen über mich selbst gepackt.

»Glauben Sie«, sagte sie mit zugeschnürter Kehle, »daß sie über diese tausend Kronen für das Horoskop Bescheid wissen?«

»Haben Sie keine Angst. Wer drei Jahre lang in Moskau Marxismus-Leninismus studiert hat, kann nie und nimmer zugeben, daß er sich Horoskope machen läßt.«

Sie lachte, und dieses Lachen klang für mich, obwohl es kaum eine halbe Sekunde dauerte, wie ein schüchternes Versprechen einer Erlösung. Ich hatte mich schließlich nach genau diesem Lachen gesehnt, als ich diese stupiden Artikelchen über Fisch, Jungfrau und Steinbock schrieb, genau dieses Lachen hatte ich mir als Belohnung vorgestellt, doch es war von nirgendwoher gekommen, weil die Engel schon überall auf der Welt alle entscheidenden Positionen, alle Generalstäbe besetzt hatten, weil sie die Linke wie auch die Rechte beherrschten, die Araber wie die Juden, die russischen Generäle wie die russischen Dissidenten. Sie schauten uns von überall her an mit ihrem frostigen Blick, der die sympathische Verkleidung fröhlicher Mystifikatoren von uns riß und uns zu kläglichen Betrügern machte, die für eine Zeitschrift der sozialistischen Jugend arbeiteten, obwohl sie weder an die Jugend noch an den Sozialismus glaubten, die dem Chefredakteur ein Horoskop ausstellten, obwohl sie sich über den Chefredakteur und über das Horoskop lustig machten, die sich mit Nichtigkeiten abgaben, während ringsum alle (die Rechte wie die Linke, die Araber wie die Juden, die Generäle wie die Dissidenten) für die Zukunft der Menschheit kämpften. Wir spürten die Schwere ihrer Blicke auf uns, die uns in Ungeziefer verwandelten, das man besser zertreten sollte.

Ich bezwang meine Bedenken und versuchte, für R. einen möglichst vernünftigen Plan auszuhecken, wie sie am folgenden Tag bei der Polizei aussagen sollte. Während des Gesprächs stand sie mehrmals auf und ging auf die Toilette. Ihre Rückkehr war jedesmal vom Rauschen der Wasserspülung und panischer Verlegenheit begleitet. Dieses tapfere Mädchen schämte sich ihrer Angst. Diese feinfühlige Frau schämte sich ihrer Eingeweide, die vor den Augen eines fremden Mannes rebellierten.

8.

In den Bänken saßen ungefähr fünfundzwanzig junge Männer und Frauen verschiedener Nationalität und schauten zerstreut auf Michaela und Gabriela, die aufgeregt neben dem Pult standen, hinter dem Frau Professor Raphael saß. Jede hielt mehrere Blatt Papier mit dem Text des Referats in der Hand und außerdem einen merkwürdigen Gegenstand aus Papier mit einem Gummiband.

»Wir werden über Ionescos Stück *Die Nashörner* sprechen«, sagte Michaela und senkte den Kopf, um sich ein mit bunten Fetzchen beklebtes Papprohr über die Nase zu stülpen und es hinterm Kopf mit dem Gummiband zu befestigen. Gabriela tat es ihr gleich. Dann sahen die Mädchen einander an und gaben einen kurzen, hohen, abgerissenen Ton von sich.

Die Klasse begriff sofort, was die beiden Mädchen zum Ausdruck bringen wollten: erstens, daß ein Nashorn statt einer Nase ein Horn hatte; zweitens, daß Ionescos Stück komisch war. Und daß sie beschlossen hatten, diese Erkenntnisse nicht nur in Worten, sondern auch mit einer Aktion der eigenen Körper auszudrücken.

Die langen Rohre hopsten vor ihren Gesichtern, und die Klasse verfiel in ein betretenes Mitgefühl, als zeigte ihnen jemand vor vollem Saal einen amputierten Arm.

Nur Frau Professor Raphael frohlockte über den Einfall ihrer Lieblingsschülerinnen und antwortete auf deren abgerissenen, hohen Ton mit dem gleichen Geröhre.

Die Mädchen nickten zufrieden mit ihren langen Nasen, und Michaela begann, ihr Referat zu verlesen.

Unter den Schülern war auch die junge Jüdin Sarah. Sie hatte die beiden Amerikanerinnen unlängst gebeten, sie einen Blick in ihre Notizhefte werfen zu lassen (es war bekannt, daß den beiden kein einziges Wort der Frau Professor entging), aber sie hatten sich geweigert: *Du hast während des Unterrichts nicht am Strand herumzulungern.* Seither haßte Sarah sie aufrichtig, und sie ergötzte sich jetzt am Anblick ihrer Dummheit.

Michaela und Gabriela lasen abwechselnd ihre Interpretation der *Nashörner*, und die langen Papprohre ragten aus ihren Gesichtern wie vergebliche Hilferufe. Sarah wurde bewußt, daß sich ihr eine Gelegenheit bot und es schade wäre, sie nicht zu nutzen. Als Michaela in ihrem Vortrag eine kurze Pause einlegte und sich Gabriela zuwandte, um ihr zu bedeuten, daß es an ihr sei weiterzulesen, stand Sarah von der Bank auf und ging auf die beiden Mädchen zu. Statt das Wort zu ergreifen, starrte Gabriela verdutzt durch die Öffnung ihrer Pappnase auf die sich ihr nähernde Mitschülerin und schwieg. Sarah war jetzt bei den Studentinnen angelangt, ging um sie herum (als würden die übergestülpten Nasen ihre Köpfe allzusehr beschweren, waren die Amerikanerinnen unfähig, sich umzudrehen und zu schauen, was hinter ihrem Rücken geschah), holte aus und trat Michaela in den Hintern, holte noch einmal aus und gab auch Gabriela einen Fußtritt. Als sie ihr Werk vollbracht hatte, ging sie ruhig, fast würdevoll in ihre Bank zurück.

Im ersten Augenblick herrschte absolute Stille.

Dann begannen Tränen in Michaelas und unmittelbar darauf auch in Gabrielas Augen zu schießen.

Dann brach die Klasse in schallendes Gelächter aus.

Dann setzte sich Sarah an ihren Platz.

Dann begriff Madame Raphael, die zuerst überrascht und verblüfft gewesen war, daß Sarahs Aktion ein abgesprochener Teil eines sorgfältig vorbereiteten Studentenspaßes war, der einem besseren Verständnis des behandelten Stoffes dienen sollte (man mußte ein Kunstwerk nicht nur auf herkömmliche Art theoretisch interpretieren, sondern auch auf moderne Weise: durch Praxis, durch Taten, durch Happenings!), und da sie die Tränen ihrer Lieblinge nicht sah (sie standen mit den Pappnasen zur Klasse, drehten ihr also den Rücken zu), warf sie den Kopf zurück und lachte im fröhlichen Einverständnis.

Als Michaela und Gabriela hinter sich das Lachen ihrer geliebten Professorin vernahmen, fühlten sie sich verraten. Jetzt liefen die Tränen aus ihren Augen wie aus einem Wasserhahn. Das Gefühl der Erniedrigung schmerzte sie so sehr, als hätten sie Magenkrämpfe.

Madame Raphael hielt dieses Sichwinden ihrer Lieblingsschülerinnen für einen Tanz, und irgendeine Kraft, die stärker war als ihr professoraler Ernst, riß sie in diesem Moment vom Stuhl hoch. Sie lachte Tränen, breitete die Arme aus, und ihr Körper zuckte, so daß der Kopf sich auf dem Hals vorwärts und rückwärts bewegte, als hielte ein Küster die Glocke mit der Haube nach oben in der Hand und versuche angestrengt zu läuten. Sie trat zu den sich windenden Mädchen und faßte Michaelas Hand. Sie standen jetzt alle drei vor den Bänken und wanden sich, und allen floß Wasser aus den Augen. Madame Raphael machte zwei Schritte auf der Stelle, hob dann ein Bein auf die eine und das andere auf die andere Seite, und die weinenden Mädchen fingen zaghaft an, sie nachzuahmen. Die Tränen liefen an ihren Pappnasen herunter, und die Studentinnen vollführten Kreisbewegungen und hopsten auf der Stelle. Dann nahm die Frau Professor auch Gabrielas Hand, jetzt bildeten sie vor den Bänken einen kleinen Kreis, hielten sich alle drei an den Händen, machten Schritte auf der Stelle und zur Seite und drehten sich im Kreis auf dem Parkett des Seminarraumes. Sie hoben erst ein Bein und dann das andere, und auf den Gesichtern der Mädchen verwandelten sich die Grimassen des Weinens unbemerkt in Lachen.

Die drei Frauen tanzten und lachten, die Pappnasen wippten, und die Klasse schwieg und schaute sich das Schauspiel in stummem Entsetzen an. Aber die tanzenden Frauen nahmen den Rest der Welt in diesem Moment nicht mehr wahr, sie waren ganz auf sich und ihre Wonne konzentriert. Auf einmal stampfte Madame Raphael stärker, wodurch sie sich einige Zentimeter vom Fußboden abhob, so daß sie beim nächsten Schritt das Parkett nicht mehr berührte. Sie zog ihre beiden Gefährtinnen mit, und bald schon kreisten sie alle drei über dem Boden und stiegen langsam und spiralförmig in die Höhe. Ihre Haare berührten bereits die Decke, die sich langsam öffnete. Sie stiegen durch dieses Loch hindurch immer höher, die Pappnasen waren nicht mehr zu sehen, es ragten nur noch drei Paar Schuhe aus der Öffnung, schließlich verschwanden auch diese, und die betäubten Schüler vernahmen aus der Höhe das sich entfernende silbrige Lachen dreier Erzengel.

9.

Das Treffen mit R. in der geliehenen Wohnung war für mich ausschlaggebend. Ich begriff endgültig, daß ich zu einem Unglücksboten geworden war und nicht länger zusammen mit den Menschen leben konnte, die ich liebte, ohne ihnen zu schaden; daß mir also nichts anderes blieb, als mein Land zu verlassen.

Und noch einer anderen Sache wegen erinnere ich mich an diese letzte Begegnung mit R. Ich hatte sie immer geliebt, und zwar auf die unschuldigste, asexuelle Weise. Als wäre ihr Körper stets hinter ihrer strahlenden Klugheit, ihrem beherrschten Benehmen und ihren geschmackvollen Kleidern perfekt versteckt gewesen. Dieses Mädchen hatte mir nicht die kleinste Ritze dargeboten, hinter der ich auch nur eine Ahnung ihrer Nacktheit hätte ausmachen können. Und plötzlich hatte die Angst sie wie mit einem Metzgermesser aufgeschlitzt. Ich hatte den Eindruck, sie vor mir zu sehen wie einen in zwei Hälften zerlegten Leib eines Kalbs, der im Laden an einem Haken hängt. Wir saßen in der geliehenen Wohnung nebeneinander auf der Couch, aus der Toilette hörte man das glucksende Geräusch des Wassers, welches das gerade geleerte Reservoir wieder füllte, und ich wurde von rasender Lust überwältigt, sie zu lieben. Genauer gesagt: sie zu vergewaltigen. Mich auf sie zu werfen und sie in einer Umarmung zu nehmen, mit all ihren unerträglich erregenden Widersprüchen, mit ihren perfekten Kleidern und den revoltierenden Därmen, mit ihrem Verstand und ihrer Angst, ihrem Stolz und ihrem Unglück. In diesen Widersprüchen schien mir ihr Wesen, dieser Schatz, dieses Klümpchen Gold, dieser in ihrer Tiefe versteckte Diamant verborgen zu sein. Ich hatte Lust, auf sie zu springen und ihn für mich herauszureißen. Ich wollte sie in die Arme schließen, samt ihrer Scheiße und ihrer unaussprechlichen Seele.

Doch ich schaute in zwei furchtsame Augen (ängstliche Augen in einem klugen Gesicht), die mich anstarrten, und je furchtsamer diese Augen wurden, desto größer und zugleich absurder, desto dümmer, skandalöser, unverständlicher und unrealisierbarer war mein Wunsch, sie zu vergewaltigen.

Als ich die geliehene Wohnung verließ und auf die menschenleere Straße der Prager Siedlung trat (sie war noch in der Wohnung geblieben, da sie sich fürchtete, das Haus gleichzeitig mit mir zu verlassen, damit man uns nicht zusammen sah), dachte ich lange an nichts anderes als an diesen bedrängenden Wunsch, meine sympathische Freundin zu vergewaltigen. Dieser Wunsch ist in meinem Innern geblieben, gefangen wie ein Vogel in einem Sack, ein Vogel, der von Zeit zu Zeit aufwacht und mit den Flügeln schlägt.

Vielleicht war dieser irrwitzige Wunsch nur ein verzweifelter Versuch, mich mitten im Fall an irgend etwas festzuhalten. Da ich seit der Zeit, als man mich aus dem Kreis ausschloß, permanent falle, falle ich noch heute, und damals war ich nur wieder einmal gestoßen worden, um noch weiter, noch tiefer zu fallen, hinaus aus meinem Land, in den bodenlosen Weltraum, in dem das furchtbare Lachen der Engel widerhallt, das mit seinem Echo all meine Worte übertönt.

Ich weiß, irgendwo dort ist Sarah, das jüdische Mädchen Sarah, meine Schwester Sarah, aber wo finde ich sie?

In diesem Teil wurde aus folgenden Büchern zitiert:
Annie Leclerc: *Parole de femme*, 1974
Paul Eluard: *Le visage de la paix*, 1951
Eugène Ionesco: *Rhinocéros*, 1959

VIERTER TEIL

Die verlorenen Briefe

1.

Ich habe ausgerechnet, daß auf der Welt jede Sekunde zwei bis drei neu erfundene Figuren getauft werden. Es macht mich daher stets verlegen, wenn ich mich in diese unübersehbare Schar von Nachfolgern Johannes des Täufers einordnen soll. Doch was bleibt mir anderes übrig, irgendwie muß ich meine Figuren schließlich nennen. Um diesmal klarzumachen, daß meine Heldin nur mir und niemand anderem gehört (ich hänge mehr an ihr als an sonst irgend jemandem), gebe ich ihr einen Namen, den keine Frau je getragen hat: Tamina. Ich stelle sie mir groß und schön vor. Sie ist ungefähr dreißig Jahre alt und stammt aus Prag.

In Gedanken sehe ich sie, wie sie durch die Straße einer westeuropäischen Provinzstadt geht. Ja, Sie haben richtig bemerkt: Prag, das so fern liegt, nenne ich bei seinem Namen, wogegen ich der Stadt, in der meine Geschichte spielt, ihre Anonymität belasse. Das verstößt gegen alle Regeln der Perspektive, Sie haben sich aber wohl oder übel damit abzufinden.

Tamina arbeitet als Kellnerin in einem Bistro, das einem Ehepaar gehört. Dieses Ehepaar hat so wenig verdient, daß der Mann irgendeinen Job angenommen und die freigewordene Stelle Tamina überlassen hat. Der Unterschied zwischen dem kläglichen Salär am neuen Wirkungsort des Wirts und dem noch kläglicheren, das Tamina ausbezahlt wird, stellt für das Ehepaar einen kleinen Gewinn dar.

Tamina serviert den Gästen (nicht vielen, das Bistro ist stets halbleer) Kaffee und Calvados und kehrt wieder hinter die Theke zurück. Auf dem Barhocker sitzt fast immer jemand, der mit ihr plaudern will. Alle mögen sie. Tamina kann nämlich zuhören, wenn man ihr etwas erzählt.

Hört sie wirklich zu? Oder betrachtet sie die Gäste nur aufmerksam und schweigend? Ich weiß es nicht, und darauf kommt es auch gar nicht an. Wichtig ist, daß sie sie nie unterbricht. Sie kennen das, wie zwei Leute sich unterhalten. Der eine erzählt, und der andere fällt ihm ins Wort: *Das ist genauso wie bei mir, ich ...* und er erzählt über sich, bis es der erste wieder schafft zu sagen: *Das ist genauso wie bei mir, ich ...*

Der Satz *Das ist genauso wie bei mir, ich ...* klingt wie ein zustimmendes Anknüpfen, wie ein Weiterführen der Gedanken des Partners, doch es ist eine Täuschung: in Wirklichkeit ist es eine brutale Auflehnung gegen brutale Gewalt, ein Versuch, das eigene Ohr aus seiner Versklavung zu befreien und das Ohr des Gegners in einem Sturmangriff einzunehmen. Denn das ganze Leben eines Menschen unter anderen Menschen ist ein einziger Kampf um das fremde Ohr. Alle Geheimnisse von Taminas Beliebtheit beruhen darauf, daß sie kein Verlangen verspürt, von sich zu erzählen. Sie akzeptiert die Besetzer ihres Ohrs ohne Widerrede und sagt nie: *Das ist genauso wie bei mir, ich ...*

2.

Bibi ist zehn Jahre jünger als Tamina. Seit fast einem Jahr erzählt sie ihr Tag für Tag von sich. Unlängst (und in diesem Augenblick hat eigentlich alles angefangen) hat sie Tamina gesagt, sie habe die Absicht, im Sommer mit ihrem Mann nach Prag zu fahren.

In diesem Moment ist Tamina sozusagen aus einem mehrjährigen Schlaf aufgewacht. Bibi redet noch eine Weile, und Tamina fällt ihr (gegen ihre Gewohnheit) ins Wort:

»Bibi, wenn ihr nach Prag fahrt, könntet ihr bei meinem Vater vorbeigehen und mir eine Kleinigkeit mitbringen? Nichts Großes! Nur ein Päckchen, es paßt mühelos in einen Koffer.«

»Für dich tu ich alles«, sagt Bibi sehr zuvorkommend.

»Ich wäre dir ewig dankbar«, sagt Tamina.

»Verlaß dich auf mich«, sagt Bibi, die beiden Frauen reden dies und das über Prag, und Taminas Wangen glühen.

Dann sagt Bibi: »Ich möchte ein Buch schreiben.«

Tamina denkt an ihr Päckchen in Böhmen und weiß, daß sie sich Bibis Freundschaft erhalten muß. Deshalb ist sie ganz Ohr: »Ein Buch? Und worüber?«

Bibis einjähriges Töchterchen watschelt um den Barhokker herum, auf dem die Mama sitzt, und lärmt.

»Ruhe«, sagt Bibi nach unten und bläst gedankenverloren den Zigarettenrauch aus: »Darüber, wie ich die Welt sehe.«

Das Kind kreischt immer durchdringender, und Tamina fragt: »Und du hättest den Mut, ein Buch zu schreiben?«

»Warum denn nicht?«, sagt Bibi ernst. »Ich müßte mich allerdings ein bißchen informieren, wie man das überhaupt macht. Kennst du nicht zufällig Banaka?«

»Wer ist das?« fragt Tamina.

»Ein Schriftsteller«, sagt Bibi. »Er lebt hier. Ich muß ihn kennenlernen.«

»Was hat er geschrieben?«

»Das weiß ich nicht«, sagt Bibi und fügt nachdenklich hinzu: »Wahrscheinlich sollte ich etwas von ihm lesen.«

3.

Im Hörer hätte ein Ausruf freudiger Überraschung ertönen sollen, doch statt dessen klang es ganz kühl: »Wie kommt es, daß du dich an mich erinnerst?«

»Du weißt doch, daß ich finanzielle Schwierigkeiten habe. Telefonieren ist teuer«, entschuldigte sich Tamina.

»Du könntest schreiben! Eine Briefmarke kostet schließlich nicht die Welt! Ich weiß nicht einmal mehr, wann ich den letzten Brief von dir erhalten habe.«

Tamina wurde klar, daß das Gespräch mit ihrer Schwiegermutter schlecht begonnen hatte, und deshalb erkundigte sie sich zunächst ausführlich, wie es ihr gehe und was sie mache, bevor sie sich entschloß zu sagen: »Ich habe eine Bitte. Vor unserer Abreise haben wir ein Päckchen bei dir gelassen.«

»Ein Päckchen?«

»Ja. Petr hat es in deiner Gegenwart im ehemaligen Schreibtisch seines Vaters eingeschlossen. Du erinnerst dich, er hatte dort immer seine Schublade. Und den Schlüssel hat er dir anvertraut.«

»Ich weiß nichts von einem Schlüssel.«

»Aber Mama! Du mußt ihn haben! Petr hat ihn dir ganz bestimmt gegeben! Ich war dabei.«

»Ihr habt mir nichts gegeben.«

»Es ist schon viele Jahre her, vielleicht hast du es vergessen. Ich möchte bloß, daß du nachschaust, ob du den Schlüssel hast. Du wirst ihn sicher finden.«

»Und was soll ich damit?«

»Nur nachschauen, ob das Päckchen noch an seinem Platz und in Ordnung ist.«

»Warum sollte es nicht? Habt ihr es in die Schublade gelegt oder nicht?«

»Ja.«

»Wozu sollte ich die Schublade dann aufsperren? Denkst du, ich hätte mit euren Tagebüchern etwas angestellt?«

Tamina wurde stutzig. Woher wußte die Schwiegermutter, daß Tagebücher in der Schublade waren? Sie waren doch verpackt gewesen, und das Päckchen war mit mehreren Klebebändern sorgfältig zugeklebt. Sie ließ sich ihre Überraschung jedoch nicht anmerken.

»Ich habe nichts dergleichen gesagt. Ich möchte nur, daß du nachschaust, ob alles in Ordnung ist. Beim nächsten Anruf sage ich dir mehr.«

»Und kannst du mir nicht erklären, worum es geht?«

»Mama, ich kann nicht so lange reden. Es ist zu teuer!«

Die Schwiegermutter fing an zu weinen: »Dann ruf mich nicht an, wenn es so teuer ist!«

»Weine nicht, Mama«, sagte Tamina. Sie kannte dieses Weinen nur zu gut. Immer wenn sie etwas von ihnen wollte, hatte sie geweint und sie durch ihr Weinen angeklagt, es gab nichts Aggressiveres als ihre Tränen.

Durch den Hörer bebten Schluchzer, und Tamina sagte: »Leb wohl Mama, ich rufe wieder an.«

Die Schwiegermutter weinte, und Tamina wagte nicht einzuhängen, ohne einen Abschiedsgruß gehört zu haben. Doch das Weinen nahm kein Ende, und jede Träne kostete Geld.

Tamina hängte ein.

»Madame Tamina«, sagte die Wirtin mit besorgter Stimme und zeigte auf den Gebührenzähler: »Sie haben schrecklich lange telefoniert.« Sie rechnete aus, wieviel das Gespräch nach Böhmen gekostet hatte, und Tamina erschrak über die Höhe der Summe. Sie mußte mit jedem Centime rechnen, um bis zum nächsten Zahltag zurechtzukommen. Aber sie bezahlte, ohne mit der Wimper zu zucken.

4.

Tamina und ihr Mann hatten Böhmen illegal verlassen. Sie hatten sich für eine Gruppenreise angemeldet, die unter der Obhut des staatlichen Reisebüros nach Jugoslawien ans Meer führte. Dort hatten sie sich von den Touristen getrennt und waren über Österreich weiter in den Westen gefahren.

Um in der Gruppe nicht aufzufallen, hatten beide nur einen Koffer mitgenommen. Das umfangreiche Päckchen, das ihre gemeinsame Korrespondenz sowie Taminas Tagebücher enthielt, wagten sie im letzten Moment nicht mitzunehmen. Hätte ein Grenzpolizist des besetzten Landes bei der Zollkontrolle ihr Gepäck geöffnet, hätten sie, weil sie für vierzehn Tage am Meer das ganze Archiv ihres Intimlebens mitnahmen, sofort Verdacht auf sich gezogen. Und da sie das Päckchen nicht in ihrer Wohnung zurücklassen wollten, die nach ihrem Weggang mit Sicherheit vom Staat konfisziert werden würde, verwahrten sie es bei Taminas Schwiegermutter in einem verwaisten Schreibtisch, der dem verstorbenen Vater von Taminas Mann gehört hatte.

In der Fremde erkrankte Taminas Mann, und sie konnte nur noch zuschauen, wie der Tod ihn ihr langsam wegnahm. Als er gestorben war, fragte man sie, ob sie ihn beerdigen oder einäschern wolle. Sie sagte, man solle ihn verbrennen. Man fragte sie, ob sie die Urne behalten oder die Asche verstreuen wolle. Sie war nirgendwo zu Hause und erschrak bei dem Gedanken, ihren Mann für den Rest des Lebens als Handgepäck mit sich herumtragen zu müssen. Also ließ sie die Asche verstreuen.

Ich stelle mir vor, daß die Welt wie eine Ringmauer um Tamina herum in die Höhe wächst und Tamina selbst ein Stück

Rasen am Boden ist. Auf diesem Rasen wächst die Erinnerung an den Ehemann als einzige Rose.

Oder ich stelle mir vor, daß Taminas Gegenwart (die darin besteht, Kaffee zu servieren und zuzuhören) ein Floß ist, das auf dem Wasser dahintreibt, während sie darauf sitzt und zurückblickt, immer nur zurück.

In letzter Zeit jedoch ist sie ganz verzweifelt, weil die Vergangenheit immer mehr verblaßt. Sie hat von ihrem Mann nur das Paßfoto, alle anderen Aufnahmen sind in Prag in der konfiszierten Wohnung geblieben. Sie betrachtet das abgegriffene Bild mit der abgerissenen Ecke, ihr Mann ist von vorn abgebildet (wie ein Verbrecher auf einem vom Gerichtsfotografen gemachten Bild) und sieht sich nicht sehr ähnlich. Täglich unterzieht sie sich mit Hilfe dieser Aufnahme einer Art geistigen Übung: Sie versucht, sich ihren Mann im Profil, im Halbprofil, im Viertelprofil vorzustellen. Sie zeichnet in Gedanken die Linie seiner Nase und seines Kinns nach und stellt jeden Tag zu ihrem Entsetzen fest, daß diese imaginäre Zeichnung neue unklare Stellen aufweist, Stellen, an denen ihr malendes Gedächtnis gestockt hatte.

Während dieser Übungen versuchte sie sich auch seine Haut in Erinnerung zu rufen, die Farbe und all die kleinen Unregelmäßigkeiten, die Wärzchen, Poren, Sommersprossen, Äderchen. Es war schwierig, fast unmöglich. Die Farben, die ihr Gedächtnis gebrauchte, waren unwirklich, damit ließ sich die Haut eines Menschen nicht nachahmen. Das brachte sie auf eine besondere Technik des Sicherinnerns. Wenn sie irgendeinem Mann gegenübersaß, benutzte sie seinen Kopf wie eine Bildhauerin ihr Material: Sie sah ihn unverwandt an und modellierte in Gedanken sein Gesicht um, verlieh ihm dunklere Schattierungen, plazierte Sommersprossen und Wärzchen darauf, verkleinerte die Ohren und färbte die Augen blau.

Alle diese Anstrengungen bestätigten ihr jedoch nur, daß ihr das Bild ihres Mannes unwiederbringlich entglitt. Am Anfang ihrer Beziehung (er war zehn Jahre älter als sie gewesen und hatte schon damals eine Vorstellung von der Kläglichkeit des menschlichen Gedächtnisses) hatte er sie gebeten, Tagebuch zu führen und für ihn, für sie beide den Verlauf ihres gemeinsamen Lebens festzuhalten. Sie widersprach und erklärte, das würde ihre Liebe verhöhnen. Sie liebte ihn allzusehr, um sich eingestehen zu wollen, daß je in Vergessenheit geraten könnte, was sie für unvergeßlich hielt. Zuletzt jedoch gehorchte sie, aber ohne Enthusiasmus. Die Aufzeichnungen sahen entsprechend aus: Es gab darin viele leere Seiten, und die Eintragungen waren lückenhaft.

5.

Elf Jahre lang hatte sie mit ihrem Mann in Böhmen gelebt, und es waren elf Tagebücher, die bei ihrer Schwiegermutter zurückgeblieben waren. Kurz nach dem Tod ihres Mannes kaufte sie sich ein Heft und unterteilte es in elf Abschnitte. Es gelang ihr zwar, sich vieler halbvergessener Ereignisse und Situationen zu erinnern, sie wußte aber absolut nicht, in welchen Abschnitt des Heftes sie gehörten. Die chronologische Abfolge war hoffnungslos verlorengegangen.

Deshalb wollte sie zunächst solche Erinnerungen wachrufen, die als Orientierungspunkte im zeitlichen Ablauf dienen und das Grundmuster der zu rekonstruierenden Vergangenheit bilden konnten. Zum Beispiel ihre Urlaube. Es mußten elf sein, sie war aber nur mit Mühe in der Lage, sich an neun zu erinnern. Zwei blieben unwiederbringlich verloren.

Die neun erinnerten Ferien suchte sie den entsprechenden Abschnitten des Heftes zuzuordnen. Mit Gewißheit gelang ihr dies nur, wenn das Jahr durch irgendein Ereignis außerordentlich gewesen war. 1964 war Taminas Mutter gestorben, einen Monat später fuhren sie zu einem traurigen Urlaub in die Tatra. Und sie wußte auch, daß sie im folgenden Jahr nach Bulgarien ans Meer gereist waren. Sie erinnerte sich außerdem an die Ferien des Jahres 1968 und des nachfolgenden Jahres, denn es waren die letzten Ferien gewesen, die sie in Böhmen verbracht hatten.

So gelang es ihr schlecht und recht, die meisten Urlaube zu rekonstruieren (auch wenn sie einzelne nicht zeitlich einordnen konnte), aber sie scheiterte vollends, als sie versuchte, sich an Weihnachten und Silvester zu erinnern. Von den elf Weihnachtsfesten fand sie in den Winkeln ihres Gedächtnisses bloß zwei, von den zwölf Silvesterfeiern fünf.

Sie wollte sich auch an alle Namen erinnern, die er für sie erfunden hatte. Mit ihrem eigentlichen Vornamen hatte er sie allenfalls die ersten beiden Wochen angesprochen. Seine Zärtlichkeit glich einem Mechanismus, der fortwährend Kosenamen produzierte. Sie hatte viele Namen, und als würden sie sich alle rasch abnutzen, erfand er immer wieder neue. Während der zwölf Jahre, da sie sich gekannt hatten, hatte sie ungefähr zwanzig, dreißig Namen, und jeder gehörte zu einer bestimmten Epoche ihres gemeinsamen Lebens.

Wie aber ist die verlorene Verbindung zwischen einem Kosenamen und dem Rhythmus der Zeit wieder herzustellen? Tamina gelingt es nur in einigen wenigen Fällen. Zum Beispiel erinnert sie sich an die Tage nach dem Tod ihrer

Mutter. Ihr Mann flüsterte ihr ihren Namen ins Ohr (den Namen jener Zeit und jenes Augenblicks), eindringlich, als wollte er sie aus einem Traum aufwecken. An diesen Kosenamen erinnert sie sich und kann ihn mit Gewißheit in den mit 1964 überschriebenen Abschnitt eintragen. Alle andern Namen jedoch schweben frei und närrisch außerhalb der Zeit, wie Vögel, die aus einer Voliere entflogen sind.

Deshalb wünscht sie sich so verzweifelt, das Päckchen mit den Tagebüchern und Briefen bei sich zu haben.

Sie weiß freilich, daß in diesen Tagebüchern auch viele unschöne Dinge vermerkt sind, Tage der Unzufriedenheit, des Streits, ja sogar der Langeweile, aber das ist für sie jetzt ohne Bedeutung. Sie will der Vergangenheit nicht die Poesie zurückgeben. Sie will ihr die verlorene Gestalt zurückgeben. Nicht die Sehnsucht nach Schönheit, die Sehnsucht nach Leben ist es, die sie treibt.

Tamina sitzt nämlich auf dem dahintreibenden Floß und blickt zurück, nur zurück. Ihr Sein besteht nur aus dem, was sie dort, weit hinten, sieht. In dem Maße, wie sich ihre Vergangenheit verkleinert, verliert und verflüchtigt, verkleinert sich auch Tamina, verliert sie ihre Züge.

Sie sehnt sich nach den Tagebüchern, um das brüchige Gerüst der Ereignisse, wie sie es in ihrem Heft wieder hergestellt hat, mit Mauerwerk zu füllen und zu einem Haus auszubauen, in dem sie leben kann. Fiele das wacklige Gebäude der Erinnerungen nämlich zusammen wie ein schlecht aufgestelltes Zelt, bliebe Tamina nichts als die bloße Gegenwart, dieser unsichtbare Punkt, dieses Nichts, das sich langsam auf den Tod zubewegt.

6.

Weshalb hat sie ihrer Schwiegermutter dann nicht längst schon gesagt, sie solle ihr das Päckchen schicken?

Die Korrespondenz mit dem Ausland geht in ihrem Land durch die Hände der Geheimpolizei, und Tamina kann sich mit der Vorstellung nicht abfinden, daß Polizeibeamte ihre Nase in ihr Intimleben stecken könnten. Außerdem steht der Name ihres Mannes (der noch immer auch ihr Name ist) mit Sicherheit auf der schwarzen Liste, und die Polizei hat ein ungebrochenes Interesse an jedem Dokument aus dem Leben ihrer Widersacher, selbst wenn diese tot sind. (In diesem Punkt irrt Tamina sich ganz und gar nicht: In den Akten der Polizeiarchive liegt unsere einzige Unsterblichkeit.)

Bibi ist somit ihre einzige Hoffnung, und Tamina tut alles, um sie sich zu verpflichten. Bibi will Banaka kennenlernen, und Tamina überlegt: Ihre Freundin müßte den Inhalt wenigstens eines seiner Bücher kennen. Es ist schließlich unerläßlich, während des Gesprächs zu sagen: »Ja, genau so sagen Sie es in Ihrem Buch!« oder: »Sie sehen Ihren Figuren vollkommen ähnlich, Monsieur Banaka!« Tamina weiß, daß Bibi in ihrer Wohnung kein einziges Buch hat und daß es sie langweilt zu lesen. Also will sie selbst in Erfahrung bringen, was in Banakas Büchern steht und die Freundin auf die Begegnung vorbereiten.

Im Bistro saß Hugo, und Tamina stellte eine Tasse Kaffee vor ihn hin: »Hugo, kennen Sie Banaka?«

Hugo roch aus dem Mund, aber insgesamt fand Tamina ihn ganz sympathisch: ruhig, schüchtern, etwa fünf Jahre jünger als sie. Er kam einmal in der Woche ins Bistro und warf seine Blicke abwechselnd in die Bücher, die er bei sich hatte, und auf Tamina, die hinter der Theke stand.

»Ja«, sagte er.

»Ich möchte wissen, worum es in seinen Büchern geht.«

»Merken Sie sich, Tamina«, sagte Hugo, »von Banaka hat noch nie jemand etwas gelesen. Ein Buch von Banaka zu lesen, bedeutet ganz einfach, sich unmöglich zu machen. Niemand zweifelt daran, daß er ein zweit-, dritt-, wenn nicht gar zehntrangiger Schriftsteller ist. Ich versichere Ihnen, Banaka ist in einem Maße Opfer seines eigenen Rufes geworden, daß er Leute verachtet, von denen er erfährt, daß sie eines seiner Bücher gelesen haben.«

Sie forschte also nicht weiter nach Banakas Büchern, versäumte es aber nicht, die Begegnung mit dem Schriftsteller zu arrangieren. Sie lieh ihre Wohnung, die tagsüber leer stand, ab und zu der kleinen verheirateten Japanerin Shushu, die sich dort heimlich mit einem ebenfalls verheirateten Philosophieprofessor traf. Der Professor kannte Banaka, und Tamina überredete das Liebespaar, ihn einmal mitzubringen, wenn Bibi zu Besuch sein würde.

Als Bibi das erfuhr, sagte sie: »Vielleicht ist Banaka schön, und dein Sexualleben ändert sich endlich.«

7.

Tatsächlich hatte Tamina seit dem Tod ihres Mannes mit keinem anderen Mann mehr geschlafen. Nicht etwa aus Prinzip, diese Treue über den Tod hinaus kam ihr vielmehr fast lächerlich vor, und sie rühmte sich vor niemandem damit. Doch jedesmal, wenn sie sich vorstellte (und sie stellte es sich oft vor), sich vor einem Mann auszuziehen, tauchte das Bild ihres Mannes vor ihr auf. Sie wußte, daß sie ihn dabei sehen würde. Sie wußte, daß sie sein Gesicht und seine Augen sehen würde, die sie beobachteten.

Diese Vorstellung war natürlich unpassend, ja sogar ziemlich albern, und sie war sich dessen bewußt. Sie glaubte weder an ein ewiges Leben der Seele, noch befürchtete sie, dem Andenken ihres Mannes Unrecht zu tun, wenn sie einen Liebhaber hatte. Aber sie konnte nicht anders.

Es kam ihr sogar der sonderbare Gedanke: daß es ihr, hätte sie ihren Mann zu Lebzeiten betrogen, viel leichter gefallen wäre als jetzt. Ihr Mann war optimistisch, erfolgreich und stark gewesen, sie hatte sich viel schwächer gefühlt als er, und es kam ihr so vor, als hätte sie ihn nicht verletzen können, selbst wenn sie es versucht hätte.

Heute jedoch war alles anders. Heute würde sie jemandem wehtun, der sich nicht wehren konnte, der ihr ausgeliefert war wie ein Kind. Ihr toter Mann hatte schließlich auf der ganzen weiten Welt niemanden mehr außer ihr, ach, niemanden außer ihr!

So kam es, daß die Vorstellung ihres Mannes auftauchte, sobald sie an eine Möglichkeit körperlicher Liebe mit einem anderen dachte, und mit dieser Vorstellung empfand sie eine quälende Wehmut, und mit dieser Wehmut das Bedürfnis zu weinen.

8.

Banaka war häßlich und konnte schwerlich die schlummernde Sinnlichkeit einer Frau wecken. Tamina goß ihm Tee ein, und er bedankte sich fast ehrfürchtig. Übrigens fühlten sich alle wohl bei Tamina, und Banaka unterbrach die unverbindliche Konversation bald und wandte sich lächelnd an Bibi:

»Ich habe gehört, Sie wollen ein Buch schreiben. Worüber wollen Sie denn schreiben?«

»Ganz einfach einen Roman«, sagte Bibi. »Darüber, wie ich die Welt sehe.«

»Einen Roman?« fragte Banaka, und seine Stimme verriet Mißbilligung.

»Es müßte nicht unbedingt ein Roman sein«, verbesserte Bibi sich vage.

Banaka sagte: »Stellen Sie sich einen Roman doch mal vor: Die vielen verschiedenen Figuren. Wollen Sie uns weismachen, alles über sie zu wissen? Wie sie aussehen, was sie denken, wie sie sich kleiden, aus was für einer Familie sie stammen? Sie müssen doch zugeben, daß Sie das überhaupt nicht interessiert!«

»Das stimmt«, gestand Bibi, »es interessiert mich nicht.«

»Sehen Sie«, sagte Banaka, »ein Roman ist eine Frucht der menschlichen Illusion, den anderen verstehen zu können. Aber was wissen wir denn schon vom anderen?«

»Nichts«, sagte Bibi.

»Stimmt«, sagte Shushu.

Der Philosophieprofessor nickte zustimmend.

»Das einzige, was man tun kann«, sagte Banaka, »ist, über sich selbst zu berichten. Alles andere bedeutet eine Kompetenzüberschreitung. Alles andere ist Lüge.«

Bibi stimmte begeistert zu: »Das ist wahr! Absolut wahr! Ich will ja gar keinen Roman schreiben! Da habe ich mich schlecht ausgedrückt. Ich möchte genau so schreiben, wie Sie es gesagt haben, über mich selbst. Einen Bericht über mein Leben. Dabei will ich nicht verbergen, daß mein Leben völlig alltäglich, ganz gewöhnlich ist und ich eigentlich nichts Besonderes erlebt habe.«

Banaka sagte lächelnd: »Das tut gar nichts zur Sache! Von außen betrachtet habe auch ich nichts Besonderes erlebt.«

»Ja«, schrie Bibi, »ganz richtig! *Von außen* betrachtet habe ich nichts erlebt. Von außen! Ich spüre nämlich, daß es meine *innere* Erfahrung ist, die ich aufschreiben muß, weil sie auch andere interessieren könnte.«

Tamina goß allen Tee nach und war zufrieden, daß die beiden Männer, die vom Olymp des Geistes in ihre Wohnung herabgestiegen waren, zuvorkommend zu ihrer Freundin waren.

Der Philosophieprofessor paffte seine Pfeife und versteckte sich hinter dem Rauch, als schämte er sich. »Spätestens seit James Joyce wissen wir«, sagte er, »daß das größte Abenteuer unseres Lebens das Fehlen von Abenteuern ist. Odysseus, der bei Troja kämpfte, über die Meere fuhr, sein Schiff selbst steuerte, auf jeder Insel eine Geliebte hatte – nein, das ist nicht unser Leben. Homers Odyssee hat sich nach innen verlagert. Sich verinnerlicht. Inseln, Meere, Sirenen, die uns locken, Ithaka, das uns zurückruft, das sind heute nur noch Stimmen unseres Innern.«

»Ja! Genau so empfinde ich es!« schrie Bibi und wandte sich erneut an Banaka: »Deshalb wollte ich Sie fragen, wie man es angeht. Ich habe oft das Gefühl, daß mein ganzer Körper regelrecht danach drängt, sich auszudrücken. Zu sprechen. Sich verständlich zu machen. Manchmal habe ich das Gefühl, verrückt zu werden, ich fühle mich dermaßen zum Platzen voll, daß ich am liebsten schreien würde, Sie kennen das bestimmt, Monsieur Banaka. Ich möchte mein Leben ausdrücken, meine Empfindungen, die, das weiß ich, etwas ganz Besonderes sind, aber wenn ich mich vors Papier setze, weiß ich auf einmal nicht mehr, worüber ich schreiben soll. Also habe ich mir gesagt, es muß eine Sache der Technik sein. Offensichtlich fehlen mir irgendwelche Kenntnisse, die Sie besitzen. Schließlich haben Sie so schöne Bücher geschrieben...«

9.

Ich erspare Ihnen den Vortrag, den Sokrates I und II der jungen Frau über die Kunst des Schreibens hielten. Ich möchte von etwas anderem sprechen. Kürzlich bin ich in Paris mit dem Taxi von einem Ende der Stadt zum anderen gefahren, und der Chauffeur wurde gesprächig. Er könne nachts nicht schlafen. Leide an krankhafter Schlaflosigkeit. Seit dem Krieg. Er war Seemann. Sein Schiff wurde versenkt. Er schwamm drei Tage und drei Nächte. Dann wurde er gerettet. Einige Monate schwebte er zwischen Leben und Tod. Er kam durch, hatte aber die Fähigkeit zum Schlafen verloren.

»Ich habe ein Drittel mehr Leben als Sie«, sagte er lächelnd.

»Und was machen Sie mit diesem zusätzlichen Drittel?« fragte ich.

»Ich schreibe«, sagte er.

Ich fragte ihn, was er schreibe.

Er beschreibt sein Leben. Die Geschichte eines Menschen, der drei Tage lang im Meer schwamm, mit dem Tode rang, die Fähigkeit zum Schlafen verlor und seinen Lebenswillen trotz allem bewahrte.

»Schreiben Sie es für Ihre Kinder auf? Als Familienchronik?«

Er lachte bitter: »Meine Kinder würde das nicht interessieren. Ich schreibe es als Buch. Ich glaube, daß es vielen Menschen helfen könnte.«

Dieses Gespräch mit dem Taxichauffeur hat mir mit einem Mal das Wesen des schriftstellerischen Daseins enthüllt. Wir schreiben Bücher, weil unsere Kinder sich nicht für uns interessieren. Wir wenden uns an die anonyme Welt, weil unsere Frauen sich die Ohren zuhalten, wenn wir mit ihnen sprechen.

Sie werden einwenden, im Falle des Taxichauffeurs handele es sich um einen Graphomanen und nicht um einen Schriftsteller. Klären wir also zuerst die Begriffe. Eine Frau, die ihrem Geliebten täglich vier Briefe schreibt, ist keine Graphomanin, sondern eine verliebte Frau. Einer meiner Freunde aber, der Fotokopien seiner Liebesbriefe anfertigen läßt, um sie irgendwann zu publizieren, ist ein Graphomane. Graphomanie ist nicht das Bedürfnis, Briefe, Tagebücher oder Familienchroniken (für sich selbst und für seine Nächsten) zu schreiben, sondern Bücher zu schreiben (also ein Publikum unbekannter Leser zu haben). In diesem Sinn sind die Leidenschaft des Taxichauffeurs und Goethes Leidenschaft gleich. Was Goethe vom Taxichauffeur unterscheidet, ist nicht eine andere Leidenschaft, sondern ein anderes Ergebnis dieser Leidenschaft.

Graphomanie (die Besessenheit, Bücher zu schreiben) wird zwangsläufig zur Massenepidemie, wenn die gesellschaftliche Entwicklung drei grundlegende Voraussetzungen erfüllt:

1) hoher Grad allgemeinen Wohlstands, der es den Leuten ermöglicht, sich unnützen Tätigkeiten zu widmen;

2) hohes Maß an Atomisierung des gesellschaftlichen Lebens und daraus hervorgehend allgemeine Vereinsamung der Individuen;

3) radikaler Mangel bedeutender gesellschaftlicher Veränderungen im inneren Leben eines Volkes. (In dieser Hinsicht scheint es mir bezeichnend, daß in Frankreich, wo gesamtgesellschaftlich gesehen nichts geschieht, der Prozentsatz an Schriftstellern einundzwanzigmal höher ist als in Israel. Bibi hat sich übrigens präzise ausgedrückt, als sie sagte, sie habe *von außen betrachtet* nichts erlebt. Gerade dieser Mangel an Lebensinhalt, diese Leere, ist der Motor, der sie zum Schreiben antreibt.)

Allerdings beeinflußt das Ergebnis rückwirkend die Ursache. Die allgemeine Vereinsamung verursacht Graphomanie, die massenweite Graphomanie wiederum verstärkt und steigert die allgemeine Vereinsamung. Die Erfindung des Buchdrucks hat es der Menschheit ermöglicht, sich untereinander zu verständigen. Im Zeitalter der allgemeinen Graphomanie erhält das Bücherschreiben einen umgekehrten Sinn: jeder ist von seinen Buchstaben umzingelt wie von Spiegelwänden, durch die von außen keine Stimme mehr dringt.

10.

»Tamina«, sagte Hugo, als sie unlängst im leeren Bistro mit ihm plauderte, »ich weiß, daß ich bei Ihnen keine Chancen habe. Ich werde es auch gar nicht versuchen. Darf ich Sie trotzdem am Sonntag zum Mittagessen einladen?«

Das Päckchen lag bei der Schwiegermutter in der Provinzstadt und Tamina wollte es zu ihrem Vater nach Prag bringen lassen, damit Bibi es dort abholen konnte. Man könnte meinen, nichts wäre einfacher, doch die Absprache mit alten schrulligen Leuten sollte sie noch viel Zeit und Geld kosten. Telefonieren war teuer, und ihr Gehalt reichte kaum aus, um die Miete und die für die Verpflegung notwendigen Ausgaben zu decken.

»Ja«, nickte Tamina und dachte daran, daß Hugo in seiner Wohnung ein Telefon hatte.

Er holte sie mit dem Wagen ab, und sie fuhren in ein Restaurant außerhalb der Stadt.

Die Ärmlichkeit ihres Jobs hätte ihm die Rolle des souveränen Eroberers leichtmachen können, doch er sah hinter der Gestalt der schlechtbezahlten Kellnerin die geheimnisumwobene Ausländerin und Witwe. Er fühlte sich unsicher. Ihre Liebenswürdigkeit war wie ein Panzer, den man nicht durchstoßen konnte. Er wollte Taminas Aufmerksamkeit auf sich lenken, sie fesseln, in ihre Gedanken eindringen!

Er bemühte sich, etwas Interessantes für sie ausfindig zu machen. Noch bevor sie ans Ziel gelangten, hielt er seinen Wagen an, um sie durch den zoologischen Garten im Park eines schönen Landschlosses zu führen. Sie wandelten vor dem Hintergrund der gotischen Türme zwischen Affen und Papageien dahin. Sie waren ganz allein dort, nur ein bäuerisch wirkender Gärtner kehrte mit seinem Besen das abgefallene Laub von den breiten Wegen. Sie kamen an Wolf, Biber und Tiger vorbei und kamen zu einem großen, von einem Drahtzaun umgebenen Feld, auf dem Strauße standen.

Es waren sechs. Als sie Tamina und Hugo sahen, rannten sie auf sie zu. Sie drängten sich hinter dem Zaun zusammen, reckten ihre langen Hälse und beäugten die beiden, und alle öffneten sie ihre breiten, flachen Schnäbel. Sie öffneten und schlossen sie mit unglaublicher, fiebriger Geschwindigkeit, als sprächen sie, als wollte einer den andern übertönen, blieben jedoch hoffnungslos stumm, sie gaben nicht den leisesten Laut von sich.

Sie wirkten wie Boten, die eine wichtige Nachricht auswendig gelernt hatten, denen jedoch ein Feind unterwegs die Stimmbänder durchtrennt hatte, so daß sie am Ziel nur noch tonlos den Schnabel bewegen konnten.

Tamina betrachtete sie wie gebannt, und die Strauße sprachen immer weiter und immer eindringlicher, und als Tamina und Hugo sich entfernten, liefen sie ihnen am Zaun entlang nach, klapperten mit den Schnäbeln und warnten Tamina vor etwas. Sie aber wußte nicht, wovor.

11.

»Es war wie in einem grauenvollen Märchen«, sagte Tamina, während sie ein Stück Pastete abschnitt: »Als wollten sie mir etwas sehr Wichtiges sagen. Aber was? Was wollten sie mir sagen?«

Hugo erklärte, es seien junge Strauße gewesen, und die verhielten sich so. Als er das letzte Mal in diesem Zoo gewesen sei, seien ebenfalls alle sechs zum Drahtzaun gerannt und hätten stumm ihre Schnäbel aufgerissen.

Tamina konnte sich nicht beruhigen. »Wissen Sie, ich habe in Böhmen etwas zurückgelassen. Ein Päckchen mit Schriftstücken. Wenn man es mir per Post schickte, könnte die Polizei es beschlagnahmen. Bibi will diesen Sommer nach Prag fahren. Sie hat mir versprochen, es mitzubringen. Jetzt fürchte ich, die Strauße könnten gekommen sein, um mich zu warnen. Daß mit dem Päckchen etwas passiert ist.«

Hugo wußte, daß Tamina Witwe war und ihr Mann aus politischen Gründen hatte emigrieren müssen.

»Politische Dokumente?« fragte er.

Tamina hatte längst begriffen, daß sie ihr Leben vereinfachen mußte, um es den Leuten hierzulande verständlich zu machen. Es wäre unendlich kompliziert zu erklären, weshalb private Briefe und Tagebücher konfisziert werden konnten und warum ihr überhaupt so viel daran lag. Deshalb sagte sie:

»Ja, politische Dokumente.«

Im selben Augenblick jedoch fürchtete sie, Hugo könnte über diese Dokumente etwas Konkreteres wissen wollen, doch ihre Befürchtung war gegenstandslos. War sie überhaupt je von jemandem nach irgend etwas gefragt worden? Mitunter erklärten die Leute Tamina, was sie von deren Land hielten, Taminas eigene Erfahrung hingegen interessierte niemanden.

Hugo fragte: »Und weiß Bibi, daß es sich um politische Dinge handelt?«

»Nein«, sagte Tamina.

»Das ist gut so«, sagte Hugo, »sagen Sie ihr nicht, daß es um Politik geht. Sie würde im letzten Moment noch zurückschrecken und das Paket nicht mitnehmen. Die Menschen sind furchtbar ängstlich, Tamina. Bibi muß denken, daß es um etwas ganz Belangloses, Gewöhnliches geht. Zum Beispiel um Ihre Liebesbriefe. Ja, sagen Sie ihr, in dem Päckchen seien Ihre Liebesbriefe.«

Hugo lachte über seinen Einfall: »Liebesbriefe! Natürlich! Das übersteigt ihren Horizont nicht! Das kann Bibi begreifen!«

Tamina dachte daran, daß Liebesbriefe für Hugo etwas Belangloses und Gewöhnliches waren. Niemand kam auf die Idee, daß sie jemanden geliebt haben und diese Liebe für sie wichtig gewesen sein könnte.

Hugo fügte hinzu: »Wenn Bibi aus irgendwelchen Gründen nicht fährt, können Sie auf mich zählen. Ich werde Ihnen das Päckchen holen.«

»Danke«, sagte sie aufrichtig.

»Ich werde es Ihnen holen«, wiederholte Hugo, »und wenn man mich dafür einsperrt.«

»Ach woher!« protestierte Tamina. »So etwas kann Ihnen nicht passieren!« Und sie versuchte ihm zu erklären, daß ausländischen Touristen in ihrer Heimat keine Gefahr drohte. Gefährlich sei dort das Leben nur für die Tschechen, und selbst die seien sich dessen gar nicht mehr bewußt. Sie redete plötzlich lange und erregt, sie kannte dieses Land auswendig, und ich kann bestätigen, daß sie vollkommen recht hatte.

Eine Stunde später hielt sie den Hörer von Hugos Telefon am Ohr. Ihr Gespräch mit der Schwiegermutter war nicht besser als das erste: »Ihr habt mir keinen Schlüssel gegeben! Ihr habt immer alles vor mir verheimlicht! Warum zwingst du mich, daran zu denken, wie ihr mich euer Leben lang behandelt habt!«

12.

Wenn Tamina so viel an ihren Erinnerungen lag, warum kehrte sie nicht nach Böhmen zurück? Für Emigranten, die das Land nach 1968 illegal verlassen hatten, war eine Amnestie erlassen worden und man hatte sie zur Rückkehr aufgefordert. Was also hatte Tamina zu befürchten? Sie war viel zu unbedeutend, um bei sich zu Hause von jemandem bedroht zu werden.

Ja, sie hätte bedenkenlos zurückkehren können. Und dennoch konnte sie es nicht.

Zu Hause hatten sie ihren Mann verraten. Sie sagte sich, daß auch sie ihn verriete, wenn sie unter diese Menschen zurückkehrte.

Als er auf immer schlechtere Stellen versetzt worden und zuletzt auch noch entlassen worden war, war niemand für ihn eingetreten. Nicht einmal seine Freunde. Tamina wußte freilich, daß sie tief in ihrem Herzen zu ihm hielten und nur aus Angst schwiegen. Aber gerade weil sie zu ihm hielten, schämten sie sich ihrer Angst um so mehr, und wenn sie ihm auf der Straße begegneten, taten sie, als sähen sie ihn nicht. Taktvoll begann das Ehepaar nun seinerseits, den Bekannten aus dem Weg zu gehen, um ihnen kein schlechtes Gewissen zu machen. Die beiden fühlten sich bald wie Aussätzige. Nachdem sie aus Böhmen geflüchtet waren, unterschrieben ehemalige Kollegen eine öffentliche Stellungnahme, in der Taminas Mann verleumdet und verurteilt wurde. Sie taten es sicher nur, um nicht selber die Stelle zu verlieren, aber sie taten es. Auf diese Weise hatten sie zwischen sich und den beiden Exilanten einen Abgrund gegraben, den zu überspringen Tamina nie mehr bereit sein würde.

Als sie in der ersten Nacht nach ihrer Flucht in einem kleinen Alpenhotel aufwachten und ihnen bewußt wurde, daß sie allein waren, abgeschnitten von der Welt, in der sich ihr ganzes bisheriges Leben abgespielt hatte, fühlten sie sich befreit und erleichtert. Sie waren im Gebirge, und sie waren dort wunderbar allein. Ringsum herrschte eine unglaubliche Stille. Tamina empfand sie als unverhofftes Geschenk, und ihr kam der Gedanke, daß ihr Mann Böhmen verlassen hatte, um den Verfolgungen zu entgehen, sie hingegen, um diese Stille zu finden; Stille für sich und für ihren Mann; Stille für die Liebe.

Nach dem Tod ihres Mannes wurde sie von heftigem Heimweh nach dem Land überwältigt, in dem elf Jahre gemeinsamen Lebens überall Spuren hinterlassen hatten. In einer plötzlichen Anwandlung von Sentimentalität verschickte sie an ein Dutzend Bekannte Todesanzeigen. Sie erhielt keine einzige Antwort.

Einen Monat später fuhr sie mit den letzten Ersparnissen ans Meer. Sie zog den Badeanzug an und schluckte ein Röhrchen Schlaftabletten. Dann schwamm sie weit hinaus. Sie hatte sich vorgestellt, daß die Tabletten tiefe Müdigkeit hervorrufen und sie ertrinken lassen würden. Doch das kalte Wasser und ihre Sportlichkeit (sie war stets eine ausgezeichnete Schwimmerin gewesen) wehrten den Schlaf ab, und die Tabletten waren offenbar schwächer, als sie angenommen hatte.

Sie schwamm ans Ufer zurück, ging auf ihr Zimmer und schlief zwanzig Stunden. Als sie aufwachte, waren Ruhe und Frieden in ihrem Innern. Sie war entschlossen, in der Stille und für die Stille zu leben.

13.

Das silbrigblaue Licht von Bibis Fernseher fiel auf die Anwesenden: Tamina, Shushu, Bibi und ihren Mann Dedé, einen Handelsvertreter, der tags zuvor nach viertägiger Reise heimgekommen war. Im Raum roch es schwach nach Urin, und auf dem Bildschirm war ein großer, kugeliger alter

Glatzkopf zu sehen, dem ein unsichtbarer Journalist gerade die erste provokative Frage stellte.

»Wir haben in Ihren Memoiren einige schockierende erotische Bekenntnisse gelesen.«

In der Sendung, die regelmäßig ausgestrahlt wurde, diskutierte ein beliebter Journalist mit einigen Autoren, die in der vergangenen Woche ein Buch veröffentlicht hatten.

Der große Kahlkopf lächelte selbstgefällig: »O nein! Nichts Schockierendes! Nur eine ganz exakte Rechnung! Rechnen Sie mit. Mein erotisches Leben hat mit fünfzehn angefangen.« Der alte Kugelkopf schaute stolz in die Runde. »Jawohl, mit fünfzehn. Heute bin ich fünfundsechzig. Folglich habe ich fünfzig Jahre erotisches Leben hinter mir. Ich darf annehmen – und das ist eine sehr nüchterne Schätzung –, durchschnittlich zweimal pro Woche mit jemandem geschlafen zu haben. Das bedeutet hundertmal pro Jahr, was fünftausendmal im Leben ergibt. Rechnen Sie weiter. Wenn ein Orgasmus fünf Sekunden dauert, habe ich fünfundzwanzigtausend Sekunden Orgasmus hinter mir. Das macht insgesamt sechs Stunden sechsundfünfzig Minuten. Nicht schlecht, was?«

Alle im Raum nickten ernst, und Tamina stellte sich den glatzköpfigen Alten vor, wie er einen ununterbrochenen Orgasmus erlebte und sich wand und ans Herz griff, wie ihm nach einer Viertelstunde das künstliche Gebiß aus dem Mund fiel und er nach weiteren fünf Minuten tot niedersank. Sie fing an zu lachen.

»Was lachst du«, wies Bibi sie zurecht, »das ist keine schlechte Bilanz! Sechs Stunden und sechsundfünfzig Minuten Orgasmus.«

Shushu sagte: »Viele Jahre lang habe ich überhaupt nicht gewüßt, was es heißt, einen Orgasmus zu haben. Aber jetzt habe ich seit einigen Jahren ziemlich regelmäßig einen.«

Alle unterhielten sich über Shushus Orgasmus, während sich auf dem Bildschirm ein anderes Gesicht ereiferte.

»Warum ist er so wütend?« fragte Dedé.

Der Schriftsteller auf dem Bildschirm sagte: »Das ist sehr wichtig. Sehr wichtig. Ich erkläre es in meinem Buch.«

»Was ist sehr wichtig?« fragte Bibi.

»Daß er seine Kindheit im Dorf Ruru verbracht hat«, erklärte Tamina.

Der Mann, der seine Kindheit im Dorf Ruru verbracht hatte, hatte eine lange Nase, die so schwer wog wie ein Lot, wodurch sein Kopf immer weiter nach vorn kippte und es zeitweise schien, als falle er durch den Bildschirm hindurch ins Zimmer. Das von der Nase beschwerte Gesicht war ungemein erregt, als er sagte:

»Ich erkläre es in meinem Buch. Mein ganzes Werk ist mit dem einfachen Dorf Ruru verbunden, und wer das nicht begreift, der kann mein Werk überhaupt nicht verstehen. Sogar meine ersten Verse habe ich dort geschrieben. Ja. Ich halte das für sehr wichtig.«

»Es gibt Männer«, sagte Shushu, »mit denen ich nie einen Orgasmus habe.«

»Vergessen Sie nicht«, sagte der Schriftsteller, und sein Gesicht wurde immer erregter, »daß ich in Ruru immerhin zum ersten Mal radgefahren bin. Ja, ich schildere es ausführlich in meinem Buch. Und Sie wissen alle, welche Bedeutung das Fahrrad in meinem Werk hat. Es ist ein Symbol. Das Fahrrad ist für mich der erste Schritt der Menschheit aus der patriarchalischen in die zivilisierte Welt. Der erste Flirt mit der Zivilisation. Der Flirt einer Jungfrau vor dem ersten Kuß. Noch jungfräulich und doch schon sündhaft.«

»Das stimmt«, sagt Shushu. »Meine Kollegin Tanaka hatte

ihren ersten Orgasmus noch als Jungfrau während einer Radfahrt.«

Alle unterhielten sich über Tanakas Orgasmus, und Tamina sagte zu Bibi: »Kann ich von hier mal telefonieren?«

14.

Im Nebenraum war der Uringeruch stärker. Hier schlief Bibis Töchterchen.

»Ich weiß, daß ihr nicht miteinander redet«, flüsterte Tamina ins Telefon, »aber ich kann es sonst nicht von ihr bekommen. Es gibt nur die Möglichkeit, daß du hinfährst und es ihr wegnimmst. Wenn sie den Schlüssel nicht findet, wirst du sie zwingen, die Schublade aufzubrechen. Es sind meine Sachen. Briefe und so. Ich habe ein Recht darauf.«

»Tamina, zwing mich nicht, mit ihr zu reden.«

»Papa, überwinde dich und tu es für mich. Vor dir hat sie Angst und wird es nicht wagen, dir etwas abzuschlagen.«

»Weißt du was, wenn deine Bekannten nach Prag kommen, werde ich ihnen einen Pelzmantel für dich mitgeben. Das ist wichtiger als alte Briefe.«

»Mir liegt aber nichts an einem Pelz. Mir liegt etwas an diesem Päckchen!«

»Sprich lauter! Ich verstehe dich nicht!« sagte der Vater, doch die Tochter flüsterte weiter, weil sie nicht wollte, daß Bibi ihre tschechischen Sätze hörte; sie hätten auf der Stelle verraten, daß sie ins Ausland telefonierte und die Besitzerin des Telefons jede Sekunde des Geprächs würde teuer bezahlen müssen.

»Mir liegt etwas an dem Päckchen und nicht an einem Pelzmantel!« wiederholte sie.

»Dir liegt immer was an dummen Sachen.«

»Papa, Telefonieren ist schrecklich teuer. Bitte, könntest du nicht zu ihr hinfahren?«

Das Gespräch war mühsam. Der Vater bat sie ständig, noch einmal zu wiederholen, was sie gesagt hatte, und weigerte sich starrköpfig, zu ihrer Schwiegermutter zu fahren. Schließlich sagte er:

»Ruf doch deinen Bruder an! Er soll zu ihr fahren! Und mir das Päckchen dann bringen.«

»Er kennt sie ja gar nicht!«

»Gerade das ist der Vorteil«, lachte der Vater. »Sonst würde er es nie tun.«

Tamina überlegte rasch. Es war gar keine schleche Idee, den energischen und herrischen Bruder zur Schwiegermutter zu schicken. Aber sie wollte ihn nicht anrufen. Seit sie im Ausland lebte, hatten sie sich kein einziges Mal geschrieben. Der Bruder hatte eine sehr gut bezahlte Stelle, die er nur hatte behalten können, weil er jeglichen Kontakt mit seiner emigrierten Schwester abgebrochen hatte.

»Papa, ich kann ihn nicht anrufen. Könntest nicht du es ihm erklären? Bitte, Papa!«

15.

Der Vater war klein und kränklich, und als er mit Tamina durch die Straßen spaziert war, hatte er sich gebärdet, als präsentierte er der ganzen Welt das Denkmal jener einen heroischen Nacht, in der er sie gezeugt hatte. Den Schwiegersohn hatte er nie gemocht und ständig mit ihm gehadert. Als er Tamina vorschlug, ihr einen Pelzmantel zu schicken (der bestimmt von einer verstorbenen Verwandten stammte), hatte nicht die Sorge um die Gesundheit seiner Tochter ihn dazu bewogen, sondern die alte Rivalität. Er wollte, daß sie den Vater (den Pelzmantel) dem Mann (dem Päckchen mit den Schriftstücken) vorzog.

Tamina war entsetzt bei dem Gedanken, daß das Schicksal ihres Päckchens in den feindlichen Händen ihres Vaters und ihrer Schwiegermutter lag. Sie stellte sich immer öfter vor, daß ihre Tagebücher von fremden Augen gelesen wurden, und in dieser Vorstellung wirkten die fremden Blicke wie ein Regen, der die Aufschriften auf Mauern verwischte. Oder wie Licht, das zu früh auf das Fotopapier im Fixierbad fällt und das Bild verdirbt.

Ihr wurde klar, daß der Wert ihrer schriftlichen Erinnerungen darin bestand, daß sie *nur für sie allein* bestimmt waren. In dem Moment, in dem sie diese Eigenschaft verloren, würde das intime Band zerreißen, und sie würde nie mehr imstande sein, die Aufzeichnungen mit ihren eigenen Augen zu lesen, sondern nur noch mit denen von jemandem, der sich mit einem fremden privaten Dokument vertraut gemacht hatte. Auch die, die es geschrieben hatte, würde für sie zu einer fremden Person. Die auffallende Ähnlichkeit, die trotzdem zwischen ihr und der Autorin der Aufzeichnungen bestehen bliebe, würde wie eine Parodie, wie Hohn auf sie wirken. Nein, sie würde ihre von fremden Augen gelesenen Aufzeichnungen selber nie mehr lesen können!

Sie wurde ungeduldig und wünschte sich sehnlichst, ihre Tagebücher und Briefe so rasch wie möglich in ihren Besitz zu bringen, solange das darin festgehaltene Bild der Vergangenheit noch nicht zerstört war.

16.

Bibi kam ins Bistro und setzte sich an die Theke: »Salut, Tamina. Gib mir einen Whisky.«

Bibi trank gewöhnlich Kaffee und ausnahmsweise Portwein. Der Wunsch nach Whisky zeugte davon, daß sie in einer ungewöhnlichen Verfassung war.

»Wie kommst du mit dem Schreiben voran?« fragte Tamina, während sie den Whisky in ein Glas goß.

»Dazu müßte ich in besserer Stimmung sein«, sagte Bibi. Sie leerte das Glas in einem Zug und bestellte ein zweites.

Mehrere Gäste betraten das Bistro. Tamina fragte sie nach ihren Wünschen, kehrte hinter die Theke zurück, schenkte der Freundin den zweiten Whisky ein und ging die Kunden bedienen. Als sie zurückkam, sagte Bibi zu ihr:

»Ich kann diesen Dedé nicht mehr ausstehen. Wenn er von seinen Reisen zurückkommt, liegt er volle zwei Tage im Bett. Volle zwei Tage zieht er den Pyjama nicht aus! Würdest du das aushalten? Aber am schlimmsten ist es, wenn er vögeln will. Er kann nicht begreifen, daß mir das Vögeln keinen, aber auch gar keinen Spaß macht. Ich muß Schluß machen. Ständig plant er seinen albernen Urlaub. Er liegt im Pyjama im Bett und hat einen Atlas in der Hand. Zuerst wollte er nach Prag. Das ist ihm inzwischen schon verleidet. Dann hat er ein Buch über Irland entdeckt, und jetzt will er um jeden Preis nach Irland.«

»Dann fahrt ihr im Urlaub also nach Irland?« fragte Tamina bange.

»*Wir? Wir* fahren nirgendwohin. Ich werde daheimbleiben und schreiben. Der kriegt mich nirgendwohin. Ich komme ohne Dedé aus. Er interessiert sich absolut nicht für mich. Ich schreibe, und stell dir vor, er hat mich noch kein einziges Mal gefragt, was ich schreibe. Mir ist klargeworden, daß wir uns nichts mehr zu sagen haben.«

Tamina wollte fragen: Du fährst also nicht nach Böhmen? Doch ihre Kehle war wie zugeschnürt, und sie konnte nicht sprechen.

In diesem Moment betrat Shushu das Bistro und schwang sich auf den Barhocker neben Bibi. Sie sagte: »Wärt ihr imstande, in aller Öffentlichkeit zu vögeln?«

»Wie meinst du das?« fragte Bibi.

»Zum Beispiel hier im Bistro, auf dem Boden, vor allen. Oder in einem Kino während der Vorstellung.«

»Ruhe«, schrie Bibi nach unten, wo das Kind neben den Stuhlbeinen lärmte. Dann sagte sie: »Warum nicht? Es ist schließlich was ganz Natürliches. Warum sollte ich mich für etwas schämen, das natürlich ist?«

Tamina wollte sich noch einmal dazu aufraffen, Bibi zu fragen, ob sie nach Böhmen fahre. Sie begriff aber im selben Moment, daß die Frage überflüssig war. Es war sonnenklar. Bibi würde nicht nach Böhmen fahren.

Aus der Küche kam die Wirtin und lächelte Bibi zu. »Wie geht es Ihnen?« Sie gab ihr die Hand.

»Eine Revolution, das wär's«, sagte Bibi. »Es müßte was passieren! Es müßte endlich was passieren!«

In dieser Nacht träumte Tamina von den Straußen. Sie standen am Zaun und redeten alle durcheinander auf sie ein. Sie empfand Abscheu vor ihnen. Sie konnte sich nicht von der Stelle rühren, beobachtete bloß wie hypnotisiert die stummen Schnäbel. Krampfhaft hielt sie den Mund geschlossen. Denn sie hatte darin einen goldenen Ring und fürchtete, ihn zu verlieren.

17.

Warum stelle ich mir vor, daß sie einen goldenen Ring im Mund hatte?

Ich kann nichts dafür, ich stelle sie mir so vor. Und plötzlich taucht vor mir der Satz auf: »einen leisen, hellen, metallischen Ton... Es war, wie wenn ein goldener Ring in ein silbernes Becken fällt.«

Als Thomas Mann noch sehr jung war, schrieb er eine auf naive Weise ergreifende Erzählung über den Tod: in dieser Erzählung ist der Tod schön, wie er für alle schön ist, die von ihm träumen, solange sie noch sehr jung sind und der Tod noch unwirklich und zauberhaft ist wie die bläuliche Stimme der Ferne.

Ein todkranker junger Mann besteigt einen Zug, verläßt ihn in einem unbekannten Bahnhof, geht in eine Stadt, deren Namen er nicht kennt und mietet in einem Haus bei einer alten Frau mit Schuppenflechten auf der Stirn ein Zimmer. Nein, ich will nicht erzählen, was weiter in diesem gemieteten Zimmer geschah, ich möchte nur eine belanglose Begebenheit erwähnen: Als der kranke junge Mann durchs Zimmer schritt, »glaubte er, zwischen dem Geräusch seiner Schritte nebenan, in jenen anderen Räumlichkeiten, einen Klang zu hören, einen leisen, hellen, metallischen Ton ... aber es ist ganz unsicher, ob es nicht Täuschung war. Es war, wie wenn ein goldener Ring in ein silbernes Becken fällt.«

Diese kleine akustische Begebenheit findet in der Erzählung weder eine Fortsetzung noch eine Erklärung. Vom Standpunkt der Handlung aus könnte sie ohne Konsequenzen weggelassen werden. Der Ton war einfach nur da; für nichts und wieder nichts: nur so.

Ich denke, daß Thomas Mann diesen »leisen, hellen, metallischen Ton« erklingen ließ, um Stille zu erzeugen. Er brauchte sie, um die Schönheit hörbar zu machen (denn der Tod, von dem er erzählte, war *der Tod als Schönheit*), und wenn Schönheit hörbar werden soll, braucht sie ein Mindestmaß an Stille (die am Ton eines goldenen Ringes gemessen wird, der in ein silbernes Becken fällt).

(Ja, ich weiß, Sie wissen nicht, wovon ich spreche, denn die Schönheit ist längst untergegangen. Sie ist unter der Oberfläche des Lärms, in dem wir ständig leben, verschwunden – im Lärm der Wörter, im Lärm der Autos, im Lärm der Musik, im Lärm der Buchstaben. Sie ist versunken wie Atlantis. Nur ein Wort ist von ihr übriggeblieben, ein Wort, dessen Sinn von Jahr zu Jahr unverständlicher wird.)

Tamina hörte diese Stille (die kostbar ist wie ein Bruchstück einer Marmorstatue des versunkenen Atlantis) zum ersten Mal, als sie nach ihrer Flucht aus Böhmen in dem von Wäldern umgebenen Alpenhotel aufwachte. Zum zweiten Mal hörte sie die Stille, als sie ins Meer hinausschwamm, den Magen voll mit Tabletten, die ihr statt des Todes unerwarteten Frieden brachten. Diese Stille will sie durch ihren Körper und in ihrem Körper beschützen. Deshalb sehe ich sie, wie sie im Traum mit dem goldenen Ring im krampfhaft geschlossenen Mund am Drahtzaun steht.

Ihr gegenüber recken sich sechs lange Hälse mit winzigen Köpfchen und flachen Schnäbeln, die sich lautlos öffnen und schließen. Sie versteht sie nicht. Sie weiß nicht, ob sie ihr drohen, sie warnen, ermahnen oder anflehen. Und weil sie nichts weiß, verspürt sie eine unendliche Beklemmung. Sie fürchtet um den goldenen Ring (diese Stimmgabel der Stille) und hält ihn krampfhaft im Mund fest.

Tamina wird nie erfahren, was die Strauße ihr sagen wollten. Aber ich weiß es. Sie sind nicht gekommen, um zu warnen, zu mahnen oder zu drohen. Sie interessieren sich überhaupt nicht für Tamina. Sie sind gekommen, um ihr von sich selbst zu erzählen. Jeder will erzählen, wie er gefressen und geschlafen hat, wie er zum Zaun gerannt ist und was er dahinter gesehen hat. Daß er seine wichtige Kindheit im wichtigen Dorf Ruru verbracht hat. Daß sein wichtiger Orgasmus sechs Stunden gedauert hat. Daß er hinter dem Zaun eine Alte mit einem um den Kopf gebundenen Tuch gesehen hat. Daß er geschwommen ist, krank war und wieder gesund wurde. Daß er in seiner Jugend radgefahren ist und heute einen Sack Gras gefressen hat. Alle stehen sie vor Tamina und erzählen, alle auf einmal, kämpferisch, eindringlich und aggressiv, weil es auf der Welt nichts Wichtigeres gibt als das, was sie ihr zu sagen haben.

18.

Einige Tage später tauchte Banaka im Bistro auf. Er war völlig betrunken, setzte sich auf einen Barhocker, fiel zweimal herunter und kletterte wieder hinauf, bestellte einen Calvados und legte den Kopf auf die Theke. Tamina sah, daß er weinte.

»Was ist los, Monsieur Banaka?« fragte sie ihn.

Banaka sah sie mit seinem wäßrigen Blick an und zeigte mit dem Finger auf seine Brust: »Ich bin nicht, verstehen Sie. Ich bin nicht! Ich existiere nicht!«

Dann ging er zur Toilette und von der Toilette direkt auf die Straße, ohne zu bezahlen.

Tamina erzählte es Hugo, und er gab ihr zur Erklärung eine Zeitungsseite, auf der mehrere Buchbesprechungen abgedruckt waren, unter anderem über Banakas Hervorbringung, gerade vier spöttische Zeilen.

Die Episode mit Banaka, der auf seine Brust zeigt und jammert, daß er nicht existiere, erinnerte mich an einen Vers aus Goethes West-östlichem Divan: *Lebt man denn, wenn andre leben?* In Goethes Frage verbirgt sich das Geheimnis aller Schriftstellerei: Durch das Schreiben von Büchern verwandelt sich der Mensch in ein Universum (man spricht schließlich von Balzacs, Tschechows, Kafkas Universum), und die Eigenschaft eines Universums besteht eben darin, daß es einmalig ist. Also wird es durch die Existenz eines anderen Universums in seinem Wesen bedroht.

Zwei Schuster können, wenn ihre Läden nicht gerade in derselben Straße liegen, in wunderbarer Harmonie miteinander leben. Sobald sie aber anfangen, ein Buch über das Los des Schusters zu schreiben, stehen sie einander im Weg und fragen sich: *Lebt der Schuster denn, wenn andre Schuster leben?*

Tamina kommt es so vor, als sei ein einziger fremder Blick imstande, den Wert ihrer Tagebücher zu zerstören, und Goethe hat das Gefühl, daß ein Blick eines einzigen Menschen, der nicht auf seinen Zeilen ruht, Goethes Existenz als solche in Frage stellt.

Der Unterschied zwischen Tamina und Goethe ist der Unterschied zwischen Mensch und Schriftsteller.

Wer Bücher schreibt, ist entweder alles (das einzige Universum für sich selbst und alle anderen) oder nichts. Und weil keinem Menschen je *alles* gegeben sein wird, sind wir alle, die wir Bücher schreiben, *nichts*. Wir sind verkannt, eifersüchtig, verletzt und wünschen dem anderen den Tod. Darin sind wir uns alle gleich: Banaka, Bibi, Goethe und ich.

Das unaufhaltsame Anwachsen der Massengraphomanie

unter Politikern, Taxifahrern, Gebärerinnen, Geliebten, Mördern, Dieben, Prostituierten, Präfekten, Ärzten und Patienten beweist mir, daß ausnahmslos jeder Mensch den Schriftsteller als Möglichkeit in sich trägt, so daß die Menschen zu Recht auf die Straße gehen und schreien könnten: Wir sind alle Schriftsteller!

Jeder leidet nämlich darunter, ungehört und unbemerkt im teilnahmslosen Universum unterzugehen, und will sich deshalb rechtzeitig in ein Universum von Wörtern verwandeln.

Wenn der Schriftsteller einmal (und das wird bald der Fall sein) in allen Menschen erwacht sein wird, werden die Tage der allgemeinen Taubheit und Verständnislosigkeit anbrechen.

19.

Nun bleibt ihr als einzige Hoffnung nur noch Hugo. Er hat sie zum Abendessen eingeladen, und diesmal hat sie die Einladung gern angenommen.

Hugo sitzt Tamina gegenüber am Tisch und denkt nur an eines: daß Tamina ihm ständig entgleitet. In ihrer Gegenwart ist er unsicher und unfähig, direkt auf sie zuzugehen. Und je mehr er darunter leidet, daß er sich diese bescheidene und klare Unternehmung nicht zutraut, desto größer wird das Verlangen, die Welt, diese Unendlichkeit des Unfaßbaren, diese Unfaßbarkeit des Unendlichen zu erobern. Er zieht eine Zeitschrift aus der Tasche und gibt sie ihr. Auf der aufgeschlagenen Seite steht ein langer, mit seinem Namen unterzeichneter Artikel.

Dann hält er eine lange Ansprache. Er redet von der Zeitschrift: Ja, bis jetzt habe sie außerhalb ihrer Stadt nur wenige Leser, es handele sich aber um ein gutes theoretisches Blatt, das von Leuten gemacht werde, die Mut bewiesen und eines Tages wichtig sein würden. Hugo redet und redet, und seine Worte möchten gern Metaphern erotischer Aggressivität und eine Zurschaustellung seiner Potenz sein. In ihnen liegt die bezaubernde Schlagfertigkeit des Abstrakten, das herbeigeeilt ist, um das nicht zu bewältigende Konkrete zu ersetzen.

Tamina mustert Hugo und übermalt sein Gesicht. Diese geistigen Übungen sind für sie schon zur Gewohnheit geworden. Sie kann einen Mann nicht anders sehen. Es kostet sie Kraft, ihre ganze Phantasie ist mobilisiert, doch dann verändern Hugos braune Augen wahrhaftig ihre Farbe und sind plötzlich blau. Tamina schaut ihn unverwandt an, denn wenn das Blau nicht zerfließen soll, muß sie es durch die ganze Kraft ihres Blicks in seinen Augen festhalten.

Hugo ist durch diesen Blick verunsichert, also redet er um so mehr, seine Augen sind herrlich blau und seine Schläfen leicht hervorgetreten, so daß von seinen Haaren vorn nur ein schmales Dreieck übrigbleibt, dessen Spitze nach unten zeigt.

»Ich habe meine Kritik immer nur gegen unsere westliche Welt gerichtet. Doch die Ungerechtigkeit, die bei uns herrscht, könnte uns zu falscher Nachsicht anderen Ländern gegenüber verleiten. Dank Ihnen, ja, Tamina, dank Ihnen habe ich begriffen, daß das Problem der Macht überall gleich ist, bei uns wie bei euch, im Westen wie im Osten. Es darf uns nicht darum gehen, eine Art Macht durch eine andere zu ersetzen, wir müssen das *Prinzip* der Macht ablehnen, und zwar überall.«

Hugo neigt sich über den Tisch zu Tamina, und sie riecht den säuerlichen Geruch aus seinem Mund, der sie in ihrer geistigen Übung stört, so daß über Hugos Stirn nun wieder kurzes, dichtes Haar steht. Und Hugo wiederholt, daß ihm das alles nur dank ihr bewußt geworden sei.

»Wieso denn das?« unterbricht ihn Tamina: »Wir haben doch nie darüber gesprochen!«

In Hugos Gesicht ist nur noch ein Auge blau, und auch das färbt sich allmählich braun.

»Es war nicht nötig, daß Sie mir etwas sagten, Tamina. Es hat genügt, daß ich viel über Sie nachgedacht habe.«

Der Kellner beugt sich über sie und stellt die Teller mit der Vorspeise auf den Tisch.

»Ich werde es zu Hause lesen«, sagt Tamina und steckt die Zeitschrift in ihre Handtasche. Und dann sagt sie: »Bibi fährt nicht nach Prag.«

»Ich habe es gewußt«, sagt Hugo und fügt hinzu: »Haben Sie keine Angst, Tamina. Ich habe es Ihnen versprochen. Ich werde Ihnen zuliebe hinfahren.«

20.

»Ich habe eine gute Nachricht für dich. Ich habe mit deinem Bruder gesprochen. Er fährt am Samstag zu deiner Schwiegermutter.«

»Tatsächlich? Und du hast ihm auch alles erklärt? Hast du ihm gesagt, daß er ganz einfach das Schloß aufbrechen soll, wenn die Schwiegermutter den Schlüssel nicht findet?«

Tamina legte den Hörer auf und war wie berauscht.

»Gute Nachrichten?« fragte Hugo.

»Ja«, nickte sie.

Sie hatte noch die fröhliche und energische Stimme ihres Vaters im Ohr und sagte sich, sie habe ihm Unrecht getan.

Hugo stand auf und trat zur Hausbar. Er nahm zwei Gläser heraus und goß Whisky ein:

»Telefonieren Sie von hier aus, Tamina, wann und so oft Sie wollen. Ich kann nur wiederholen, was ich Ihnen schon gesagt habe. Ich fühle mich wohl in Ihrer Gegenwart, obwohl ich weiß, daß Sie nie mit mir schlafen werden.«

Er hatte sich nur gezwungen zu sagen, *ich weiß, daß Sie nie mit mir schlafen werden*, um sich selbst zu beweisen, daß er den Mut besaß, dieser unzugänglichen Frau ein paar Dinge (wenn auch in nur vorsichtig negativer Form) ins Gesicht zu sagen, und er kam sich fast kühn vor.

Tamina stand auf und ging auf Hugo zu, um ihr Glas entgegenzunehmen. Sie dachte an ihren Bruder: er war für sie so stumm geworden wie sie für ihn, aber sie liebten einander trotzdem und waren bereit, sich gegenseitig zu helfen.

»Auf daß Ihnen alles gelingt!« sagte Hugo und trank sein Glas leer.

Auch Tamina trank ihren Whisky aus und stellte das Glas auf das Tischchen. Sie wollte sich setzen, aber noch bevor sie dazu kam, hatte Hugo sie umarmt.

Sie wehrte sich nicht, sondern wandte nur den Kopf ab. Ihr Mund verzog sich und ihre Stirn bedeckte sich mit Fältchen.

Er hatte sie umarmt, ohne zu wissen wie. Im ersten Augenblick war er selbst darüber erschrocken, und hätte Tamina ihn zurückgestoßen, wäre er schüchtern zurückgewichen und hätte sich vielleicht sogar entschuldigt. Tamina stieß ihn jedoch nicht zurück, und ihr verkrampftes Gesicht und ihr abgewandter Kopf erregten ihn. Die wenigen

Frauen, die er bisher gekannt hatte, hatten nie irgendwie ausdrucksvoll auf seine Berührungen reagiert. Wenn sie beschlossen hatten, mit ihm zu schlafen, zogen sie sich aus und warteten ganz ruhig, fast gleichgültig, was er mit ihnen tun würde. Die Verkrampfung in Taminas Gesicht verlieh der Umarmung eine Bedeutung, von der er bisher nicht einmal geträumt hatte. Er umarmte sie stürmisch und versuchte, ihr das Kleid aufzureißen.

Warum aber wehrte Tamina sich nicht?

Sie dachte schon seit drei Jahren mit Besorgnis an eine solche Situation. Seit drei Jahren lebte sie unter deren hypnotischem Blick, und nun war sie genau so eingetroffen, wie sie sie sich vorgestellt hatte. Deshalb wehrte sie sich nicht. Sie nahm sie hin, wie man etwas Unabwendbares hinnimmt.

Nur den Kopf wandte sie ab. Doch es half nichts. Das Bild ihres Mannes war da; egal, wie sie ihr Gesicht auch drehte, es wanderte durchs Zimmer. Es war das große Bild ihres grotesk großen Mannes, ihres überlebensgroßen Ehemanns, ja, genauso, wie sie es sich drei Jahre lang vorgestellt hatte.

Dann war sie ganz nackt und Hugo, erregt durch ihre vermeintliche Erregung, war vollkommen verblüfft, als er feststellte, daß Taminas Schoß trocken war.

21.

Einmal hatte sie einen kleinen operativen Eingriff ohne Narkose über sich ergehen lassen müssen und sich dabei gezwungen, unregelmäßige englische Verben zu wiederholen. Sie versuchte jetzt, sich ähnlich zu verhalten und konzentrierte ihre Gedanken auf ihre Tagebücher. Sie dachte daran, daß sie bald bei ihrem Vater in Sicherheit sein würden und Hugo, dieser gute Junge, sie ihr bringen würde.

Dieser gute Hugo bewegte sich schon eine Weile wie wild auf ihr, und sie bemerkte jetzt, daß er sich dabei sonderbar auf die Hände stützte und die Hüften nach verschiedenen Seiten verrenkte. Sie begriff, daß er mit ihren Reaktionen nicht zufrieden war, sie ihm wenig erregt schien und er deshalb versuchte, aus verschiedenen Winkeln in sie zu dringen, um irgendwo tief im Innern auf jenen geheimnisvollen Punkt der Empfindsamkeit zu stoßen, der sich vor ihm versteckte.

Sie wollte seine fleißigen Bemühungen nicht sehen und wandte den Kopf ab. Wieder versuchte sie, ihre Gedanken zu disziplinieren und sie auf die Tagebücher zu konzentrieren. Sie zwang sich, in Gedanken die Reihenfolge ihrer Urlaube zu wiederholen, wie sie sie, zwar noch unvollständig, rekonstruiert hatte: die ersten Ferien an einem kleinen böhmischen Fischteich; dann Jugoslawien, nochmals der kleine böhmische Teich und ein böhmischer Badeort, die Reihenfolge dieser Urlaube blieb allerdings unklar. 1964 waren sie in der Tatra und im Jahr darauf in Bulgarien, dann verlor sich die Spur. Im Jahre 1968 waren sie die ganzen Ferien über in Prag geblieben, im folgenden Jahr fuhren sie in einen Badeort, und dann kamen schon die Emigration und die letzten Ferien in Italien.

Jetzt löste sich Hugo von ihr und versuchte, ihren Körper umzudrehen. Sie begriff, daß er sie auf allen vieren haben wollte. In diesem Moment wurde ihr bewußt, daß Hugo jünger war als sie, und sie schämte sich. Sie versuchte jedoch, alle Gefühle in ihrem Innern abzutöten und ihm mit völliger Gleichgültigkeit zu gehorchen. Dann spürte sie die harten Stöße seines Körpers an ihrem Hintern. Sie begriff, daß er ihr mit Ausdauer und Stärke imponieren wollte, daß er einen entscheidenden Kampf ausfocht, daß er seine Reifeprüfung ablegte, in deren Verlauf er zu beweisen hatte, daß er sie bezwingen konnte und ihrer würdig war.

Sie wußte nicht, daß Hugo sie nicht sah. Ein flüchtiger Blick auf Taminas Hintern (auf das offene Auge ihres erwachsenen und schönen Hinterns, auf ein Auge, das ihn erbarmungslos anschaute) hatte ihn nämlich dermaßen erregt, daß er sofort die Augen schloß, seine Bewegungen verlangsamte und tief ein- und ausatmete. Auch er bemühte sich jetzt, angestrengt an etwas anderes zu denken (das war das einzige, worin die beiden sich ähnlich waren), damit er es schaffte, sie noch ein Weilchen zu lieben.

Und sie sah vor sich auf der weißen Wand von Hugos Kleiderschrank das große Gesicht ihres Mannes, also schloß sie schnell die Augen und wiederholte die Reihenfolge der Urlaube, als wären es unregelmäßige Verben: zuerst die Ferien am Teich; dann Jugoslawien, der Teich; das Badestädtchen oder aber: das Badestädtchen, Jugoslawien, der Teich; dann die Tatra, danach Bulgarien, dann verliert sich die Spur; dann Prag, Badeort, zuletzt Italien.

Hugos lautes Atmen riß sie aus ihren Erinnerungen. Sie öffnete die Augen und sah auf der weißen Wand des Kleiderschranks das Gesicht ihres Mannes.

Auch Hugo öffnete plötzlich die Augen. Er sah das Auge von Taminas Hintern und wurde von Lust durchzuckt wie von einem Blitz.

22.

Als der Bruder Taminas Schwiegermutter besuchte, brauchte er die Schublade nicht aufzubrechen. Sie war unverschlossen und enthielt alle elf Tagebücher. Sie waren nicht in einem Päckchen, sondern lagen lose aufeinander. Auch die Briefe waren bloß in die Schublade geworfen und bildeten einen formlosen Papierstapel. Der Bruder stopfte sie zusammen mit den Tagebüchern in ein Köfferchen und fuhr damit zu seinem Vater.

Tamina bat den Vater am Telefon, alles wieder sorgfältig zu verpacken und zuzukleben, und vor allem sollten weder er noch der Bruder darin lesen.

Fast beleidigt versicherte er ihr, daß es ihnen nicht im Traum einfiele, es der Schwiegermutter gleichzutun und Dinge zu lesen, die sie nichts angingen. Ich aber weiß (und Tamina weiß es ebenfalls), daß es Blicke gibt, die kein Mensch sich versagen kann; zum Beispiel auf einen Verkehrsunfall oder einen fremden Liebesbrief.

Die intimen Schriftstücke waren also endlich beim Vater gut aufgehoben. Lag Tamina aber noch etwas daran? Hatte sie sich nicht hundertmal gesagt, fremde Blicke seien wie Regen, der die Aufschriften auf den Mauern verwischte?

Nein, sie hatte sich geirrt. Sie wünschte sie sich noch sehnlicher als zuvor, sie waren ihr noch teurer. Es waren verwüstete und vergewaltigte Tagebücher, genauso, wie sie selbst verwüstet und beschmutzt war, sie hatten also, sie und ihre Erinnerungsstücke, das gleiche schwesterliche Schicksal. Sie liebte sie dafür um so mehr.

Sie fühlte sich jedoch gedemütigt.

Einmal, vor sehr langer Zeit, als sie ein etwa siebenjähriges Mädchen war, hatte ein Onkel sie nackt im Kinderzimmer überrascht. Sie schämte sich schrecklich, und ihre Scham verwandelte sich in Trotz. Sie legte ein feierlich kindliches Gelübde ab, ihn nie mehr im Leben anzusehen. Man konnte sie ermahnen, schelten, auslachen, nie mehr hob sie den Blick zu diesem Onkel empor, der ziemlich oft zu Besuch kam.

Jetzt fand sie sich in einer ähnlichen Situation wieder. Sie war Vater und Bruder dankbar, wollte sie aber nicht mehr sehen. Sie wußte mehr denn je, daß sie nie mehr zu ihnen zurückkehren würde.

23.

Der unerwartete sexuelle Erfolg hatte Hugo eine ebenso unerwartete Enttäuschung beschert. Obwohl er jederzeit mit ihr schlafen konnte (sie konnte ihm schlecht verweigern, was sie ihm einmal gewährt hatte), spürte er, daß es ihm nicht gelungen war, sie zu fesseln oder zu faszinieren. Wie teilnahmslos konnte der nackte Körper unter ihm sein, wie unerreichbar, fern und fremd! Und er hatte Tamina zu einem Bestandteil seiner inneren Welt machen wollen, dieses großartigen, aus seinem Blut und seinen Gedanken bestehenden Universums!

Er sitzt ihr gegenüber in einem Café und sagt: »Ich möchte ein Buch schreiben, Tamina, ein Buch über die Liebe, ja, über mich und über dich, über uns beide, unser intimstes Tagebuch, das Tagebuch unserer beider Körper, ja, ich will darin alle Schranken niederreißen und alles über mich sagen, alles, was ich bin und was ich denke, und gleichzeitig wird es ein politisches Buch sein, ein Politbuch über die Liebe und ein Liebesbuch über die Politik ... !«

Tamina sieht Hugo an, er kann ihren Blick plötzlich nicht mehr ertragen und verliert den Faden. Er hat sie ins Universum seines Bluts und seiner Gedanken aufnehmen wollen, sie jedoch ist vollkommen verschlossen in ihrer eigenen Welt, so daß seine Worte, die keinen Widerhall finden, in seinem Mund immer schwerer, der Fluß seiner Rede immer stockender wird:

»... ein Liebesbuch über die Politik, denn die Welt muß nach dem Maß des Menschen erschaffen werden, nach unserem Maß, dem Maß unserer Körper, deines Körpers, Tamina, und meines Körpers, ja, damit man eines Tages anders küssen und anders lieben kann...«

Die Worte werden immer schwerer, sie sind wie große, zähe, unzerkaute Fleischbrocken. Hugo verstummt. Tamina ist schön, und er haßt sie. Ihm scheint, als mißbrauche sie ihr Schicksal. Sie stellt sich auf ihre Vergangenheit als Emigrantin und Witwe wie auf einen Wolkenkratzer aus falschem Stolz, von dem sie auf alle herabschaut. Und Hugo denkt eifersüchtig an seinen eigenen Turm, den er neben ihrem Wolkenkratzer zu errichten versucht und den zu sehen sie sich weigert: einen Turm aus einem publizierten Artikel und einem geplanten Buch über ihre Liebe.

Dann sagt Tamina: »Wann fährst du nach Prag?«

Und Hugo kommt der Gedanke, daß sie ihn nie geliebt hat und nur mit ihm zusammen ist, weil sie jemanden braucht, der nach Prag fährt. Er wird von dem unwiderstehlichen Wunsch erfüllt, sich dafür an ihr zu rächen.

»Tamina«, sagt er, »ich habe gedacht, du kommst von selbst darauf. Du hast meinen Artikel doch gelesen!«

»Ja«, sagt Tamina.

Er glaubt ihr nicht. Und falls sie ihn gelesen hat, interessiert er sie nicht. Sie hat ihn mit keinem Wort erwähnt. Und

Hugo spürt, daß das einzige große Gefühl, dessen er fähig ist, die Treue zu diesem verkannten, verlassenen Turm ist (dem Turm aus einem publizierten Artikel und einem geplanten Buch über seine Liebe zu Tamina), daß er imstande ist, für diesen Turm in den Kampf zu ziehen und er Tamina zwingen wird, ihn zur Kenntnis zu nehmen und über seine Höhe zu staunen.

»Du weißt doch, daß ich darin das Problem der Macht behandle. Ich analysiere das Funktionieren der Macht. Und ich tue es am Beispiel dessen, was bei euch geschieht. Und ich rede darüber, ohne ein Blatt vor den Mund zu nehmen.«

»Ich bitte dich, glaubst du tatsächlich, daß man in Prag deinen Artikel liest?«

Hugo fühlt sich durch ihre Ironie verletzt: »Du lebst schon lang im Ausland und hast vergessen, wozu eure Polizei fähig ist. Dieser Artikel hat großes Echo gefunden. Ich habe viele Briefe bekommen. Eure Polizei ist über mich informiert. Ich weiß es.«

Tamina schweigt und wird immer schöner. Mein Gott, er wäre bereit, hundertmal nach Prag und zurück zu fahren, wenn sie das Universum, in das er sie aufnehmen will, bloß ein wenig zur Kenntnis nähme, das Universum seines Bluts und seiner Gedanken! Und er schlägt plötzlich einen anderen Ton an:

»Tamina«, sagt er traurig, »ich weiß, du nimmst es mir übel, daß ich nicht nach Prag kann. Ich habe mir zuerst ja auch gesagt, ich sollte mit der Veröffentlichung dieses Artikels noch warten, doch dann habe ich begriffen, daß ich nicht länger schweigen darf. Verstehst du mich?«

»Nein«, sagte Tamina.

Hugo weiß, daß alles, was er sagt, Absurditäten sind, die ihn irgendwohin führen, wohin er nicht will, er kann jedoch nicht mehr zurück und ist darüber verzweifelt. Auf seinem Gesicht tauchen rote Flecken auf, und seine Stimme überschlägt sich. »Du verstehst mich nicht? Ich möchte nicht, daß es hier bei uns so ein Ende nimmt wie bei euch! Wenn wir alle schweigen, werden wir zu Sklaven!«

In diesem Moment wurde Tamina von einer tiefen Abscheu gepackt, sie stand von ihrem Stuhl auf und lief zur Toilette, der Mageninhalt stieg in ihre Kehle empor, sie kniete vor der Schüssel nieder und erbrach sich, ihr Körper krümmte sich, als weinte sie; vor ihren Augen sah sie die Eier, den Schwanz und die Schamhaare dieses Jungen, sie roch den Geruch aus seinem Mund, spürte die Berührungen seiner Schenkel an ihrem Hintern, und sie stellte fest, daß sie sich die Geschlechtsteile und die Behaarung ihres Mannes nicht mehr vorstellen konnte, das Gedächtnis des Ekels folglich stärker war als das Gedächtnis der Zärtlichkeit (ach Gott, ja, das Gedächtnis des Ekels ist stärker als das Gedächtnis der Zärtlichkeit!), sie wußte, daß in ihrem armen Kopf nur noch dieser Junge zurückbleiben würde, der aus dem Mund stank, und sie erbrach sich und wand sich und erbrach sich wieder.

Dann verließ sie die Toilette und hielt ihren Mund (der noch voll war von diesem säuerlichen Geruch) fest verschlossen.

Er war verlegen. Er wollte sie nach Hause begleiten, doch sie sagte kein Wort und hielt den Mund immer noch fest verschlossen (wie im Traum, als sie im Mund den goldenen Ring hatte).

Er redete auf sie ein, sie antwortete nicht und beschleunigte ihre Schritte, dann wußte er nicht mehr, was er sagen sollte, ging noch ein Stück stumm neben ihr her und blieb schließlich stehen. Sie setzte ihren Weg fort, ohne sich umzusehen.

Sie servierte weiter Kaffee und telefonierte nie mehr nach Böhmen.

FÜNFTER TEIL

Lítost

Wer ist Kristyna?

Kristyna ist ungefähr dreißig, sie hat ein Kind, einen Metzger, mit dem sie eine ordentliche Ehe führt, und eine sehr sporadische Liebschaft mit einem Automechaniker vom Ort, der in langen Abständen und unter ziemlich unbequemen Umständen nach Arbeitsschluß in seiner Reparaturwerkstatt mit ihr schläft. Eine Kleinstadt bietet wenig Möglichkeiten für die außereheliche Liebe, oder anders gesagt, sie erfordert ein Maß an Scharfsinn und Mut, das Kristyna nicht besitzt.

Um so mehr verdrehte ihr die Begegnung mit dem Studenten den Kopf. Er war für die Zeit der Ferien zu seiner Mutter in die Kleinstadt gekommen und hatte die Metzgersfrau hinter dem Ladentisch zweimal lange angeschaut, beim dritten Mal, im Schwimmbad, sprach er sie an, und sein Benehmen war so bezaubernd schüchtern, daß ihm die an den Metzger und den Automechaniker gewöhnte junge Frau nicht widerstehen konnte. Seit ihrer Heirat (es waren gut zehn Jahre her) wagte sie es nur, einen fremden Mann in der sicher verriegelten Werkstatt zwischen auseinandermontierten Autos und alten Reifen anzufassen, und jetzt hatte sie plötzlich den Mut, am hellichten Tag zu einem verliebten Stelldichein zu gehen, obwohl sie der Gefahr neugieriger Augen ausgesetzt war. Sie wählten für ihre Spaziergänge zwar abgelegene Orte, an denen die Wahrscheinlichkeit einer Begegnung mit unliebsamen Spaziergängern gering war, Frau Kristynas Herz klopfte aber dennoch heftig und war ganz von einer erregenden Angst erfüllt. Je mehr Kühnheit sie angesichts der Gefahr zeigte, um so zurückhaltender war sie dem Studenten gegenüber. Er kam bei ihr nicht sehr weit, sie gestattete ihm nur flüchtige Umarmungen und zärtliche Küsse, und oft entwand sie sich ihm und preßte ihre Beine zusammen, wenn er ihren Körper streichelte.

Sie tat dies nicht etwa, weil sie den Studenten nicht begehrt hätte. Sie war jedoch von Anfang an in seine zärtliche Schüchternheit verliebt gewesen und wollte sie für sich erhalten, und sie hatte es noch nie erlebt, daß ein Mann mit ihr Betrachtungen über das Leben anstellte und dabei Namen von Dichtern und Philosophen nannte. Der Student, der Ärmste, konnte von gar nichts anderem reden; das Register seiner verführerischen Beredsamkeit war äußerst beschränkt, und er war nicht in der Lage, es einem anderen sozialen Status anzupassen. Übrigens schien ihm, daß er sich deswegen keine Vorwürfe zu machen brauchte, denn die philosophischen Zitate hatten auf die einfache Metzgersfrau eine viel größere Wirkung als auf seine Kolleginnen von der Fakultät. Es entging ihm freilich, daß ein eindrucksvolles Zitat eines Philosophen zwar die Seele seiner Partnerin bezauberte, sich aber wie eine Barriere zwischen ihn und ihren Körper legte. Frau Kristyna hatte nämlich die unbestimmte Befürchtung, daß diese Beziehung auf das bei Metzgern und Automechanikern übliche Niveau herabsinken und sie nie mehr etwas von Schopenhauer hören würde, wenn sie sich dem Studenten körperlich hingäbe.

In Gegenwart des Studenten litt sie unter einer Schüchternheit, die sie sonst nicht kannte. Mit dem Metzger und dem Automechaniker konnte sie sich immer rasch und lachend über alles verständigen. Beispielsweise darüber, daß die beiden während der Liebe aufpassen mußten, da der Arzt ihr nach der Geburt ihres ersten Kindes gesagt hatte, daß sie sich kein zweites Kind erlauben dürfe, wenn sie nicht ihre Gesundheit oder gar ihr Leben riskieren wolle. Die Geschichte spielt in jener längst vergangenen Zeit, als Abtreibungen noch streng verboten waren und die Frauen keine Möglichkeit hatten, ihre Fruchtbarkeit selbst einzuschränken. Der Metzger und der Automechaniker hatten volles Verständnis für Kristynas Befürchtungen, und bevor sie ihnen erlaubte, in sie einzudringen, kontrollierte sie immer mit fröhlicher Sachlichkeit, ob auch alle von ihr verlangten Vorkehrungen getroffen waren. Aber wenn sie sich vorstellte, auf gleiche Weise auch mit ihrem Engel umzugehen, der von einer Wolke, auf der er sich mit Schopenhauer unterhalten hatte, zu ihr herabgestiegen war, spürte sie, daß sie die passenden Worte nicht gefunden hätte. Daraus läßt sich schließen, daß ihre Zurückhaltung in Sachen Liebe zwei Gründe hatte: sie wollte den Studenten möglichst lange im bezaubernden Bereich zärtlicher Schüchternheit halten und möglichst lange vermeiden, ihn durch allzu praktische Informationen und Vorkehrungen zu ernüchtern, auf die die körperliche Liebe ihrer Meinung nach nicht verzichten konnte.

Doch der Student blieb trotz all seines Zartgefühls hartnäckig. Sie konnte ihre Schenkel noch so sehr zusammenpressen, er legte seine Hand standhaft auf ihren Hintern, und diese Berührung besagte, daß jemand, der Schopenhauer zitiert, deswegen noch lange nicht gewillt ist, auf einen Körper zu verzichten, der ihm gefällt.

Übrigens gingen die Ferien zu Ende, und die beiden Liebenden stellten fest, daß es traurig wäre, wenn sie einander ein ganzes Jahr nicht sähen. Es blieb keine andere Lösung, als daß Frau Kristyna sich einen Vorwand ausdachte, um zu ihm zu fahren. Beide wußten, was dieser Besuch bedeuten würde. Der Student bewohnte in Prag eine kleine Mansarde, und Frau Kristyna hatte nirgendwo sonst eine Bleibe.

Was ist *Lítost*?

Lítost ist ein tschechisches Wort, das sich nicht übersetzen läßt. Die erste Silbe, die gedehnt und betont ausgesprochen wird, klingt wie die Klage eines einsamen Hundes. In anderen Sprachen finde ich kein Äquivalent, obwohl ich mir nur schwer vorstellen kann, daß die menschliche Seele ohne dieses Wort zu verstehen ist.

Ein Beispiel: Der Student badete zusammen mit einer befreundeten Studentin in einem Fluß. Das Mädchen war sportlich, und er ein miserabler Schwimmer. Er konnte unter Wasser nicht ausatmen, schwamm langsam und hielt den Kopf krampfhaft über dem Wasserspiegel. Das Mädchen war hoffnungslos in ihn verliebt und so taktvoll, ebenso langsam zu schwimmen wie er. Als die Zeit zum Aufbruch gekommen war, wollte sie noch schnell ihren sportlichen Bedürfnissen Genüge tun und schwamm mit raschen Zügen ans andere Ufer. Der Student versuchte, schneller zu schwimmen und schluckte Wasser. Er fühlte sich erniedrigt und in seiner körperlichen Ungeschicklichkeit bloßgestellt, und er empfand *Lítost*. In seiner Erinnerung tauchte seine kränkliche Kindheit auf, die er unter der allzu fürsorglichen Aufsicht seiner Mutter ohne Sport und ohne Spielkameraden verbracht hatte, und er wollte über sich und seinem Leben verzweifeln. Als die beiden auf einem Feldweg in die Stadt zurückgingen, schwiegen sie. Verletzt und gedemütigt, verspürte er den unwiderstehlichen Wunsch, sie zu schlagen. Was hast du? fragte sie, und er machte ihr Vorwürfe, auf der anderen Seite des Flusses gebe es Wirbel, er habe ihr doch verboten hinüberzuschwimmen, sie hätte ja ertrinken können – und er schlug sie ins Gesicht. Das Mädchen fing an zu weinen, und beim Anblick ihrer Tränen empfand er Mitleid mit ihr, er umarmte sie, und seine *Lítost* zerfloß.

Oder ein anderes Erlebnis aus der Kindheit des Studenten: Die Eltern schickten ihn zum Geigenunterricht. Er war nicht besonders begabt, der Lehrer unterbrach ihn oft mit schneidend kalter Stimme und warf ihm seine Fehler vor. Er fühlte sich erniedrigt und hätte am liebsten geweint. Aber statt sich zu bemühen, besser zu spielen und weniger Fehler zu machen, fing er an, sie absichtlich zu machen, die Stimme des Lehrers wurde noch kälter und zorniger, und der Junge versank nur noch tiefer in seiner *Lítost*.

Was also ist *Lítost*?

Lítost ist ein qualvoller Zustand, der durch den Anblick unserer unvermutet entdeckten Erbärmlichkeit ausgelöst wird.

Eines der bewährten Heilmittel gegen die eigene Erbärmlichkeit ist die Liebe. Denn wer wirklich geliebt wird, kann nicht erbärmlich sein. All seine Mängel werden durch den verzaubernden Blick der Liebe aufgewogen, unter dem sogar das Schwimmen mit krampfhaft über dem Wasserspiegel gehaltenem Kopf charmant sein kann.

Das Absolute der Liebe ist im Grunde genommen der Wunsch nach absoluter Identität: die geliebte Frau hat genauso langsam zu schwimmen wie man selbst und keine eigene Vergangenheit zu haben, an die sie voller Glück zurückdenken könnte. Sobald die Illusion der absoluten Identität aber negiert wird (das Mädchen denkt voller Glück an seine Vergangenheit zurück oder schwimmt schnell), wird die Liebe zu einem unversiegbaren Quell jener großen Qual, die wir *Lítost* nennen.

Wer mit der allgemeinen Unvollkommenheit des Menschen seine Erfahrungen gemacht hat, ist gegen *Lítost*-Anfälle verhältnismäßig gut gewappnet. Der Anblick der eigenen Erbärmlichkeit ist für ihn etwas Banales und Uninteressantes. *Lítost* ist folglich charakteristisch für das Alter der Unerfahrenheit. Sie ist eine der Zierden der Jugend.

Lítost funktioniert wie ein Zweitaktmotor. Auf das Gefühl der Qual folgt das Verlangen nach Rache. Ziel der Rache ist es, den Partner dazu zu bringen, sich ebenso erbärmlich zu zeigen. Der Mann kann zwar nicht schwimmen, aber die geohrfeigte Frau weint. Sie können sich also gleichwertig fühlen und ihre Liebe fortsetzen.

Da die Rache ihren wahren Grund nie verraten kann (der Student kann dem Mädchen nicht gestehen, daß er sie nur deshalb geschlagen hat, weil sie schneller schwimmt), muß sie falsche Motive ins Feld führen. *Lítost* kommt daher nie ohne pathetische Heuchelei aus: der junge Mann verkündet, er sei vor Angst fast wahnsinnig geworden, weil seine Freundin ja hätte ertrinken können, und das Kind spielt bis zum Überdruß einen falschen Ton, wodurch es hoffnungslose Unmusikalität vortäuscht.

Dieses Kapitel hätte ursprünglich »Wer ist der Student?« heißen sollen. Wenn es von *Lítost* erzählt, erzählt es dennoch von dem Studenten, denn er ist nichts anderes als eine Verkörperung der *Lítost*. Folglich ist es nicht verwunderlich, daß ihn die Studentin, in die er verliebt war, schließlich verließ. Es ist nicht sehr angenehm, geschlagen zu werden, nur weil man schwimmen kann.

Die Metzgersfrau, der er in seiner Geburtsstadt begegnet war, kam ihm gelegen als großes Pflaster, mit dem er seine Wunden verbinden konnte. Sie bewunderte, sie vergötterte ihn, und wenn er ihr von Schopenhauer erzählte, versuchte sie nicht, durch Einwände ihre eigene, von ihm unabhängige Persönlichkeit zur Schau zu stellen (wie die Studentin unseligen Angedenkens es getan hatte), sie sah ihn vielmehr mit Augen an, in denen er, gerührt durch ihre Rührung, Tränen zu sehen vermeinte. Außerdem hatte er, vergessen wir das nicht, seit der Trennung von der Studentin mit keiner Frau mehr geschlafen.

Wer ist Voltaire?

Er ist Assistent an der Philosophischen Fakultät, er ist geistreich und angriffslustig, und seine Blicke bohren sich scharf ins Gesicht des Gegners. Das alles sind Gründe genug, um ihn Voltaire zu nennen.

Er mochte den Studenten, was keine geringe Auszeichnung war, denn hinsichtlich seiner Sympathien war Voltaire sehr anspruchsvoll. Nach dem Seminar wartete er auf ihn und fragte, ob er morgen abend Zeit habe. Doch o weh, morgen abend sollte Kristyna kommen. Der Student mußte seinen ganzen Mut zusammennehmen, um Voltaire zu sagen, daß er bereits verabredet sei. Aber Voltaire winkte bloß ab: »Dann müssen Sie dieses Rendezvous eben verschieben. Sie werden es nicht bereuen«, und er erklärte ihm, daß sich morgen im Literaturklub die besten Dichter des Landes versammelten und er, Voltaire, der sich dort mit ihnen treffe, sich wünsche, daß auch der Student sie kennenlerne.

Ja, auch der große Dichter, über den Voltaire eine Monographie schrieb und den er oft besuchte, würde anwesend sein. Der große Dichter war krank und ging an Krücken. Deshalb war er nur sehr selten in der Öffentlichkeit zu sehen, und die Gelegenheit, ihn zu treffen, war somit um so kostbarer.

Der Student kannte die Bücher aller Dichter, die dort sein würden, und aus dem Werk des großen Dichters konnte er seitenlange Gedichte auswendig. Nichts hatte er sich sehnlicher gewünscht, als einen Abend in der Nähe dieser Männer zu verbringen. Doch dann kam ihm in den Sinn, daß er schon monatelang mit keiner Frau mehr geschlafen hatte, und er wiederholte, daß er nicht kommen könne.

Voltaire verstand nicht, daß es etwas Wichtigeres geben konnte als eine Begegnung mit großen Männern. Eine Frau? Ließ sich das denn nicht verschieben? Seine Brillengläser waren plötzlich voller spöttischer Funken. Aber der Student hatte das Bild der Metzgersfrau vor Augen, die sich ihm einen ganzen Ferienmonat lang scheu entzogen hatte, und obwohl es ihn große Überwindung kostete, schüttelte er den Kopf. Kristyna wog in diesem Moment die ganze Lyrik aus dem Lande des Studenten auf.

Der Kompromiß

Sie kam schon am Morgen. Tagsüber machte sie in Prag irgendwelche Besorgungen, die ihr als Alibi dienten. Der Student hatte sich erst gegen Abend in einem Gasthaus mit ihr verabredet, das er selbst ausgewählt hatte. Als er eintrat, erschrak er fast: der Raum war überfüllt mit Betrunkenen, und die Kleinstadtfee seiner Ferien saß in der Ecke an einem Tisch, der nicht für Gäste, sondern für abserviertes Geschirr bestimmt war. Sie war unangemessen festlich gekleidet, genau wie eine Frau aus der Provinz, die nach langer Zeit in die Hauptstadt fährt, um sich dort zu amüsieren. Auf dem Kopf hatte sie einen Hut und um den Hals bunte Korallen, und sie trug schwarze Schuhe mit hohen Absätzen.

Der Student spürte, wie seine Wangen zu brennen begannen – und zwar nicht vor Erregung, sondern vor Enttäuschung. Vor dem Hintergrund der Kleinstadt mit ihren Metzgern, Mechanikern und Rentnern hatte Kristyna sich ganz anders ausgenommen als in Prag, dieser Stadt der Studentinnen und hübschen Friseusen. Mit ihren lächerlichen Korallen und dem diskreten Goldzahn (oben, im Mundwinkel) kam sie ihm vor wie die personifizierte Negation jener jungen weiblichen Schönheit, die Jeans trug und ihn seit mehreren Monaten grausam zurückwies. Mit unsicheren Schritten ging er auf Kristyna zu, und die *Lítost* ging mit ihm.

War der Student enttäuscht, so war es Frau Kristyna nicht minder. Das Restaurant, in das er sie eingeladen hatte, hatte den schönen Namen »König Wenzel«, und Kristyna, die Prag nicht kannte, hatte angenommen, es handele sich um ein Luxuslokal, in dem der Student mit ihr speisen würde, um sie danach durch das Feuerwerk der Prager Vergnügungen zu führen. Als sie feststellte, daß es beim »König Wenzel« genauso aussah wie in der Kneipe, wo der Automechaniker sein Bier trank, und sie dort in einer Ecke neben der Toilette auf den Studenten warten mußte, empfand sie nicht das Gefühl, das ich mit dem Wort *Lítost* bezeichnet habe, sondern ganz gewöhnliche Wut. Damit will ich sagen, daß sie sich nicht erbärmlich und erniedrigt vorkam, sondern beschlossen hatte, daß ihr Student keine Manieren hatte. Sie sagte es ihm sofort. Ihr Gesicht war wütend, und sie redete mit ihm wie mit dem Metzger.

Sie standen einander gegenüber, sie machte ihm wortreiche und laute Vorwürfe, und er wehrte sich nur schwach.

Seine Abneigung gegen sie wurde dadurch nur noch größer. Er wollte sie rasch zu sich nach Hause bringen, sie vor den Blicken der Leute verstecken und abwarten, ob sich der verlorengegangene Zauber in der intimen Zuflucht wieder einstellen würde. Doch sie lehnte ab. Wenn sie schon einmal nach langer Zeit in die Hauptstadt komme, wolle sie hier etwas sehen, ausgehen, etwas erleben. Ihre schwarzen Stöckelschuhe und die großen bunten Korallen forderten ihr Recht.

»Das ist ein phantastisches Lokal, in dem tolle Leute verkehren«, warf der Student ein, womit er der Metzgersfrau zu verstehen gab, daß sie keine Ahnung habe, was in der Hauptstadt interessant sei und was nicht. »Leider ist es heute zu voll, ich muß dich woandershin ausführen.« Wie zum Trotz jedoch waren alle anderen Kaffeehäuser und Kneipen genauso überfüllt, die Wege von einem zum andern waren lang, und Frau Kristyna kam ihm unerträglich komisch vor mit ihrem Hütchen, ihren Korallen und ihrem funkelnden Goldzahn. Die Gassen waren voller junger Frauen, und dem Studenten wurde bewußt, daß er sich nie verzeihen würde, Kristynas wegen die Gelegenheit nicht wahrgenommen zu haben, einen Abend mit den großen Geistern seines Landes zu verbringen. Er wollte sich aber auch nicht mit ihr überwerfen, denn er hatte, wie bereits erwähnt, schon lange mit keiner Frau mehr geschlafen. Das Dilemma konnte nur durch einen genialen Kompromiß gelöst werden.

Endlich fanden sie in einem abgelegenen Café einen freien Tisch. Der Student bestellte zuerst zwei Aperitifs und sah Kristyna traurig in die Augen: das Leben hier in Prag sei voll von unvorhersehbaren Ereignissen. Gerade gestern habe ihn der berühmteste Dichter des Landes angerufen.

Als er den Namen nannte, erstarrte Kristyna, denn sie hatte immerhin in der Schule dessen Gedichte auswendig gelernt. Menschen, über die wir in der Schule etwas lernen, haben etwas Unwirkliches und Körperloses, sie gehören bereits zu Lebzeiten in die erhabene Galerie der Toten. Kristyna konnte nicht glauben, daß der Student den Dichter tatsächlich persönlich kannte.

Natürlich kenne er ihn, verkündete der Student. Er schreibe sogar seine Diplomarbeit über ihn, eine Monographie, die wahrscheinlich einmal als Buch erscheinen werde. Er habe das nur nie erwähnt, weil sie sonst hätte denken können, er spiele sich auf, jetzt aber müsse er es ihr sagen, da der große Dichter überraschend ihrer beider Pläne durchkreuzt habe. Heute finde nämlich im Literaturklub eine geschlossene Diskussionsrunde mit den Dichtern des Landes statt, zu der nur einige wenige Kritiker und Fachleute eingeladen seien. Es handele sich um ein sehr wichtiges Treffen. Es verspreche eine Debatte zu werden, bei der die Funken stieben würden. Er gehe selbstverständlich nicht hin. Dazu habe er sich zu sehr auf Frau Kristyna gefreut!

In meinem holden, wunderlichen Land werden Frauenherzen noch immer von Dichtern bezaubert. Kristyna empfand Bewunderung für den Studenten und zugleich eine Art mütterlichen Wunsch, ihm Beraterin zu sein und seine Interessen zu verteidigen. Sie erklärte mit bewundernswerter und unerwarteter Selbstlosigkeit, es wäre schade, wenn er nicht an einem Abend teilnähme, an dem der große Dichter anwesend sein würde.

Der Student sagte, er habe alles versucht, um mit ihr hingehen zu können, weil er wisse, daß es sie bestimmt interessiert hätte, den großen Dichter und dessen Freunde zu sehen. Leider sei dies aber unmöglich, nicht einmal der große Dichter bringe seine Frau mit. Die Veranstaltung sei nur für Spezialisten bestimmt. Bis jetzt war es dem Studenten tatsächlich nicht eingefallen hinzugehen, nun aber wurde ihm klar, daß Kristyna möglicherweise recht hatte. Ja, das war eine gute Idee. Wie wäre es, wenn er wenigstens für ein Stündchen vorbeischaute? Kristyna könnte währenddessen bei ihm zu Hause warten, und danach wären sie dann endlich ganz für sich.

Die Verlockungen von Theater und Variété waren vergessen, und Kristyna betrat das Mansardenzimmer des Studenten. Im ersten Augenblick wurde sie von einer ähnlichen Enttäuschung übermannt wie im »König Wenzel«. Dies war keine Wohnung, sondern ein kleines Zimmer ohne Vorraum, mit einer Couch und einem Schreibtisch. Aber Frau Kristyna war sich ihrer Urteile nicht mehr sicher. Sie war in eine Welt geraten, in der es eine geheimnisvolle Wertskala gab, die sie nicht verstand. Rasch fand sie sich also mit der ungemütlichen, schmutzigen Bude ab und mobilisierte ihr ganzes weibliches Talent, um sich darin wohl zu fühlen. Der Student bat sie, den Hut abzunehmen, er küßte sie, ließ sie auf der Couch Platz nehmen und zeigte ihr das kleine Büchergestell, damit es ihr während seiner Abwesenheit nicht langweilig würde.

Da fiel ihr etwas ein: »Hast du nicht ein Buch von ihm da?« Sie meinte den großen Dichter.

Ja, der Student hatte ein Buch vom großen Dichter.

Und sie fuhr zaghaft fort: »Könntest du es mir nicht schenken? Und ihn fragen, ob er mir eine Widmung hineinschreibt?«

Der Student strahlte. Eine Widmung des großen Dichters würde Kristyna für Theater und Variété entschädigen. Er hatte ein schlechtes Gewissen und war bereit, alles für sie zu tun. Wie erwartet, hatte sich Kristynas Zauber in der Intimität seiner Wohnung wieder erneuert. Die durch die Straßen flanierenden jungen Mädchen waren verschwunden, und der Charme von Kristynas Bescheidenheit erfüllte still das Zimmer. Die Enttäuschung verflüchtigte sich langsam, und als der Student in den Klub ging, war er ausgeglichen, gutgelaunt und zufrieden mit dem vorzüglichen Doppelprogramm, das der angebrochene Abend versprach.

Die Dichter

Vor dem Literaturhaus wartete der Student auf Voltaire und stieg dann mit ihm in den ersten Stock hinauf. Sie kamen an der Garderobe vorbei, und schon in der Eingangshalle kam ihnen fröhliches Stimmengewirr entgegen. Voltaire öffnete die Tür zum Salon, und der Student sah an einem breiten Tisch die gesammelte Poesie seines Landes.

Ich betrachte sie aus der großen Entfernung von zweitausend Kilometern. Wir sind im Herbst 1977, mein Land döst seit neun Jahren in der süßen und festen Umarmung des russischen Reiches vor sich hin, Voltaire hat man aus der Universität geworfen, und meine Bücher sind aus allen öffentlichen Bibliotheken entfernt und in irgendeinem staatlichen Keller eingeschlossen worden. Ich habe noch ein paar Jahre gewartet, mich dann in ein Auto gesetzt und bin so weit wie möglich nach Westen gefahren, bis in die bretonische Stadt Rennes, wo ich gleich am ersten Tag eine Wohnung im obersten Stock des höchsten Wohnturms fand. Als ich am nächsten Morgen von der Sonne geweckt wurde, begriff ich, daß die großen Fenster nach Osten zeigten, nach Prag.

Ich betrachte die Dichter jetzt also von meinem Aussichtsturm aus, aber sie sind zu weit weg. Zum Glück habe ich eine Träne im Auge, die mir, wie die Linse eines Fernrohrs, ihre Gesichter näherbringt. Und jetzt sehe ich ganz deutlich, daß in ihrer Mitte fest und breit der große Dichter thront. Er ist sicher schon über siebzig Jahre alt, doch sein Gesicht ist immer noch schön, seine Augen lebhaft und weise. Seine beiden Krücken lehnen neben ihm am Tisch.

Ich sehe sie alle vor dem Hintergrund der erleuchteten Stadt Prag, wie sie vor fünfzehn Jahren war, als die Bücher dieser Dichter noch nicht in einem staatlichen Keller eingeschlossen waren und sie alle fröhlich und lärmend um einen großen Tisch voller Flaschen saßen. Ich mag sie alle, und es widerstrebt mir, ihnen geläufige, aufs Geratewohl dem Telefonbuch entnommene Namen zu geben. Wenn ich ihre Gesichter schon hinter der Maske geliehener Namen verbergen muß, möchte ich ihnen diese Namen wenigstens als Geschenk, als Zierde und Huldigung geben.

Wenn die Studenten ihren Assistenten Voltaire nennen, was hindert mich dann daran, den großen und geliebten Dichter Goethe zu nennen?

Ihm gegenüber sitzt Lermontow.

Und den mit den verträumten schwarzen Augen will ich Petrarca nennen.

Dann sind da noch Verlaine, Jessenin und einige andere, die nicht erwähnenswert sind, und es ist auch noch jemand da, der offenbar irrtümlicherweise hierher geraten ist. Sogar von weitem (aus dieser Entfernung von zweitausend Kilometern) kann man sehen, daß die Muse der Poesie ihn nicht geküßt hat und er Verse nicht liebt. Er heißt Boccaccio.

Voltaire nahm zwei Stühle, die an der Wand standen, schob sie an den Tisch mit den Flaschen und stellte den Dichtern den Studenten vor. Die Dichter nickten höflich, nur Petrarca nahm keine Notiz von ihm, weil er sich gerade mit Boccaccio stritt. Er beendete seinen Disput mit den Worten: »Die Frau ist uns immer durch irgend etwas überlegen. Ich könnte wochenlang davon erzählen.«

Goethe feuerte ihn an: »Wochen wären zuviel. Erzähl wenigstens zehn Minuten.«

Petrarcas Erzählung

»Vor einer Woche ist mir etwas Unglaubliches passiert. Meine Frau hatte gerade gebadet, sie trug ihren roten Morgenrock, ihr goldenes Haar war aufgelöst, sie war schön. Es war zehn nach neun, und es klingelte. Als ich die Wohnungstür öffnete, sah ich ein Mädchen, das sich an die Wand drückte. Ich erkannte sie sofort. Einmal wöchentlich unterrichte ich an einer Mädchenschule. Sie haben dort eine Poesie-Arbeitsgruppe organisiert, und diese Mädchen verehren mich insgeheim.

Ich frage sie: Was machst du denn hier?

Ich muß Ihnen etwas sagen!

Was mußt du mir sagen?

Etwas furchtbar Wichtiges muß ich Ihnen sagen!

Hör zu, sage ich, es ist schon spät, du kannst jetzt nicht zu mir kommen, geh hinunter und warte vor der Kellertür auf mich.

Ich bin ins Zimmer zurückgegangen und habe zu meiner Frau gesagt, jemand hätte sich in der Tür geirrt. Und dann habe ich ganz beiläufig erwähnt, ich müsse noch in den Keller, um Kohlen zu holen, und nahm die beiden leeren Eimer in die Hand. Das war natürlich Blödsinn. Den ganzen Tag hatte mich die Galle geplagt, und ich hatte sogar im Bett gelegen. Dieser plötzliche Eifer mußte meiner Frau also verdächtig vorkommen.«

»Du hast Probleme mit der Galle?« fragte Goethe interessiert.

»Seit Jahren schon«, sagte Petrarca.

»Warum läßt du dich nicht operieren?«

»Auf gar keinen Fall«, sagte Petrarca.

Goethe nickte verständnisvoll, und Petrarca fragte: »Wo bin ich stehengeblieben?«

»Du hast Gallenbeschwerden und nimmst zwei Kohleneimer in die Hand«, soufflierte Verlaine.

»Das Mädchen stand vor der Kellertür«, fuhr Petrarca fort, »und ich habe zu ihr gesagt, sie solle mit herunterkommen. Ich schaufelte Kohle in die Eimer und versuchte herauszubekommen, was sie wollte. Sie wiederholte nur immer wieder, sie habe kommen *müssen*. Etwas anderes brachte ich nicht aus ihr heraus.

Dann höre ich Schritte auf der Treppe. Ich nehme rasch den vollen Kohleneimer und laufe aus dem Keller. Meine Frau kommt herunter. Ich gebe ihr den Eimer in die Hand: Bitte, nimm du ihn, ich schaufle noch schnell den zweiten voll! Meine Frau trägt den Eimer hinauf, ich gehe in den Keller zurück und sage zu dem Mädchen, daß wir nicht hier bleiben können und sie auf der Straße auf mich warten soll. Ich schaufle die Kohlen in den Eimer und gehe damit in die Wohnung hinauf. Ich küsse meine Frau und sage zu ihr, sie solle sich schon hinlegen, ich würde vor dem Schlafengehen noch ein Bad nehmen. Sie geht zu Bett, und ich drehe im Badezimmer den Wasserhahn auf. Geräuschvoll plätschert das Wasser in die Wanne. Ich ziehe die Pantoffeln aus und betrete in den Socken die Diele. Die Schuhe, die ich tagsüber angehabt habe, stehen neben der Wohnungstür. Ich lasse sie dort, zum Beweis, daß ich das Haus nicht verlassen habe. Dann nehme ich ein anderes Paar Schuhe aus dem Schrank, ziehe sie an und schleiche mich leise aus der Tür.«

»Petrarca«, ließ Boccaccio sich vernehmen, »wir wissen es alle, du bist ein großer Lyriker. Wie ich aber sehe, bist du auch ein großer Methodiker, ein listenreicher Stratege, der sich keinen Augenblick von seiner Leidenschaft abhalten läßt! Was du mit den Pantoffeln und den zwei Paar Schuhen angestellt hast, das ist ein Meisterwerk!«

Alle pflichteten Boccaccio bei und überschütteten Petrarca mit Lob, was diesem sichtlich schmeichelte.

»Sie hat auf der Straße auf mich gewartet«, fuhr er fort. »Ich versuche, sie zu besänftigen. Erkläre ihr, daß ich jetzt wieder in die Wohnung müsse und mache ihr den Vorschlag, sie solle am nächsten Vormittag wiederkommen, wenn meine Frau mit Sicherheit bei der Arbeit sein würde. Direkt vor unserem Haus befindet sich eine Straßenbahn-Haltestelle. Ich habe sie gedrängt, nun aber zu fahren. Doch als die Straßenbahn kommt, lacht sie bloß und will wieder zur Haustür zurücklaufen.«

»Du hättest sie vor die Straßenbahn stoßen sollen«, sagte Boccaccio.

»Liebe Freunde«, sagte Petrarca fast feierlich, »es gibt Momente, da muß man, wenn auch ungern, mit Frauen grob sein. Ich habe zu ihr gesagt: Wenn du nicht freiwillig gehst, werde ich die Haustür vor deiner Nase absperren. Vergiß nicht, daß ich hier zu Hause bin, ich kann hier keine Lasterhöhle eröffnen! Und vergeßt nicht, Freunde, während ich auf dem Gehsteig mit ihr diskutierte, floß oben im Badezimmer das Wasser, die Wanne konnte jeden Augenblick überlaufen!

Ich drehe mich also um und laufe auf die Haustür zu. Das

Mädchen hinter mir her. Unglücklicherweise betreten gerade andere Leute das Haus, und das Mädchen schlüpft bei dieser Gelegenheit ins Treppenhaus. Ich renne die Treppe hinauf wie ein Wettläufer! Höre ihre Schritte hinter mir. Wir wohnen im dritten Stock! Was für eine Anstrengung! Ich bin jedoch schneller und schlage ihr die Tür vor der Nase zu. Ich habe gerade noch die Zeit, den Klingeldraht aus der Mauer zu reißen, damit man ihr Klingeln nicht hört, denn mir ist klar, daß sie sich jetzt gegen den Klingelknopf lehnen und ihn nicht mehr loslassen wird. Dann gehe ich auf Zehenspitzen ins Bad.«

»War die Wanne noch nicht übergelaufen?« fragte Goethe besorgt.

»Ich habe den Hahn im allerletzten Augenblick zugedreht. Dann ging ich nochmals zur Tür, um nachzuschauen. Ich öffnete das Guckloch und sah, wie sie reglos dastand und auf die Tür starrte. Freunde, ich bekam es mit der Angst zu tun. Ich traute ihr zu, noch am nächsten Morgen so dazustehen.«

Boccaccio stört

»Petrarca, du bist ein unverbesserlicher Adorant«, unterbrach ihn Boccaccio. »Ich kann mir diese Fräuleins vorstellen, wie sie ihre Poesie-Arbeitsgruppe veranstalten und dich wie Apoll anbeten. Ich möchte ihnen nicht begegnen. Eine dichtende Frau ist auf doppelte Weise Frau. Für einen Misogyn wie mich ist das entschieden zu viel.«

»Hör mal, Boccaccio«, sagte Goethe, »weshalb rühmst du dich immer, ein Misogyn zu sein?«

»Weil die Misogyne die bessere Hälfte der Männer sind.«

Diese Worte beantworteten die anderen Dichter mit feindseligem Gebrumm. Boccaccio mußte die Stimme heben:

»Versteht mich richtig. Ein Misogyn verachtet nicht die Frauen. Ein Misogyn kann das Weibliche nicht ausstehen. Seit jeher unterscheidet man zwei Kategorien von Männern. Adoranten von Frauen, mit anderen Worten also die Dichter, und Misogyne, oder besser gesagt Gynäkophobe. Die Adoranten oder Dichter verehren traditionelle weibliche Tugenden wie Gefühl, häusliche Geborgenheit, Mutterschaft, Fruchtbarkeit, die heiligen Blitze der Hysterie und die göttliche Stimme der Natur in uns, wogegen den Misogynen oder Gynäkophoben vor diesen Werten eher graut. Der Adorant verehrt in der Frau das Weibliche, während der Gynäkophob die Frau dem Weiblichen vorzieht. Vergeßt eines nicht. Eine Frau kann nur mit einem Misogyn glücklich werden. Mit euch ist doch noch nie eine Frau glücklich gewesen!«

Erneut war feindseliges Gebrumm zu hören.

»Der Adorant oder Dichter kann einer Frau Dramen, Leidenschaften, Tränen oder Sorgen bieten, nie aber Vergnügen. Ich habe einen gekannt. Er hat seine Frau verehrt. Dann hat er angefangen, eine andere zu verehren. Er wollte die eine nicht demütigen, indem er sie betrog, und die andere nicht, indem er sie nur als heimliche Geliebte zuließ. Also gestand er alles seiner Frau und bat sie, ihm zu helfen, seine Frau wurde krank darüber, und er jammerte auf Schritt und Tritt, bis seine Geliebte es nicht mehr aushielt und erklärte, sie wolle sich von ihm trennen. Er legte sich auf die Schienen der Straßenbahn und wollte sich überfahren lassen. Unglücklicherweise sah ihn der Fahrer schon von weitem, und mein Adorant mußte fünfzig Kronen Buße bezahlen wegen Behinderung des öffentlichen Verkehrs.«

»Boccaccio lügt!« schrie Verlaine.

»Die Geschichte, die Petrarca erzählt hat«, fuhr Boccaccio fort, »stammt aus der gleichen Küche. Womit hat deine Frau mit dem goldenen Haar es verdient, daß du irgendeine Hysterikerin ernst nimmst?«

»Was weißt du von meiner Frau?« schrie Petrarca: »Meine Frau ist meine treue Freundin! Wir haben keine Geheimnisse voreinander!«

»Warum hast du dann ein anderes Paar Schuhe angezogen?« fragte Lermontow.

Doch Petrarca ließ sich nicht beirren: »Freunde, in dieser schweren Minute, als das Mädchen im Flur stand und ich wirklich nicht mehr wußte, was tun, ging ich zu meiner Frau ins Schlafzimmer und vertraute ihr alles an.«

»Wie mein Adorant!« rief Boccaccio lachend. »Sich anvertrauen! Das ist die Reflexhandlung aller Adoranten! Du hast sie bestimmt gebeten, dir zu helfen!«

Petrarcas Stimme war voller Zärtlichkeit: »Ja, ich habe sie gebeten, mir zu helfen. Sie hat mir ihre Hilfe noch nie versagt. Auch diesmal nicht. Sie ist selbst zur Tür gegangen. Ich bin im Zimmer geblieben, weil ich Angst hatte.«

»Ich hätte auch Angst gehabt«, sagte Goethe verständnisvoll.

»Aber sie kam ganz ruhig zurück. Sie hatte durchs Guckloch in den Flur geschaut und dann die Tür geöffnet, aber es war niemand da. Es sah aus, als hätte ich alles nur erfunden. Aber auf einmal hörten wir hinter uns einen großen Krach und dann das Klirren von Glas. Wie ihr wißt, wohnen wir in einer alten Wohnung, deren Fenster auf die Pawlatsche gehen. Und das Mädchen hatte, nachdem niemand auf ihr

Klingeln reagiert hatte, irgendwo eine Eisenstange gefunden, war damit auf die Pawlatsche gestiegen und fing an, ein Fenster nach dem anderen einzuschlagen. Wir schauten ihr aus dem Innern der Wohnung zu, ohnmächtig und wie gelähmt vor Schreck. Und dann sahen wir, wie sich von der anderen Seite der düsteren Pawlatsche drei weiße Schatten näherten. Es waren die alten Tanten aus der Wohnung gegenüber. Sie waren durch das Klirren des Glases aufgeweckt worden. Nur in den Nachthemden waren sie hinausgelaufen, und gierig und sensationslüstern freuten sie sich über den unverhofften Skandal. Stellt euch dieses Bild vor! Ein blutjunges, hübsches Mädchen mit einer Eisenstange, und um sie herum die unheilschwangeren Schatten dreier Hexen!

Dann schlug das Mädchen auch noch das letzte Fenster ein und stieg in die Wohnung.

Ich will auf sie zugehen, aber meine Frau nimmt mich in die Arme und fleht *geh nicht zu ihr, sie wird dich erschlagen!* Und das Mädchen steht mitten im Zimmer, die Eisenstange in der Hand wie Jeanne d'Arc mit ihrer Lanze, schön und erhaben! Ich löse mich aus der Umarmung meiner Frau und gehe auf das Mädchen zu. Und wie ich mich ihr nähere, verliert ihr Blick das Drohende, er wird weich und himmlisch sanft. Ich nehme ihr die Stange aus der Hand, werfe sie auf den Boden und fasse ihre Hand.«

»Ich glaube dir kein Wort«, sagte Lermontow.

»Natürlich ist alles ein bißchen anders gewesen, als Petrarca es erzählt hat«, mischte sich Boccaccio wieder ein, »aber ich glaube, daß es passiert ist. Dieses Mädchen war eine Hysterikerin, der jeder normale Mann in einer ähnlichen Situation längst ein paar Ohrfeigen verpaßt hätte. Adoranten oder Dichter sind für Hysterikerinnen schon immer dankbare Opfer gewesen, weil diese wissen, daß sie von ihnen nie geohrfeigt werden. Adoranten sind Frauen gegenüber wehrlos, da sie nie aus dem Schatten ihrer eigenen Mutter getreten sind. Sie sehen in jeder Frau eine Botin der Mutter und unterwerfen sich ihr. Die Röcke ihrer Mütter wölben sich über ihnen wie das Himmelszelt.« Dieser letzte Satz gefiel ihm so sehr, daß er ihn noch mehrere Male wiederholte: »Das, was über euch Dichtern steht, ist nicht der Himmel, sondern es sind die riesigen Röcke eurer Mütter! Ihr lebt alle unter den Röcken eurer Mütter!«

»Was hast du da gesagt?« brüllte Jessenin mit seiner unglaublichen Stimme und stand vom Stuhl auf. Er schwankte. Er hatte den ganzen Abend mehr als alle anderen getrunken. »Was hast du da von meiner Mutter gesagt? Was hast du gesagt?«

»Ich habe nicht von deiner Mutter gesprochen«, sagte Boccaccio besänftigend. Er wußte, daß Jessenin mit einer berühmten, dreißig Jahre älteren Tänzerin lebte und empfand für ihn aufrichtiges Mitleid. Aber Jessenin hatte in seinem Mund schon Speichel angesammelt und ausgespuckt, nachdem er sich etwas vorgebeugt hatte. Er war aber zu betrunken, und die Spucke blieb an Goethes Kragen kleben. Boccaccio zog ein Taschentuch hervor und reinigte den großen Dichter.

Diese Aktion hatte Jessenin total erschöpft, und er fiel auf seinem Stuhl zusammen.

Petrarca fuhr fort: »Freunde, ich wünschte, ihr hättet hören können, was sie zu mir gesagt hat. Es war unvergeßlich. Sie sagte es wie ein Gebet, wie eine Litanei, *ich bin ein einfaches, ich bin ein ganz gewöhnliches Mädchen, an mir ist nichts Besonderes, aber ich bin gekommen, weil die Liebe mich geschickt hat, ich bin gekommen* – und in diesem Moment hat sie meine Hand gedrückt –, *damit du erkennst, was wahre Liebe ist, damit du es einmal in deinem Leben erfährst!*«

»Und was hat deine Frau zu dieser Botin der Liebe gesagt?« fragte Lermontow mit unverhohlener Ironie.

Goethe lachte auf: »Was gäbe Lermontow nicht alles dafür, damit eine Frau seine Fenster einschlägt! Der würde sie sogar noch dafür bezahlen!«

Lermontow warf Goethe einen feindseligen Blick zu, und Petrarca fuhr fort: »Meine Frau? Du irrst dich, Lermontow, wenn du diese Geschichte als Humoreske à la Boccaccio betrachtest. Das Mädchen hat sich an meine Frau gewandt, sie hatte einen himmlischen Blick und sagte zu ihr, und es klang immer noch wie ein Gebet, wie eine Litanei, *Sie dürfen mir nicht böse sein, denn Sie sind gut und ich liebe auch Sie, ich liebe Euch beide*, und sie faßte auch die Hand meiner Frau.«

»Wenn es Szenen aus einer von Boccaccios Humoresken wären, hätte ich nichts dagegen«, sagte Lermontow. »Das, was du uns da erzählst, ist leider viel schlimmer. Es ist schlechte Dichtung.«

»Du bist ja bloß neidisch!« schrie Petrarca ihn an. »Dir ist es im Leben noch nie passiert, daß du mit zwei schönen Frauen, die dich beide lieben, allein in einem Zimmer warst!

Weißt du, wie schön meine Frau im roten Morgenrock und mit aufgelöstem goldenen Haar ist?«

Lermontow lachte finster, und Goethe beschloß, ihn für seine sauren Kommentare zu strafen: »Lermontow, du bist ein großer Dichter, das wissen wir alle, aber weshalb hast du solche Minderwertigkeitskomplexe?«

Lermontow stand da wie ein begossener Pudel, er konnte sich nur mit Mühe beherrschen und sagte zu Goethe: »Johann, das hättest du nicht sagen dürfen. Etwas Schlimmeres hättest du mir nicht sagen können. Das war eine Schweinerei von dir.«

Als Liebhaber der Eintracht hätte Goethe Lermontow vermutlich nicht weiter gereizt, doch sein Biograph, der bebrillte Voltaire, lachte auf: »Es ist doch bekannt, Lermontow, daß du Minderwertigkeitskomplexe hast«, sagte er und fing an, dessen Poesie zu analysieren, die weder Goethes glückliche Natürlichkeit noch Petrarcas leidenschaftlichen Atem besaß. Er fing sogar an, einzelne Metaphern zu interpretieren, um geistreich zu beweisen, daß Lermontows Minderwertigkeitskomplex eine direkte Quelle für dessen Imagination war und die Wurzeln dafür in der Kindheit des Dichters lagen, die von Armut und der bedrückenden Präsenz eines autoritären Vaters geprägt gewesen war.

Da neigte sich Goethe zu Petrarca und flüsterte so laut, daß alle im Raum es hörten, Lermontow eingeschlossen: »Woher denn. Das ist alles Unsinn. Bei Lermontow kommt es davon, daß er nicht bumst!«

Der Student stellt sich an Lermontows Seite

Der Student saß still da, goß sich Wein nach (ein diskreter Kellner trug geräuschlos die leeren Flaschen weg und brachte volle) und lauschte gespannt dem Gespräch, aus dem die Funken stoben. Er hatte nicht die Zeit, den Kopf so schnell zu drehen, daß er den schwindelerregenden Drehungen der Diskussion folgen konnte.

Er dachte darüber nach, welcher Dichter ihm am sympathischsten war. Goethe verehrte er mindestens ebenso, wie Frau Kristyna und das ganze Land ihn verehrten. Petrarca bezauberte ihn durch seine feurigen Augen. Erstaunlicherweise empfand er aber die stärkste Sympathie für den beleidigten Lermontow, zumal nach Goethes letzter Bemerkung, die ihm bewußt gemacht hatte, daß auch ein großer Dichter (und Lermontow war tatsächlich ein großer Dichter) ähnliche Probleme haben konnte wie er, ein unbedeutender Student. Er schaute auf seine Uhr und stellte fest, daß es höchste Zeit war, nach Hause zu gehen, wenn er nicht ebenso enden wollte wie Lermontow.

Er konnte sich aber nicht von diesen großen Männern losreißen, und statt zu Frau Krystina zu eilen, ging er auf die Toilette. Von großen Gedanken erfüllt, stand er vor der weißgekachelten Wand, als er neben sich plötzlich Lermontows Stimme vernahm: »Du hast sie gehört. Sie sind nicht fein. Verstehst du, sie sind nicht fein.«

Er sprach dieses Wort *fein* aus, als wäre es kursiv geschrieben. Ja, es gibt Wörter, die nicht wie andere sind, Wörter mit einer besonderen Bedeutung, die nur Eingeweihten bekannt ist. Der Student wußte nicht, weshalb Lermontow das Wort *fein* ausgesprochen hatte, als wäre es kursiv geschrieben, ich aber, der ich zu den Eingeweihten gehöre, weiß, daß Lermontow Pascals Betrachtung über den feinen Geist und den geometrischen Geist gelesen hat und seither die ganze Menschheit in zwei Kategorien unterteilt: Feine und Unfeine.

»Oder findest du sie etwa fein?« sagte er in herausforderndem Tonfall, als der Student stumm blieb.

Der Student knöpfte sich die Hose zu und stellte fest, daß Lermontow, genau wie es die Gräfin Rostoptschina vor hundertfünfzig Jahren in ihrem Tagebuch beschrieben hatte, sehr kurze Beine hatte. Er empfand Dankbarkeit, denn Lermontow war der erste große Dichter, der ihn mit einer ernsthaften Frage und der Bitte um eine ernsthafte Antwort beehrt hatte.

»Meiner Meinung nach«, sagte er, »sind sie tatsächlich nicht fein.«

Lermontow drehte sich auf seinen kurzen Beinen um: »Nein, sie sind überhaupt nicht fein.« Und dann sagte er mit erhobener Stimme: »Aber ich bin stolz! Verstehst du! Ich bin stolz!«

Und auch das Wort *stolz* klang aus seinem Mund wie kursiv geschrieben, wodurch er zu verstehen gab, nur ein Dummkopf könne annehmen, Lermontow sei stolz wie ein Mädchen auf seine Schönheit oder ein Kaufmann auf seinen Besitz, denn es handelte sich hier um einen ganz besonderen Stolz, einen berechtigten und erhabenen Stolz.

»Ich bin stolz!« schrie Lermontow und kehrte mit dem Studenten in den Salon zurück, in dem Voltaire gerade eine Lobrede auf Goethe hielt. Lermontow geriet in Rage. Er stellte sich an den Tisch, wodurch er plötzlich einen Kopf größer war als die Sitzenden, und sagte: »Und jetzt werde ich euch zeigen, wie stolz ich bin! Jetzt werde ich euch etwas sagen und stolz darauf sein! Es gibt in diesem Land nur zwei Dichter. Goethe und mich.«

Nun fing Voltaire an zu schreien: »Du bist vielleicht ein großer Dichter, aber als Mensch bist du winzig klein, wenn du so etwas von dir behauptest!«

Lermontow war betroffen und stotterte: »Und weshalb sollte ich es nicht sagen dürfen? Ich bin stolz!«

Er wiederholte noch mehrmals, daß er stolz sei, Voltaire wieherte vor Lachen, und die anderen wieherten mit.

Der Student begriff, daß sein Augenblick gekommen war. Er stellte sich in Lermontowscher Manier hin, sah sich alle Anwesenden an und sagte: »Sie verstehen Lermontow überhaupt nicht. Der Stolz eines Dichters ist doch etwas anderes als gewöhnlicher Stolz. Nur der Dichter selbst kennt den Wert dessen, was er schreibt. Die anderen verstehen es erst viel später oder überhaupt nie. Deshalb ist ein Dichter verpflichtet, stolz zu sein. Wäre er es nicht, würde er sein Werk verraten.«

Obwohl alle gerade noch gewiehert hatten, gaben sie plötzlich dem Studenten recht. Denn sie waren alle genauso stolz wie Lermontow, scheuten sich aber, es auszusprechen, weil sie nicht wußten, daß das Wort *stolz*, wenn es entsprechend vorgebracht wird, nicht mehr lächerlich, sondern geistvoll und erhaben ist. Sie waren dem Studenten also dankbar, daß er ihnen unvermutet einen nützlichen Rat erteilt hatte, und es fand sich sogar einer, Verlaine vielleicht, der applaudierte.

Der Student setzte sich, und Goethe wandte sich ihm mit liebenswürdigem Lächeln zu: »Junger Mann, Sie wissen, was Poesie ist.«

Die andern waren schon wieder in ihre betrunkenen Debatten vertieft, so daß der Student dem großen Dichter allein gegenübersaß. Er wollte diese kostbare Gelegenheit nutzen, wußte aber auf einmal nichts mehr zu sagen. Und weil er angestrengt nach einem passenden Satz suchte – Goethe lächelte immer noch still –, konnte er keinen finden und begnügte sich ebenfalls mit einem Lächeln. Und dann kam ihm plötzlich die Erinnerung an Kristyna zu Hilfe.

»Ich gehe jetzt mit einem Mädchen, das heißt mit einer Frau. Sie ist die Frau eines Metzgers.«

Das gefiel Goethe, und er lachte sehr freundschaftlich.

»Sie verehrt Sie. Sie hat mir eines Ihrer Bücher gegeben, damit Sie ihr eine Widmung hineinschreiben.«

»Geben Sie her«, sagte Goethe und nahm dem Studenten den Gedichtband aus der Hand. Er schlug ihn auf der Titelseite auf und fuhr fort: »Erzählen Sie mir von ihr. Wie sieht sie aus? Ist sie schön?«

Im Angesicht Goethes konnte der Student nicht lügen. Er gestand, daß die Metzgersfrau keine Schönheit war. Zudem sei sie lächerlich angezogen. Sie sei den ganzen Tag durch Prag spaziert, mit großen Korallen um den Hals und schwarzen Abendschuhen, wie man sie schon lange nicht mehr trage.

Goethe hörte dem Studenten mit aufrichtigem Interesse zu und sagte fast wehmutsvoll: »Das ist wunderbar.«

Das ermunterte den Studenten, und er gestand schließlich, daß die Metzgersfrau einen goldenen Zahn hatte, der in ihrem Mund glänzte wie eine goldene Fliege.

Goethe lachte gerührt und verbesserte den Studenten: »Wie ein Fingerring.«

»Wie ein Leuchtturm«, sagte der Student lachend.

»Wie ein Stern«, fuhr Goethe lächelnd fort.

Der Student sagte, die Metzgersfrau sei eigentlich eine ganz gewöhnliche Frau aus der Provinz, aber gerade das ziehe ihn an.

»Wie gut ich Sie verstehe«, sagte Goethe: »Gerade solche Details sind es, schlecht gewählte Kleider, ein kleiner Mangel am Gebiß, eine bezaubernde Spontaneität der Seele, die eine Frau wirklich und lebendig machen. Die Frauen auf den Plakaten oder in den Modejournalen, die heute alle zu imitieren versuchen, haben keine Anziehungskraft, weil sie unwirklich, weil sie nur eine Summe abstrakter Vorschriften sind. Sie sind von einer kybernetischen Maschine geboren worden, nicht von einem menschlichen Leib! Mein Freund, ich garantiere Ihnen, daß gerade Ihre Frau aus der Kleinstadt die richtige Frau für einen Dichter ist, und ich gratuliere Ihnen!«

Dann neigte er sich übers Titelblatt, nahm seinen Kugelschreiber und begann zu schreiben. Er füllte eine ganze Seite, er schrieb voller Begeisterung, war fast in Trance, und sein Gesicht verströmte ein Licht verständnisvoller Liebe.

Der Student nahm das Buch und errötete vor Stolz. Was Goethe einer unbekannten Frau geschrieben hatte, war schön und traurig, wehmütig und sinnlich, witzig und weise, und der Student war sich sicher, daß noch nie eine Frau so schöne Worte geschenkt bekommen hatte. Und er erinnerte sich an Kristyna und empfand grenzenlose Sehnsucht nach ihr. Über ihre lächerlichen Kleider hatte die Poesie ein Gewand wunderbarer Worte geworfen. Die Poesie hatte sie zur Königin gemacht.

Der Kellner erschien im Salon, diesmal jedoch ohne neue Flasche. Statt dessen bat er die Dichter, ans Nachhausegehen zu denken. Das Haus werde in Bälde geschlossen. Die Hauswartsfrau drohe, die Tür abzuschließen und die Dichter bis zum Morgen hier eingesperrt zu lassen.

Er mußte es noch mehrere Male wiederholen, laut und leise, vor der ganzen Gesellschaft und jedem einzeln, bis die Dichter endlich begriffen, daß mit der Hauswartsfrau nicht zu spaßen war. Petrarca erinnerte sich plötzlich seiner Frau im roten Morgenrock, und er stand vom Tisch auf, als habe ihm jemand einen Fußtritt versetzt.

In diesem Moment sagte Goethe mit unendlich trauriger Stimme: »Freunde, laßt mich hier. Ich bleibe hier.« Die Krücken lehnten neben ihm am Tisch, und als die Dichter ihn zum Mitkommen zu bewegen versuchten, schüttelte er nur den Kopf.

Alle kannten seine Frau, eine böse, strenge Dame. Alle hatten Angst vor ihr. Sie wußten, daß die Frau ihnen eine schreckliche Szene machte, wenn Goethe nicht rechtzeitig nach Hause kam. »Hannes«, baten sie ihn, »sei doch vernünftig, du mußt nach Hause«, und sie faßten ihn geniert unter den Armen und versuchten, ihn vom Stuhl hochzuheben. Doch der König des Olymp war schwer und die Arme der Dichter verzagt. Er war mindestens dreißig Jahre älter, er war für sie ihr wahrhaftiger Patriarch, und als sie ihn hochheben und ihm die Krücken geben wollten, kamen sie sich alle auf einmal klein und verlegen vor. Und er wiederholte immer wieder, daß er hierbleiben wolle.

Niemand teilte diese Meinung, nur Lermontow nutzte die Gelegenheit, um klüger zu tun als die andern: »Jungs, laßt ihn doch, ich bleibe bis zum Morgen hier und leiste ihm Gesellschaft. Versteht ihr ihn denn nicht? Als er jung war, ist er oft wochenlang nicht nach Hause gekommen! Er will die Jugend zurückholen! Versteht ihr das denn nicht, ihr Esel? Komm, Hannes, wir legen uns hier auf den Teppich und warten mit dieser Flasche Rotwein auf den Morgen, sollen sie doch gehen! Soll Petrarca zu seiner Frau im roten Morgenrock und dem aufgelösten Haar laufen!«

Voltaire jedoch wußte, daß Goethe nicht nur von der Sehnsucht nach seiner Jugend zurückgehalten wurde. Goethe war krank und durfte nicht trinken. Wenn er trank, versagten seine Beine ihm den Dienst. Energisch packte Voltaire die beiden Krücken und forderte die anderen auf, ihre überflüssige Schüchternheit abzulegen. Und so faßten die schwachen Hände der betrunkenen Dichter Goethe unter den Armen und hoben ihn vom Stuhl hoch. Dann wurde er durch den Saal in die Halle getragen oder besser gesagt geschleift (Goethes Füße berührten bald den Boden, bald baumelten sie dicht darüber, wie bei einem Kind, mit dem die Eltern Engelchen spielen). Doch Goethe war schwer und die Dichter waren betrunken, so daß sie ihn im Vorraum losließen und er wehklagend rief: »Freunde, laßt mich hier sterben!«

Voltaire wurde wütend und schrie, sie sollten Goethe sofort wieder hochheben. Die Dichter schämten sich. Die einen faßten ihn an den Armen, die anderen an den Beinen, sie hoben ihn hoch und trugen ihn durch die Tür des Klubs ins Treppenhaus. Alle trugen sie ihn. Es trug ihn Voltaire, es trug ihn Petrarca, es trug ihn Verlaine, es trug ihn Boccaccio, und sogar der torkelnde Jessenin hielt sich an einem Bein fest, um nicht hinzufallen.

Auch der Student versuchte, den großen Dichter zu tragen, wußte er doch, daß sich ihm eine solche Gelegenheit nur einmal im Leben bot. Aber er schaffte es nicht. Lermontow hatte ihn allzusehr ins Herz geschlossen. Er hielt ihn am Arm fest und erzählte ihm ständig etwas.

»Sie sind nicht nur nicht fein, sie sind auch noch ungeschickt. Es sind alles verwöhnte Muttersöhnchen. Schau bloß, wie sie ihn tragen! Sie werden ihn fallen lassen! Sie haben noch nie mit ihren Händen gearbeitet. Weißt du überhaupt, daß ich in einer Fabrik gearbeitet habe?«

(Vergessen wir nicht, daß alle Helden jener Zeit und jenes Landes durch eine Fabrik gegangen sind, entweder freiwillig aus revolutionärer Begeisterung, oder unfreiwillig zur Strafe. In beiden Fällen waren sie gleich stolz darauf, da es ihnen vorkam, als seien sie in der Fabrik von Der Härte des Lebens, dieser hehren Göttin, persönlich auf die Stirn geküßt worden.)

Die Dichter hielten ihren Patriarchen an Armen und Beinen fest und trugen ihn die Treppe hinunter. Das Treppenhaus hatte einen quadratischen Grundriß, die Treppe drehte sich mehrmals im rechten Winkel, und gerade diese Drehungen stellten besondere Ansprüche an die Geschicklichkeit und Kraft der Dichter.

Lermontow fuhr fort: »Mein Lieber, weißt du, was es heißt, Traversen zu tragen? Du hast so was noch nie gemacht. Du bist Student. Aber diese Typen da auch noch nie. Schau mal, wie idiotisch sie ihn tragen! Gleich fällt er ihnen runter!« Er schrie sie an: »Nehmt ihn auf die Schultern, ihr Trottel, so fällt er euch doch runter! Ihr habt noch nie mit den Händen malocht!« Er hakte sich beim Studenten unter und schritt langsam hinter den schwankenden Dichtern her, die den immer schwerer werdenden Goethe ängstlich festhielten. Schließlich hatten sie ihn bis nach unten auf den

Gehsteig getragen und lehnten ihn an einen Laternenpfahl. Petrarca und Boccaccio stützten ihn, damit er nicht umkippte, und Voltaire trat auf die Fahrbahn und versuchte, ein Auto zu stoppen, aber keines hielt an.

Und Lermontow sagte zum Studenten: »Bist du dir bewußt, was du da siehst? Du bist Student und weißt nicht, was das Leben ist. Das hier ist eine phantastische Szene! Ein Dichter wird getragen. Weißt du, was das für ein Gedicht gäbe?«

Goethe war inzwischen auf den Boden gesunken, Petrarca und Boccaccio versuchten, ihm wieder aufzuhelfen.

»Schau«, sagte Lermontow zu dem Studenten, »sie schaffen es nicht mal, ihm aufzuhelfen. Sie haben keine Kraft in den Armen. Sie haben keine Ahnung, was das Leben ist. Ein Dichter wird getragen. Ein herrlicher Titel. Verstehst du. Ich arbeite momentan an zwei Gedichtbänden. Zwei ganz verschiedenen. Der eine ist in klassischer Form geschrieben, mit Reimen und einem präzisen Rhythmus. Und der andere im freien Vers. Er wird ›Lyrische Reportage‹ heißen. Das letzte Gedicht wird den Titel ›Ein Dichter wird getragen‹ haben. Und das wird hart sein. Aber ehrlich. *Ehrlich*.«

Das war das dritte Wort, das Lermontow kursiv vortrug. Es bedeutete das Gegenteil von allem, was bloß Ornament und Spielerei des Geistes war. Es bedeutete das Gegenteil von Petrarcas Träumereien und Boccaccios Späßen. Es bedeutete das Pathos proletarischer Arbeit und den leidenschaftlichen Glauben an die oben erwähnte Göttin Die Härte des Lebens.

Verlaine war von der Nachtluft betrunken geworden, er stand auf dem Gehsteig, schaute zu den Sternen empor und sang. Jessenin hatte sich hingesetzt und schlief, an die Hausmauer gelehnt. Voltaire winkte noch immer mitten auf der

Fahrbahn und schaffte es endlich, ein Taxi anzuhalten. Mit Boccaccios Hilfe hievten sie Goethe auf den Rücksitz. Voltaire rief Petrarca zu, er solle sich nach vorn neben den Chauffeur setzen, da er als einziger in der Lage sei, Frau Goethe einigermaßen zu besänftigen. Doch Petrarca wehrte sich vehement: »Nicht ich! Nicht ich! Ich hab Angst vor ihr!«

»Siehst du«, sagte Lermontow zum Studenten, »wenn es darum geht, einem Kollegen zu helfen, läuft er davon. Keiner von ihnen kann mit dieser Alten reden.« Dann beugte er sich ins Wageninnere, wo auf dem Rücksitz Goethe, Boccaccio und Voltaire zusammengepfercht nebeneinander saßen: »Freunde, ich fahr mit euch. Laßt Frau Goethe meine Sorge sein.« Und er nahm vorn Platz.

Petrarca verdammt Boccaccios Lachen

Das Taxi mit den Dichtern verschwand, und dem Studenten fiel ein, daß es höchste Zeit sei, zu Frau Kristyna zu eilen.

»Ich muß nach Hause«, sagte er zu Petrarca.

Petrarca pflichtete bei, nahm ihn am Arm und schritt mit ihm in die entgegengesetzte Richtung aus.

»Wissen Sie«, sagte er zu ihm, »Sie sind ein sensibler Mensch. Sie waren der einzige, der fähig war zuzuhören, was die anderen sagten.«

Der Student sagte: »Wie dieses Mädchen mitten im Raum stand und Jeanne d'Arc mit ihrer Lanze glich, das könnte ich Ihnen mit den gleichen Worten wiederholen, mit denen Sie es erzählt haben.«

»Diese Säufer haben mich ja nicht mal ausreden lassen!

Interessieren die sich überhaupt für etwas anderes außer für sich selbst?«

»Oder wie Ihre Frau Angst hatte, dieses Mädchen könnte Sie erschlagen, und wie Sie sich ihr genähert haben und ihr Blick himmlisch sanft wurde, das war wie ein kleines Wunder.«

»Ah, mein Freund, *Sie* sind ein Dichter! Sie, und nicht die andern!«

Und Petrarca führte den Studenten in Richtung seiner weit entfernten Vorstadt.

»Und wie ist die Sache ausgegangen?« fragte der Student.

»Meine Frau hat Erbarmen mit ihr gehabt und sie bei uns übernachten lassen. Aber stellen Sie sich vor! Meine Schwiegermutter schläft in einem Kämmerchen hinter der Küche und steht immer sehr früh auf. Als sie sah, daß alle Fenster eingeschlagen waren, holte sie sofort die Glaser, die zufällig im Nachbarhaus arbeiteten, so daß alle Fenster wieder eine Scheibe hatten, noch bevor wir aufwachten. Vom vergangenen Tag keine Spur mehr. Ich hatte das Gefühl, als sei alles nur ein Traum gewesen.«

»Und das Mädchen?« fragte der Student.

»Auch sie hat sich vor Tagesanbruch aus der Wohnung geschlichen.«

Petrarca blieb mitten auf der Straße stehen und musterte den Studenten fast streng: »Wissen Sie, mein Freund, es wäre mir gar nicht recht, wenn Sie meine Geschichte mit einer der Anekdoten von Boccaccio verwechselten, die alle immer im Bett enden. Etwas müssen Sie wissen. Boccaccio ist ein Hornochs. Boccaccio wird nie jemanden verstehen, denn verstehen bedeutet, mit etwas zu verschmelzen und sich zu identifizieren. Das ist das Geheimnis der Poesie. Wir verglühen in der vergötterten Frau, wir verglühen im Gedanken, dem wir uns verschrieben haben, wir lodern in der Landschaft, die uns gefesselt hat.«

Der Student hörte Petrarca begeistert zu und hatte vor seinen Augen das Bild seiner Kristyna, über deren Charme er noch vor wenigen Stunden im Zweifel gewesen war. Jetzt schämte er sich seiner Zweifel, weil sie zur schlechteren (boccacciohaften) Hälfte seines Wesens gehörten; sie waren nicht Ausdruck seiner Stärke, sondern seiner Feigheit gewesen: sie waren der Beweis, daß er es nicht gewagt hatte, ganz und gar und mit allen Konsequenzen in die Liebe einzutreten, daß er sich gefürchtet hatte, in der Frau, die ihn liebte, zu verglühen.

»Die Liebe ist Poesie, und die Poesie ist Liebe«, sagte Petrarca, und der Student gelobte sich, Kristyna begeistert und grandios zu lieben. Goethe hatte sie vor einer Weile in königliche Kleider gehüllt, und nun entfachte Petrarca ein Feuer im Herz des Studenten. Die Nacht, die vor ihm lag, würde von zwei Dichtern gesegnet sein.

»Das Lachen hingegen«, fuhr Petrarca fort, »ist eine Explosion, die uns aus der Welt reißt und in unsere kalte Einsamkeit stößt. Der Scherz ist eine Barriere zwischen dem Menschen und der Welt. Der Scherz ist der Feind der Liebe und der Poesie. Deshalb sage ich es Ihnen noch einmal, und ich möchte, daß Sie es sich gut merken: Boccaccio versteht nichts von der Liebe. Die Liebe kann nicht lächerlich sein. Die Liebe hat nichts gemein mit dem Lachen.«

»Ja«, pflichtete der Student begeistert bei. Er sah die Welt in zwei Hälften geteilt, in eine Hälfte der Liebe und in eine des Scherzes, und er wußte, daß er selbst zu Petrarcas Heer gehörte und immer gehören würde.

Engel schweben über dem Bett des Studenten

Sie ging nicht nervös in der Mansarde auf und ab, sie war nicht wütend, sie schmollte nicht, und sie schmachtete auch nicht am offenen Fenster. Sie lag im Nachthemd zusammengerollt unter seiner Bettdecke. Er weckte sie mit einem Kuß auf den Mund, und um Vorwürfen zuvorzukommen, erzählte er ihr überstürzt von dem unglaublichen Abend, an dem er Zeuge eines dramatischen Duells zwischen Bocciaccio und Petrarca geworden war, während Lermontow alle anderen Dichter beleidigt hatte.

Sie legte keinen Wert auf Erklärungen und unterbrach ihn mißtrauisch: »Aber das Buch hast du vergessen.«

Als er ihr das Buch mit Goethes langer Widmung in die Hand gab, wollte sie ihren Augen nicht trauen. Immer wieder las sie die unwahrscheinlichen Sätze, als wäre darin ihr ebenso unwahrscheinliches Abenteuer mit dem Studenten verkörpert, ihr ganzer letzter Sommer, die heimlichen Spaziergänge auf unbekannten Waldwegen, die ganze Feinfühligkeit und Zärtlichkeit, die nicht zu ihrem Leben zu gehören schienen.

Unterdessen hatte sich der Student ausgezogen und neben sie gelegt. Sie nahm ihn fest in ihre Arme und drückte ihn an sich. Es war eine Umarmung, wie er sie noch nie erlebt hatte. Aufrichtig, kraftvoll, feurig, mütterlich, schwesterlich, kameradschaftlich und leidenschaftlich. Lermontow hatte an diesem Abend oft das Wort *ehrlich* gebraucht, und der Student sagte sich, daß Kristynas Umarmung gerade diese synthetische Bezeichnung verdiene, die eine ganze Schar von Adjektiven in sich vereinigte.

Der Student spürte, daß sein Körper hervorragend für die Liebe gerüstet war. Er war es so verläßlich, dauerhaft und fest, daß er nichts überstürzen wollte und zufrieden die langen, wonnevollen Minuten der reglosen Umarmung auskostete.

Sie küßte ihn begehrlich auf den Mund und dann schwesterlich auf das ganze Gesicht. Mit seiner Zunge betastete er ihren Goldzahn links oben und dachte an das, was Goethe zu ihm gesagt hatte: Kristyna sei nicht aus einer kybernetischen Maschine, sondern aus einem menschlichen Leib geboren! Sie sei die Frau, die ein Dichter brauche! Er hätte jubeln mögen. Und im Geist widerhallten Petrarcas Worte, daß die Liebe Poesie und die Poesie Liebe sei und daß verstehen bedeute, mit dem andern zu verschmelzen und in ihm zu verglühen. (Ja, alle drei Dichter sind hier mit ihm, sie schweben über seinem Bett wie Engel, sie freuen sich, singen und segnen ihn!) Der Student war von grenzenloser Begeisterung erfüllt und beschloß, daß es an der Zeit sei, von der Lermontowschen Ehrlichkeit der reglosen Umarmung zum wirklichen Liebeswerk überzugehen. Er legte sich auf Kristynas Körper und versuchte, mit seinem Knie ihre Schenkel zu spreizen.

Was ist denn das? Kristyna wehrt sich! Sie preßt die Beine ebenso beharrlich zusammen wie während der sommerlichen Waldspaziergänge!

Er wollte sie fragen, weshalb sie sich wehrte, brachte aber kein Wort über die Lippen. Frau Kristyna war so schüchtern, so zart, daß die Angelegenheiten der Liebe in ihrer Gegenwart den Namen verloren. Er wagte es nur, in der Sprache des Atmens und der Berührungen zu sprechen. Wozu die Schwerfälligkeit der Worte? Verglühte er denn nicht in ihr? Sie loderten beide im gleichen Feuer! Und so versuchte er nur immer und immer wieder, in hartnäckigem Schweigen ihre fest aneinandergerpeßten Schenkel mit seinem Knie zu öffnen.

Auch Frau Kristyna war schweigsam. Auch sie schämte sich zu sprechen und wollte alles nur durch Küsse und Liebkosungen ausdrücken. Als er ihre Schenkel aber zum fünfundzwanzigsten Mal, und diesmal brutaler, zu spreizen versuchte, sagte sie: »Nein, ich bitte dich, nein. Ich würde sterben.«

»Was?« stöhnte der Student.

»Ich würde sterben. Wirklich. Ich würde sterben«, sagte Frau Kristyna und fuhr mit ihrer Zunge abermals tief in seinen Mund, während sie ihre Schenkel fest zusammenpreßte.

Im Innern des Studenten vermischten sich Verzweiflung und Seligkeit. Er verspürte rasende Lust, sie zu lieben, und gleichzeitig hätte er weinen mögen vor Glück, weil er begriff, daß Kristyna ihn liebte, wie ihn noch nie jemand geliebt hatte. Sie liebte ihn, daß sie darüber hätte sterben mögen, sie liebte ihn so sehr, daß sie Angst hatte, mit ihm zu schlafen, denn wenn sie mit ihm schliefe, könnte sie nie mehr ohne ihn leben und würde vor Schmerz und Sehnsucht sterben. Er war glücklich, närrisch glücklich, weil er plötzlich, unerwartet und völlig unverdient bekommen hatte, wonach er sich gesehnt hatte, die unermeßliche Liebe, neben der die ganze Erdkugel mit allen Kontinenten und Meeren ein Nichts war.

»Ich verstehe dich! Ich werde mit dir sterben!« flüsterte er und liebkoste und küßte sie und weinte fast vor lauter Liebe. Die tiefe Rührung vermochte sein körperliches Verlangen jedoch nicht zu verdrängen, das schmerzvoll und fast unerträglich geworden war. Also versuchte er weiter, ihr das Knie zwischen die Schenkel zu drücken und sich so den Weg zu ihrem Schoß zu bahnen, der für ihn mit einem Mal geheimnisvoller war als der heilige Gral.

»Nein, du müßtest nicht sterben. *Ich* würde sterben!« sagte Kristyna.

Er stellte sich eine übermäßige Lust vor, eine Lust, an der er starb, und wiederholte nochmals »Wir werden zusammen sterben! Wir werden zusammen sterben!« Er drückte sein Knie weiter zwischen ihre Schenkel und blieb weiterhin ohne Erfolg.

Sie hatten einander nichts mehr zu sagen. Sie preßten sich aneinander, sie schüttelte den Kopf, und er startete noch mehrere Angriffe auf die Festung ihrer Schenkel, bevor er es endlich aufgab. Resigniert legte er sich neben sie auf den Rücken. Sie ergriff das Zepter seiner Liebe, das zu ihren Ehren emporragte, und umfaßte es mit ihrer ganzen herrlichen Ehrlichkeit: aufrichtig, kraftvoll, feurig, mütterlich, schwesterlich, kameradschaftlich und leidenschaftlich.

Im Studenten mischte sich die Seligkeit eines unermeßlich geliebten Menschen mit der Verzweiflung eines zurückgestoßenen Körpers. Und die Metzgersfrau hörte nicht auf, seine Liebeswaffe festzuhalten, aber nicht etwa, um ihm mit einigen einfachen Handreichungen den ersehnten körperlichen Akt zu ersetzen, sondern wie wenn sie etwas Kostbares, Teures in der Hand hielte, etwas, das sie nicht beschädigen und lange, lange so emporgerichtet und hart bewahren wollte.

Doch genug von dieser Nacht, die ohne nennenswerte Änderungen auf diese Weise bis fast zum Morgen andauerte.

Das schmutzige Licht des Morgens

Da sie sehr spät eingeschlafen waren, erwachten sie erst gegen Mittag, beide mit Kopfschmerzen. Es blieb ihnen nicht mehr viel Zeit, denn Kristynas Zug fuhr bald. Sie waren schweigsam. Kristyna packte ihr Nachthemd und Goethes Buch in ihre Reisetasche und stand wieder in ihren unpassend schwarzen Schuhen und der unpassenden Halskette da.

Als hätte das schmutzige Licht des Morgens das Siegel ihres Schweigens gebrochen, als folgte auf eine Nacht der Poesie nun wieder ein Tag der Prosa, sagte Frau Kristyna jetzt schlicht und einfach zum Studenten: »Weißt du, du darfst mir nicht böse sein, ich könnte tatsächlich sterben. Der Arzt hat mir nach der ersten Geburt gesagt, daß ich nie wieder schwanger werden darf.«

Der Student sah sie schockiert an: »Du und von mir schwanger werden? Für wen hältst du mich eigentlich?«

»Das sagen alle. Alle beruhigen einen so. Ich weiß, was meinen Freundinnen passiert ist. Junge Männer wie du sind wahnsinnig gefährlich. Und wenn es erst mal soweit ist, ist es zu spät.«

Mit verzweifelter Stimme erklärte er ihr, daß er kein unerfahrener Grünschnabel sei und ihr nie ein Kind gemacht hätte. »Du willst mich doch nicht etwa mit den Kerls deiner Freundinnen vergleichen?«

»Ich weiß«, sagte sie beipflichtend und fast entschuldigend. Der Student mußte sie nicht länger überzeugen. Sie glaubte ihm. Er war schließlich kein Hinterwäldler und kannte sich in der Liebe vielleicht besser aus als alle Automechaniker dieser Welt. Sie hatte sich in der Nacht überflüssigerweise gewehrt. Aber sie bereute es nicht. Eine Liebesnacht mit einem kurzen Liebesakt (Kristyna konnte sich die körperliche Liebe nicht anders als hastig und kurz vorstellen) war ihr zwar immer als etwas Schönes, gleichzeitig aber auch als etwas Gefährliches und Tückisches vorgekommen. Was sie mit dem Studenten erlebt hatte, war unvergleichlich besser.

Er begleitete sie zum Bahnhof, und sie freute sich schon darauf, im Abteil zu sitzen und sich den Erinnerungen hinzugeben. Mit dem praktischen Hang einer einfachen Frau zum Besitzergreifen wiederholte sie in Gedanken, daß sie etwas erlebt habe, was ihr »niemand nehmen« konnte: sie hatte eine Nacht mit einem jungen Mann verbracht, der ihr stets unwirklich, unfaßbar und fern vorgekommen war, und sie hatte eine ganze Nacht lang sein aufgerichtetes Liebesglied festgehalten. Ja, eine ganze Nacht! Das hatte sie wirklich noch nie erlebt! Vielleicht würde sie ihn nicht mehr wiedersehen, aber sie hatte ohnehin nicht damit gerechnet, ihn regelmäßig zu treffen. Sie war glücklich, von ihm trotzdem etwas Bleibendes zu besitzen: Goethes Gedichte mit der unglaublichen Widmung, die sie jederzeit davon überzeugen konnte, daß ihr Abenteuer nicht nur ein Traum gewesen war.

Der Student hingegen war verzweifelt. Es hätte genügt, in der Nacht nur einen einzigen vernünftigen Satz zu sagen! Es hätte genügt, die Dinge bei ihrem Namen zu nennen, und er hätte sie gehabt! Sie hatte gefürchtet, von ihm schwanger zu werden, und er hatte geglaubt, daß sie sich vor der Unendlichkeit ihrer Liebe fürchtete! Er blickte in die Abgründe seiner Albernheit und wäre am liebsten in Lachen ausgebrochen, in ein weinerliches, hysterisches Lachen!

Er kehrte vom Bahnhof in seine Wüste ohne Liebesnächte zurück, und die *Lítost* begleitete ihn.

Weitere Anmerkungen zu einer Theorie der *Lítost*

An zwei Beispielen aus dem Leben des Studenten habe ich zwei mögliche Grundreaktionen des Menschen auf die eigene *Lítost* erläutert. Ist unser Gegenüber schwächer als wir, tun wir ihm unter irgendeinem Vorwand weh, wie der Student der Studentin, die zu schnell schwamm.

Ist unser Gegenüber stärker, bleibt uns nichts anderes übrig, als uns für eine Rache auf Umwegen zu entscheiden, für eine indirekte Ohrfeige, für einen Mord durch Selbstmord. Der kleine Junge spielt auf der Geige so lange den falschen Ton, bis der Lehrer wahnsinnig wird und ihn zum Fenster hinauswirft. Und der Junge fällt und freut sich während seines Fluges, daß der böse Lehrer des Mordes angeklagt wird.

Das sind die beiden klassischen Arten, und wenn man der ersten häufig im Leben von Liebes- und Ehepaaren begegnet, so ist die sogenannte große Geschichte der Menschheit voll von der zweiten. Wahrscheinlich war alles, was unsere Lehrer Heldentum genannt haben, nichts anderes als eine Form jener *Lítost*, die ich am Beispiel des kleinen Jungen und des Geigenlehrers beschrieben habe. Die Perser erobern den Peloponnes, und die Spartaner begehen einen militärischen Fehler nach dem anderen. Und genauso, wie der kleine Junge sich weigert, den richtigen Ton zu spielen, weigern sich auch die Spartaner, geblendet durch die Tränen der Wut, irgend etwas Vernünftiges zu unternehmen, sie sind weder imstande, besser zu kämpfen, noch sich zu ergeben, sie können sich auch nicht durch Flucht retten, sondern lassen sich aus *Lítost* bis auf den letzten Mann töten.

In diesem Zusammenhang kommt mir der Gedanke, daß der Begriff *Lítost* nicht zufällig in Böhmen entstanden ist. Die Geschichte der Tschechen, diese Geschichte ewiger

Revolten gegen Stärkere, diese Abfolge glorreicher Niederlagen, die das Rad der Weltgeschichte in Bewegung setzten und den Untergang des eigenen Volkes begründeten, das ist die Geschichte der *Lítost*. Als dieses kleine, herrliche Land im August 1968 von Tausenden russischer Panzer besetzt wurde, habe ich auf den Mauern einer Stadt folgende Aufschrift gesehen: »Wir wollen keinen Kompromiß, wir wollen den Sieg!« Wie gesagt, zu jenem Zeitpunkt gab es nur die Wahl zwischen mehreren Arten von Niederlagen, sonst nichts, dennoch lehnte diese Stadt den Kompromiß ab und verlangte den Sieg! Da sprach nicht die Vernunft, sondern die *Lítost*! Wer den Kompromiß ablehnt, dem bleibt letztlich nur noch die schlimmste aller möglichen Niederlagen. Aber genau das will die *Lítost*. Ein Mensch, der von *Lítost* besessen ist, rächt sich durch Selbstvernichtung. Der kleine Junge zerschellt auf dem Gehsteig, seine unsterbliche Seele jedoch wird sich bis in alle Ewigkeit freuen, daß der Lehrer sich am Fenstergriff erhängt hat.

Doch wie kann der Student Frau Kristyna wehtun? Noch bevor er fähig ist, etwas zu unternehmen, sitzt Kristyna im Zug. Theoretiker kennen solche Situationen und behaupten, es komme dann zu einem sogenannten *Lítost*-Stau.

Das ist das Schlimmste, was passieren kann. Der Student trug die *Lítost* in sich wie ein Geschwür, das von Minute zu Minute anschwoll, und er wußte nicht, was er damit anfangen sollte. Da er sich an niemandem rächen konnte, sehnte er sich wenigstens nach einem Trost. Deshalb erinnerte er sich an Lermontow. Er erinnerte sich daran, wie Goethe ihn beleidigt, wie Voltaire ihn erniedrigt und wie Lermontow immer wieder alle angeschrien hatte, er sei stolz, als wären alle Dichter am Tisch lauter Geigenlehrer, die er provozieren wollte, damit sie ihn zum Fenster hinauswarfen.

Der Student sehnte sich nach Lermontow wie nach einem Bruder, und er ließ seine Hand in die Jackentasche gleiten. Seine Finger ertasteten ein großes, zusammengefaltetes Papier. Es war eine aus einem Heft gerissene Seite, auf der stand: *Ich warte auf Dich. Ich liebe Dich. Kristyna. Mitternacht.*

Er begriff. Die Jacke, die er heute trug, hatte gestern abend an einem Kleiderbügel in seiner Mansarde gehangen. Die zu spät entdeckte Botschaft bestätigte ihm nur, was er ohnehin schon wußte. Kristynas Körper war ihm dank seiner eigenen Blödheit entgangen. Die *Lítost* füllte ihn aus, daß er fast platzte, und sie konnte nirgendwohin entweichen.

Auf dem Grund der Hoffnungslosigkeit

Es war schon spät am Nachmittag, und der Student sagte sich, daß die Dichter nach der gestrigen Zecherei nun eigentlich ausgeschlafen haben müßten. Vielleicht waren sie im Literaturklub. Er lief in den ersten Stock hinauf, ging an der Garderobe vorbei und steuerte nach rechts, ins Restaurant. Er war es nicht gewohnt, hierher zu gehen, blieb beim Eingang stehen und sah unsicher um sich. Hinten im Saal saßen Petrarca und Lermontow mit zwei Unbekannten. In der Nähe gab es einen freien Tisch, an dem er Platz nahm. Niemand beachtete ihn. Ihm schien sogar, daß Petrarca und Lermontow ihn einen Augenblick geistesabwesend angeschaut und nicht wiedererkannt hatten. Er bestellte beim Kellner einen Kognak, und in seinem Kopf breitete sich schmerzhaft der unendlich traurige und unendlich schöne Text von Kristynas Botschaft aus: *Ich warte auf Dich. Ich liebe Dich. Kristyna. Mitternacht.*

Ungefähr zwanzig Minuten saß er da und trank in kleinen Schlucken seinen Kognak. Der Anblick Petrarcas und Lermontows verschaffte ihm statt Trost nur neuen Kummer. Er war von allen verlassen, verlassen von Kristyna, verlassen von den Dichtern. Er war hier allein mit einem großen Zettel, auf dem stand: *Ich warte auf Dich. Ich liebe Dich. Kristyna. Mitternacht.* Er hatte Lust, aufzustehen und dieses Papier hoch über seinen Kopf zu halten, damit alle es sahen, damit alle wußten, daß er, der Student, geliebt, unermeßlich geliebt wurde.

Er rief den Kellner, um zu bezahlen. Dann zündete er sich eine Zigarette an. Er mochte zwar nicht länger im Klub bleiben, hatte aber absolut keine Lust, in seine Bude zurückzukehren, wo ihn keine Frau erwartete. Schließlich drückte er die Zigarette im Aschenbecher aus, und genau in diesem Augenblick bemerkte Petrarca ihn und nickte ihm von seinem Tisch aus zu. Doch es war zu spät, die *Lítost* trieb ihn aus dem Klub und in seine trostlose Einsamkeit hinein. Er stand auf und zog im letzten Moment nochmals das Papier mit Kristynas Liebesbotschaft aus der Tasche. Es machte ihm keine Freude mehr. Aber wenn er es hier liegen ließe, würde es vielleicht jemand bemerken und wissen, daß der Student, der hier gesessen hatte, unermeßlich geliebt wurde.

Er ging auf den Ausgang zu, um den Saal zu verlassen.

»Mein Freund«, ertönte eine Stimme, und der Student drehte sich um. Petrarca winkte und kam auf ihn zu: »Sie gehen schon?« Er entschuldigte sich, daß er ihn nicht gleich erkannt hatte: »Nach einer Sauferei bin ich immer total verblödet.«

Der Student erklärte, er habe nicht stören wollen, da er die Herren nicht kenne, mit denen Petrarca am Tisch gesessen habe.

»Es sind Idioten«, sagte Petrarca zum Studenten und ging mit diesem genau zu dem Tisch, von dem der Student gerade aufgestanden war. Mit angstvollen Augen sah letzterer auf das große Blatt, das nachlässig auf dem Tisch lag. Wenn es wenigstens ein kleines, diskretes Zettelchen gewesen wäre, aber dieses große Papier schien schreiend auf die plumpe Absicht hinzuweisen, mit der es auf dem Tisch vergessen worden war.

Petrarca, dessen schwarze Augen neugierig im Gesicht rollten, bemerkte das Blatt sofort und schaute es sich an: »Was ist das? Ah, mein Freund, es gehört Ihnen?«

Unbeholfen bemühte sich der Student, die Verlegenheit eines Menschen zu mimen, der versehentlich eine vertrauliche Mitteilung hatte liegen lassen, und er versuchte, das Papier aus Petrarcas Hand zu reißen.

Doch Petrarca las schon laut: »Ich warte auf Dich. Ich liebe Dich. Kristyna. Mitternacht.«

Er schaute dem Studenten in die Augen und fragte: »Welche Mitternacht? Doch nicht die gestrige?«

Der Student senkte den Blick: »Doch«, sagte er und versuchte nicht mehr, Petrarca das Papier wegzunehmen.

Und da trat auch schon Lermontow auf seinen kurzen

Beinen an ihren Tisch. Er gab dem Studenten die Hand: »Da bin ich aber froh, Sie zu sehen. Das dort«, er zeigte zum Tisch, von dem er aufgestanden war, »sind schreckliche Deppen.« Er setzte sich zu den beiden Männern.

Petrarca las Lermontow sogleich Kristynas Botschaft vor, er las sie mehrmals hintereinander, mit klangvoller, singender Stimme, als rezitierte er einen Vers.

Das bringt mich auf den Gedanken, daß einem dort, wo man weder dem schnell schwimmenden Mädchen eine Ohrfeige verpassen noch sich von den Persern töten lassen kann, dort also, wo es keinen Ausweg aus der *Lítost* gibt, die Poesie zu Hilfe eilt.

Was bleibt von dieser durch und durch mißglückten Geschichte? Einzig die Poesie. In Goethes Buch die Worte, die Kristyna mitnimmt, auf dem linierten Papier die Worte, die dem Studenten unverhofften Ruhm eingebracht haben.

»Mein Freund«, sagte Petrarca und nahm dessen Hand, »geben Sie zu, daß Sie Verse schreiben! Geben Sie zu, daß Sie ein Dichter sind!«

Der Student senkte den Blick und gestand, daß Petrarca sich nicht irrte.

Und Lermontow bleibt allein

Der Student ist Lermontows wegen in den Klub gegangen, aber von diesem Augenblick an ist er für Lermontow wie auch Lermontow für ihn verloren. Lermontow haßt glückliche Liebhaber. Er macht eine finstere Miene und spricht verächtlich über die Poesie süßlicher Gefühle und großer Worte. Er redet darüber, daß ein Gedicht ehrlich sein müsse wie ein von Arbeiterhänden angefertigter Gegenstand. Er legt die Stirn in Falten und ist Petrarca und dem Studenten böse. Wir wissen gut, worum es geht. Goethe hat es auch gewußt. Es kommt vom Nicht-Bumsen. Es ist die furchtbare *Lítost* des Nicht-Bumsens.

Wer könnte ihn besser verstehen als der Student? Doch dieser unverbesserliche Dummkopf sieht nur Lermontows düsteres Gesicht, er hört nur dessen böse Worte und ist beleidigt.

Ich betrachte sie aus der Ferne meines französischen Wohnturms. Petrarca und der Student stehen auf. Sie verabschieden sich kühl von Lermontow. Und Lermontow bleibt allein.

Mein teurer Lermontow, das Genie jener Qual, die man in meinem traurigen Böhmen *Lítost* nennt.

[illegible]

[illegible]

[illegible]

[illegible]

SECHSTER TEIL

Die Engel

1.

Im Februar 1948 trat der kommunistische Führer Klement Gottwald auf den Balkon eines Prager Barockpalais, um zu den Hunderttausenden von Bürgern zu sprechen, die den Altstädter Ring füllten. Es war ein historischer Augenblick in der Geschichte Böhmens. Es schneite, es war kalt, und Gottwalds Kopf war unbedeckt. Der fürsorgliche Clementis nahm seine Pelzmütze ab und setzte sie auf Gottwalds Kopf.

Weder Gottwald noch Clementis wußten, daß Franz Kafka dieselbe Treppe, über die sie zu dem historischen Balkon hinaufgestiegen waren, acht Jahre lang täglich benutzt hatte, als sich zu Zeiten Österreich-Ungarns das deutsche Gymnasium in dem Palais befand. Genausowenig wußten sie, daß Hermann Kafka, Franzens Vater, im Erdgeschoß desselben Gebäudes seinen Laden hatte, auf dessen Schild neben dem Namen eine Dohle gemalt war, denn auf tschechisch heißt die Dohle kavka.

Wenn Gottwald, Clementis und alle anderen nichts von Kafka gewußt hatten, so hatte doch Kafka von ihrem Unwissen gewußt. In seinem Roman ist Prag eine Stadt ohne Gedächtnis. Die Stadt hat sogar vergessen, wie sie heißt. Niemand dort erinnert sich an etwas, niemand denkt an etwas zurück, auch Josef K. scheint nichts von seinem früheren Leben zu wissen. Und es erklingt kein Lied, um in der Erinnerung an den Augenblick seiner Entstehung Gegenwart und Vergangenheit miteinander zu verbinden.

Die Zeit in Kafkas Roman ist die Zeit einer Menschheit, die ihre Kontinuität verloren hat, es ist die Zeit einer

Menschheit, die nichts mehr weiß, sich an nichts mehr erinnert und in Städten lebt, die keine Namen tragen und in denen auch die Straßen namenlos sind oder aber anders heißen als gestern, denn der Name schafft die Kontinuität mit der Vergangenheit, und Menschen ohne Vergangenheit sind namenlos.

Prag ist, nach den Worten Max Brods, die Stadt des Bösen. Als die Jesuiten nach der Niederschlagung der tschechischen Reformation im Jahre 1621 versuchten, das Volk zum rechten katholischen Glauben umzuerziehen, überschwemmten sie Prag mit der Pracht barocker Kirchen. Die Tausende von steinernen Heiligen, die einen von allen Seiten anschauen, die drohen, spähen und hypnotisieren, sie sind das rasende Heer der Besatzer, die vor dreihundertfünfzig Jahren in Böhmen eingefallen waren, um dem Volk seinen Glauben und seine Sprache aus der Seele zu reißen.

Die Straße, in der Tamina zur Welt gekommen war, hieß Schwerinova. Es war während des Kriegs, Prag war von den Deutschen besetzt. Taminas Vater war in der Černokostelecká geboren worden. Das war in Österreich-Ungarn. Die Mutter war zum Vater in die Fochova, in die Straße des Maréchal Foch gezogen. Das war nach dem Ersten Weltkrieg. Tamina hatte ihre frühe Kindheit in der Stalinova verbracht, und ihr Mann hatte sie aus der Vinohradská in ihr neues Zuhause geführt. In allen Fällen handelte es sich um ein und dieselbe Straße, man hatte nur ihren Namen geändert und ihr das Gehirn gewaschen, um sie in den Wahnsinn zu treiben.

Durch Straßen, die nicht wissen, wie sie heißen, irren die Gespenster der gestürzten Denkmäler. Sie wurden gestürzt von der tschechischen Reformation, von der österreichischen Gegenreformation, von der tschechoslowakischen

Republik, von den Kommunisten; sogar Stalins Statuen sind gestürzt worden. An der Stelle all dieser gestürzten Denkmäler wachsen heute in ganz Böhmen Tausende Leninstatuen, sie wachsen wie Gras auf einem Trümmerhaufen, wie melancholische Blüten des Vergessens.

2.

Ist Franz Kafka der Prophet einer Welt ohne Gedächtnis, so ist Gustav Husák ihr Erbauer. Nach T. G. Masaryk, den man den Präsidenten der Befreiung nannte (alle seine Denkmäler sind ausnahmslos gestürzt worden), nach Beneš, Gottwald, Zápotocký, Novotný und Svoboda ist Husák der siebte Präsident meiner Heimat, der sogenannte *Präsident des Vergessens.*

Die Russen haben ihn im Jahre 1969 an die Macht gebracht. Seit 1621 hat es in der Geschichte des tschechischen Volkes kein solches Massaker der Kultur und der Intellektuellen gegeben wie unter seiner Regierung. Überall meint man, Husák habe seine politischen Gegner ganz einfach verfolgt. Der Kampf gegen die politische Opposition war aber eher Vorwand und willkommene Gelegenheit, dank der die Russen mittels ihres Statthalters etwas viel Wesentlicheres erreichten.

In dieser Hinsicht halte ich es für sehr bedeutsam, daß Husák hundertfünfundvierzig tschechische Historiker von den Universitäten und aus den wissenschaftlichen Instituten geworfen hat. (Man sagt, für jeden von ihnen sei irgendwo in Böhmen, mysteriös wie in einem Märchen, ein neues Lenindenkmal gewachsen.) Einer dieser Historiker, mein Freund

Milan Hübl mit seinen unglaublich dicken Brillengläsern, saß 1971 bei mir in dem kleinen Appartement in der Bartoloměјská Gasse, das ich damals bewohnte. Wir schauten aus dem Fenster auf die Turmspitzen des Hradschin und waren traurig.

»Völker werden liquidiert«, sagte Hübl, »indem man ihnen zuerst das Gedächtnis nimmt. Man vernichtet ihre Bücher, ihre Kultur, ihre Geschichte. Und jemand anders schreibt für sie andere Bücher, gibt ihnen eine andere Kultur, erfindet für sie eine andere Geschichte. Dann beginnt das Volk langsam zu vergessen, was es ist und was es war. Die Welt rundherum vergißt es noch viel rascher.«

»Und die Sprache?«

»Weshalb sollte sie uns genommen werden? Sie wird zur bloßen Folklore, die früher oder später eines natürlichen Todes stirbt.«

War das eine von grenzenloser Traurigkeit diktierte Hyperbel?

Oder trifft es zu, daß dieses Volk die Wüste des organisierten Vergessens nicht lebend wird durchqueren können?

Niemand weiß, was einmal sein wird. Eines aber ist sicher. In Augenblicken der Hellsichtigkeit kann das tschechische Volk das Bild seines eigenen Todes unmittelbar vor sich sehen. Nicht als Wirklichkeit und auch nicht als unausweichliche Zukunft, doch immerhin als ganz konkrete Möglichkeit. Sein Tod ist mit ihm.

3.

Ein halbes Jahr später wurde Hübl verhaftet und zu mehreren Jahren Gefängnis verurteilt. Zur gleichen Zeit lag mein Vater im Sterben.

Während der letzten zehn Jahre seines Lebens verlor er nach und nach die Sprache. Anfangs konnte er sich nur an einige Wörter nicht mehr erinnern, oder er ersetzte sie durch andere, ähnliche, und lachte sogleich darüber. Aber als sein Ende nahte, war er nur noch in der Lage, ganz wenige Wörter auszusprechen, und alle seine Versuche längerer Mitteilungen endeten mit einem Satz, einem der letzten, die ihm geblieben waren: »Das ist sonderbar.«

Er sagte »das ist sonderbar«, und in seinen Augen lag unendliches Erstaunen darüber, daß er alles wußte, jedoch nichts sagen konnte. Die Dinge hatten ihre Namen verloren und waren in einem einzigen, nicht unterscheidbaren Seienden verschmolzen. Und nur ich allein konnte, wenn ich mit ihm redete, diese namenlose Unendlichkeit für Momente wieder in eine Welt benannter Einzelheiten zurückverwandeln.

Die großen blauen Augen in seinem schönen alten Gesicht blickten genauso weise wie früher. Ich bin oft mit ihm spazierengegangen. Wir machten immer die gleiche Runde um einen Häuserblock, das war alles, für mehr reichten seine Kräfte nicht mehr. Er konnte kaum noch gehen, nur noch mit kleinen Schrittchen, und schon bei der geringsten Müdigkeit begann sein Körper vornüber zu kippen und verlor das Gleichgewicht. Wir mußten oft stehenbleiben, damit er sich, die Stirn an eine Mauer gelehnt, ausruhen konnte.

Auf diesen Spaziergängen unterhielten wir uns über Musik. Solange der Vater normal sprach, hatte ich ihn wenig gefragt. Und jetzt wollte ich die verlorene Zeit nachholen. Wir redeten also über Musik, doch es war ein seltsames Gespräch zwischen einem, der nichts wußte und viele Wörter kannte, und einem, der alles wußte, aber kein Wort mehr kannte.

Während der ganzen zehn Jahre seiner Krankheit schrieb mein Vater an einem dicken Buch über Beethovens Sonaten. Er schrieb zwar etwas besser, als er sprach, aber auch beim Schreiben hatte er immer größere Mühe, die Wörter zu finden, und sein Text war unverständlich, da er aus Wörtern bestand, die es nicht gab.

Eines Tages rief er mich in sein Zimmer. Auf dem Klavier waren die Variationen der Sonate opus 111 aufgeschlagen. »Schau«, sagte er zu mir und zeigte auf die Partitur (Klavier spielen konnte er auch nicht mehr), »schau«, wiederholte er, und nach großer Anstrengung gelang es ihm noch zu sagen: »Jetzt weiß ich's!« Er versuchte immer wieder, mir etwas Wichtiges zu erklären, aber seine Mitteilung bestand aus völlig unverständlichen Wörtern, und als er sah, daß ich ihn nicht verstand, warf er mir einen verwunderten Blick zu und sagte: »Das ist sonderbar.«

Ich weiß natürlich, worüber er sprechen wollte, denn er hatte sich diese Frage seit langem gestellt. Für Beethoven waren die Variationen gegen Ende seines Lebens zur Lieblingsform geworden. Auf den ersten Blick könnte man meinen, die Variation sei die oberflächlichste aller Formen, eine reine Exhibition der musikalischen Technik, eine Arbeit, die eher einer Spitzenklöpplerin anstand als Beethoven. Er aber hatte daraus (zum ersten Mal in der Geschichte der Musik) eine der bedeutendsten Formen gemacht, in die er seine schönsten Meditationen legte.

Ja, das ist bekannt. Mein Vater jedoch wollte wissen, wie

das zu verstehen sei. Weshalb ausgerechnet Variationen? Welcher Sinn verbarg sich dahinter?

Deshalb hatte er mich damals in sein Zimmer gerufen, auf die Partitur gezeigt und gesagt: »Jetzt weiß ich's!«

4.

Das Schweigen meines Vaters, vor dem sich alle Wörter versteckt hatten, das Schweigen der hundertfünfundvierzig Historiker, denen es verboten war, sich zu erinnern, dieses vielfache Schweigen weht herüber aus Böhmen, und es stellt den Hintergrund des Bildes dar, auf das ich Tamina male.

Sie serviert weiter Kaffee im Bistro der kleinen Stadt im Westen Europas. Aber sie strahlt nicht mehr die liebevolle Anteilnahme aus, mit der sie früher ihre Gäste faszinierte. Sie hat keine Lust mehr, den Menschen ihr Ohr zu leihen.

Als Bibi wieder einmal auf dem Barhocker an der Theke saß und ihre Tochter, die auf dem Fußboden herumkroch, schrecklich zu plärren anfing, wartete Tamina zuerst eine Weile, ob die Mutter das Kind zurechtweisen würde, und als dies nicht geschah, sagte sie: »Kannst du nicht was machen, damit sie nicht so schreit?«

Bibi war beleidigt und sagte: »Sag mir, warum haßt du Kinder so sehr?«

Man kann nicht behaupten, daß Tamina Kinder haßte. Vielmehr verriet plötzlich Bibis Stimme ganz unerwarteten Haß, den Tamina genau heraushörte. Sie wußte nicht, wie es geschah, aber sie hörten auf, Freundinnen zu sein.

Dann erschien Tamina eines Tages nicht zur Arbeit. Das hatte es noch nie gegeben. Die Wirtin ging nachschauen, was mit ihr los war. Sie klingelte an Taminas Tür, doch niemand öffnete. Sie ging am nächsten Tag wieder und klingelte wieder vergeblich. Sie alarmierte die Polizeit. Man brach die Tür auf, fand aber nur eine sorgfältig aufgeräumte Wohnung, in der nichts fehlte und nichts Verdächtiges war.

Tamina kam auch in den folgenden Tagen nicht. Die Polizei nahm sich des Falls nochmals an, entdeckte aber nichts Neues., Taminas Verschwinden wurde bei den unaufgeklärten Fällen abgelegt.

5.

An jenem schicksalhaften Tag hatte sich ein junger Mann in Jeans an die Theke gesetzt. Tamina war um diese Zeit stets allein im Bistro. Der junge Mann bestellte eine Cola und trank sie in kleinen Schlucken. Er schaute Tamina an, und Tamina schaute ins Leere.

Dann sagte er: »Tamina.«

Wenn er geglaubt hatte, sie dadurch zu beeindrucken, hatte er sich getäuscht. Es war nicht besonders schwer, ihren Namen zu erfahren, alle Gäste des Viertels kannten ihn.

»Ich weiß, Sie sind traurig«, fuhr der junge Mann fort.

Auch diese Bemerkung konnte Tamina nicht bezaubern. Sie wußte, es gab verschiedene Arten, um eine Frau zu erobern, und einer der sichersten Wege zu ihrem Schoß führte über ihre Traurigkeit. Dennoch sah sie den jungen Mann mit größerem Interesse an als gerade eben noch.

Sie kamen ins Gespräch. Was Tamina faszinierte, waren seine Fragen. Nicht deren Inhalt, nur die Tatsache, daß er überhaupt Fragen stellte. Mein Gott, wie lange war es her, daß jemand sie etwas gefragt hatte! Es kam ihr vor wie eine Ewigkeit! Nur ihr Mann hatte ihr unaufhörlich Fragen gestellt, denn die Liebe ist eine unaufhörliche Befragung. Ja, ich kenne keine bessere Definition der Liebe.

(Mein Freund Hübl würde einwenden, daß uns in diesem Fall niemand mehr liebe als die Polizei. Das stimmt. So wie jedes *oben* als Gegenstück sein *unten* hat, so hat auch das Interesse der Liebe seine Entsprechung in der Neugier der Polizei. Manchmal wird oben und unten verwechselt, und ich kann mir gut vorstellen, daß einsame Menschen sich danach sehnen, gelegentlich zu einem Verhör ins Kommissariat abgeführt zu werden, um jemandem von sich erzählen zu können.)

6.

Der junge Mann schaut ihr in die Augen, hört ihr zu und sagt dann, daß das, was sie Erinnerung nenne, in Wirklichkeit etwas anderes sei: sie schaue wie behext auf ihr eigenes Vergessen.

Tamina nickt.

Und der junge Mann fährt fort: Dieser traurige Blick zurück sei nicht mehr Ausdruck ihrer Treue einem Toten gegenüber. Der Tote sei aus ihrem Blickfeld verschwunden, sie schaue ins Leere.

Ins Leere? Was mache ihren Blick dann so schwer?

Nicht die Erinnerungen machten ihn schwer, erklärt ihr der junge Mann, sondern die Selbstvorwürfe. Tamina würde sich nie verzeihen, daß sie vergessen habe.

»Und was soll ich jetzt tun?« fragt Tamina.

»Das Vergessen vergessen«, sagt der junge Mann.

»Verraten Sie mir, wie man das anstellt«, sagt Tamina mit bitterem Lächeln.

»Haben Sie noch nie Lust gehabt wegzugehen?«

»Doch«, gesteht Tamina. »Ich habe wahnsinnige Lust wegzugehen. Aber wohin?«

»Irgendwohin, wo die Dinge leicht sind wie ein Windhauch. Wo die Dinge ihre Schwere verloren haben. Wo es keine Selbstvorwürfe gibt.«

»Ja«, sagte Tamina verträumt, »irgendwohin gehen, wo die Dinge nichts wiegen.«

Und wie in einem Märchen, wie in einem Traum (es ist ein Märchen! es ist ein Traum!) verläßt Tamina die Theke, hinter der sie einige Jahre ihres Lebens verbracht hat, und tritt mit dem jungen Mann vors Bistro. Neben dem Gehsteig steht ein roter Sportwagen. Der junge Mann setzt sich ans Steuer und fordert Tamina auf, neben ihm Platz zu nehmen.

7.

Ich verstehe die Vorwürfe, die Tamina sich machte. Als mein Vater gestorben war, wurde auch ich von ihnen zerfressen. Ich konnte mir nicht verzeihen, daß ich ihn so wenig gefragt hatte, daß ich so wenig von ihm wußte, daß ich ihn verfehlt hatte. Aber gerade diese Selbstvorwürfe ließen mich plötzlich verstehen, was er mir über der aufgeschlagenen Partitur der Sonate opus 111 wahrscheinlich hatte sagen wollen.

Ich will versuchen, es durch einen Vergleich zu erklären. Die Symphonie ist ein musikalisches Epos. Man könnte sagen, sie gleiche einer Reise, die durch die Unendlichkeit der äußeren Welt führt, von einem Ding zum andern, immer weiter. Variationen sind ebenfalls eine Reise. Doch diese Reise führt nicht durch die Unendlichkeit der äußeren Welt. Sicher kennen Sie den Gedanken Pascals, daß der Mensch zwischen dem Abgrund des unendlich Großen und dem Abgrund des unendlich Kleinen lebt. Die Reise der Variationen führt in jene *andere* Unendlichkeit, in die unendliche Vielfalt der inneren Welt, die sich in jedem Ding verbirgt.

In den Variationen hat Beethoven einen anderen Raum, eine andere Richtung seines Suchens entdeckt. In diesem Sinn sind seine Variationen eine neue *Aufforderung zur Reise*.

Die Form der Variation ist eine Form maximaler Konzentration, und sie ermöglicht es dem Komponisten, nur über das Wesentliche zu sprechen, um direkt zum Kern der Dinge vorzudringen. Gegenstand der Variation ist ein Thema, das oft nicht mehr als sechzehn Takte hat. Beethoven geht ins Innere dieser sechzehn Takte, als stiege er durch einen Schacht in die Tiefe der Erde.

Die Reise in die andere Unendlichkeit ist nicht weniger abenteuerlich als die Reise des Epos. So dringt der Physiker in das geheimnisvolle Innere der Atome. Mit jeder Variation entfernt sich Beethoven weiter von seinem ursprünglichen Thema, das der letzten Variation kaum mehr ähnelt als eine Blume ihrem Abbild unter dem Mikroskop.

Der Mensch weiß, daß er das Universum mit seinen Sonnen und Sternen nicht zu umfassen vermag. Weit unerträglicher jedoch kommt es ihm vor, daß er dazu verdammt ist, jene andere Unendlichkeit zu verfehlen, die so nahe, zum Greifen nahe liegt. Tamina hat die Unendlichkeit ihrer Liebe verfehlt, ich habe meinen Vater verfehlt, und jeder von uns verfehlt sein eigenes Werk, weil man auf der Suche nach Vollkommenheit ins Innere der Dinge geht und dort an kein Ende gelangen kann.

Daß uns die äußere Unendlichkeit entgeht, nehmen wir als selbstverständliches Schicksal an. Daß wir aber die andere Unendlichkeit verfehlt haben, das werden wir uns ein Leben lang vorhalten. Wir haben an die Unendlichkeit der Sterne gedacht und uns nicht um die Unendlichkeit des eigenen Vaters gekümmert.

Kein Wunder, daß die Variationen zur Lieblingsform des reifen Beethoven wurden, der sehr gut wußte (wie auch Tamina und ich es wissen), daß nichts unerträglicher ist, als einen Menschen zu verfehlen, den wir geliebt haben, diese sechzehn Takte und das innere Universum seiner unendlichen Möglichkeiten.

8.

Dieses Buch ist ein Roman in Form von Variationen. Die einzelnen Teile folgen aufeinander wie die einzelnen Etappen einer Reise, die ins Innere eines Themas, ins Innere eines Gedankens, ins Innere einer Situation führen, deren Verständnis sich für mich im Uferlosen verliert.

Es ist ein Roman über Tamina, und in dem Moment, da Tamina von der Bühne abtritt, ist es ein Roman für Tamina. Sie ist die Hauptfigur und der wichtigste Zuhörer, und alle anderen Geschichten sind lediglich Variationen ihrer eigenen Geschichte; sie laufen in ihrem Leben zusammen wie in einem Spiegel.

Es ist ein Roman über das Lachen und das Vergessen, über das Vergessen und über Prag, über Prag und über die Engel.

Übrigens ist es kein Zufall, daß der junge Mann, der am Steuer sitzt, Raphael heißt.

Die Landschaft wurde immer öder, es gab immer weniger Grün und immer mehr Ocker, immer weniger Gras und Bäume und immer mehr Sand und Lehm. Dann bog das Auto von der Straße ab und folgte einem schmalen Weg, der plötzlich vor einer steilen Böschung endete. Der junge Mann hielt den Wagen an. Sie stiegen aus. Sie standen am Rande eines Abgrunds, und unter ihnen, ungefähr zehn Meter tiefer, zog sich ein schmaler lehmiger Uferstreifen dahin, und dahinter war Wasser, trübes, bräunliches Wasser, das sich im Unabsehbaren verlor.

»Wo sind wir hier?« fragte Tamina bange. Sie hätte Raphael gern gesagt, daß sie zurück wollte, wagte es aber nicht: sie fürchtete, er könnte es ablehnen, und wußte, daß eine Ablehnung ihre Angst noch vergrößern würde.

Sie standen am Rande des Abgrunds, unter ihnen war Wasser und um sie herum Lehm, aufgeweichter Lehm ohne Gras, als sei hier nach Tonerde gegraben worden. Tatsächlich, in unmittelbarer Nähe stand ein verrotteter Bagger.

In diesem Moment erinnerte sich Tamina daran, daß so die Gegend in Böhmen ausgesehen hatte, in der ihr Mann zuletzt gearbeitet hatte, nachdem er seinen Posten verloren und ungefähr hundert Kilometer von Prag entfernt einen Job als Baggerführer angenommen hatte. Er wohnte dort die Woche über in einem Wohnwagen und kam nur sonntags zu Tamina nach Prag. Einmal besuchte sie ihn an einem Werktag. In einer Gegend wie dieser gingen sie dann zusammen spazieren: in aufgeweichter Erde ohne Gras und Bäume, unten nur Ocker und Gelb und oben niedrig hängende graue Wolken. Sie gingen Seite an Seite, in Gummistiefeln, die tief im Matsch einsanken und wegrutschten. Sie waren allein auf der Welt, erfüllt von einem Gefühl der Angst, der Liebe und der verzweifelten Sorge, die sie füreinander hegten.

Das gleiche verzweifelte Gefühl erfaßte sie nun, und sie war glücklich, darin plötzlich und unverhofft ein verlorenes Stück Vergangenheit wiedergefunden zu haben. Es war eine vollkommen verlorene Erinnerung, und es war vielleicht das erste Mal, daß sie wieder auftauchte. Ihr kam der Gedanke, daß sie sie in ihr Heft eintragen sollte! Sogar das genaue Jahr hätte sie gewußt!

Und sie hatte Lust, dem jungen Mann zu sagen, daß sie zurückkehren wolle. Nein, er hatte nicht recht, wenn er ihre Trauer nur noch eine Form ohne Inhalt nannte! Nein, nein, ihr Mann war in dieser Trauer immer noch lebendig, er hatte sich nur verirrt, und sie mußte ihn suchen gehen! Suchen auf der ganzen Welt! Ja, ja! Jetzt hatte sie begriffen! Wer sich erinnern will, darf nicht an einem Ort verweilen und warten, bis die Erinnerungen von selbst kommen! Die Erinnerungen haben sich in alle Himmelsrichtungen verstreut, und man muß reisen, wenn man sie wiederfinden und aus ihren Schlupfwinkeln holen will!

Das wollte sie dem jungen Mann sagen und ihn bitten, sie wieder zurückzufahren. Doch in diesem Augenblick ertönte von unten, vom Wasser her, ein Pfiff.

9.

Raphael faßte Tamina am Arm. Es war ein fester Griff, dem sie sich nicht entziehen konnte. Die Böschung hinunter führte ein schmaler, steiler Zickzackweg. Auf diesem Pfad brachte er sie ans Wasser.

Am Ufer, wo gerade noch keine Spur von Leben zu sehen gewesen war, stand ein etwa zwölfjähriger Junge. An einem Seil hielt er einen Kahn, der sanft auf dem Wasser schaukelte, und er lächelte Tamina an.

Sie drehte sich nach dem jungen Mann um, der ebenfalls lächelte. Sie schaute vom einen zum andern, dann begann Raphael laut zu lachen, und der Junge stimmte mit ein. Es war ein merkwürdiges Lachen, da nichts Lächerliches geschah, zugleich aber war es ansteckend und wohltuend: es forderte Tamina auf, ihre Angst zu vergessen, und versprach ihr etwas Unbestimmtes, Freude vielleicht, vielleicht Frieden, so daß Tamina, die ihrer Angst entrinnen wollte, jetzt gehorsam mitlachte.

»Sehen Sie«, sagte Raphael zu ihr, »Sie haben nichts zu befürchten.«

Tamina stieg in den Kahn, der unter ihr schwankte. Sie setzte sich auf die hintere Bank. Die Bank war feucht. Tamina trug einen leichten Sommerrock und spürte die Feuchtigkeit unter ihrem Hintern. Es war wie eine schlüpfrige Berührung und flößte ihr erneut Angst ein.

Der Junge stieß den Kahn vom Ufer ab und ergriff die Ruder, Tamina drehte den Kopf: Raphael stand am Strand und sah ihnen nach. Er lächelte, und Tamina kam dieses Lächeln irgendwie seltsam vor. Ja! Er lächelte und schüttelte dabei unmerklich den Kopf! Ganz unmerklich schüttelte er den Kopf.

10.

Weshalb fragt Tamina nicht, wohin sie fährt?

Wenn einem das Ziel gleichgültig ist, fragt man nicht, wohin die Reise geht!

Sie betrachtete den Jungen, der ihr gegenüber saß und ruderte. Er kam ihr schwach vor, und seine Ruder viel zu schwer.

»Soll ich dich ablösen?« fragte sie, und der Junge nickte bereitwillig und stand auf.

Sie wechselten die Plätze. Jetzt saß er hinten, er sah Tamina beim Rudern zu und zog ein kleines Tonbandgerät unter dem Sitz hervor. Es erklang Rockmusik, elektrische Gitarren und Gesang. Der Junge fing an, zum Rhythmus leicht den Körper zu bewegen. Tamina schaute ihn angewidert an: dieses Kind bewegte die Hüften kokett wie ein Erwachsener. Seine Bewegungen kamen ihr obszön vor.

Sie senkte den Blick, um den Jungen nicht zu sehen. Da drehte dieser die Musik noch lauter auf und fing selbst an, leise zu singen. Als Tamina ihn nach einer Weile wieder ansah, fragte er sie: »Warum singst du nicht?«

»Ich kenne das Lied nicht.«

»Wieso kennst du es nicht? Das kennen doch alle.«

Er verrenkte sich weiter auf seinem Sitz, und Tamina fühlte sich müde: »Willst du mich nicht wieder für eine Weile ablösen?«

»Ruder weiter«, sagte der Junge lachend.

Tamina war jedoch tatsächlich müde. Sie zog die Ruder in den Kahn, um sich auszuruhen: »Wann sind wir endlich da?«

Er zeigte nach vorn. Sie sah sich um. Das Ufer war nicht mehr fern. Der Anblick unterschied sich von der Landschaft, die sie verlassen hatten: hier war es grün, üppig grün, und voller Bäume.

Wenig später lief der Kahn auf Grund. Am Ufer spielten ungefähr zehn Kinder mit einem Ball, und sie sahen die Ankömmlinge neugierig an. Tamina und der Junge stiegen aus. Er vertäute den Kahn an einem Pflock. Hinter dem Sandstrand erstreckte sich eine lange Platanenallee. Auf dieser Allee gelangten sie nach knapp zehn Minuten zu einem niedrigen, weitläufigen Gebäude. Davor lagen viele seltsame, bunte große Gegenstände, deren Bestimmung Tamina nicht klar war, sowie mehrere Volleyballnetze. Etwas an ihnen war seltsam und befremdlich. Ja, sie waren ganz niedrig über den Boden gespannt.

Der Junge steckte zwei Finger in den Mund und pfiff.

11.

Ein kaum neunjähriges Mädchen erschien. Es hatte ein reizvolles Gesicht und streckte sein Bäuchlein kokett vor, wie die Jungfrauen auf gotischen Bildern. Es sah Tamina mit dem Blick einer Frau, die sich ihrer Schönheit bewußt ist und diese durch ostentative Gleichgültigkeit gegenüber allem, was nicht sie selber ist, noch hervorheben will, ohne sonderliches Interesse an.

Das Mädchen öffnete die Tür des Hauses. Sie traten direkt in einen großen Saal (es gab dort keinen Flur und kein Vorzimmer), der voller Betten war. Es schaute sich eine Weile um, als zählte es die Betten, und zeigte dann auf eines: »Hier schläfst du.«

»Weshalb sollte ich in einem Schlafsaal schlafen?« protestierte Tamina.

»Kinder brauchen keine eigenen Zimmer.«

»Was für Kinder? Ich bin doch kein Kind!«

»Hier gibt es nur Kinder!«

»Es müssen doch irgendwelche Erwachsenen hier sein!«

»Nein, es gibt keine Erwachsenen.«

»Was soll ich denn hier?« schrie Tamina auf.

Das Mädchen ignorierte ihre Aufregung und wandte sich wieder zur Tür. Auf der Schwelle blieb es stehen: »Ich habe dich den Eichhörnchen zugeteilt«, sagte es.

Tamina begriff nicht.

»Ich habe dich den Eichhörnchen zugeteilt«, wiederholte das Kind im Tonfall einer unzufriedenen Lehrerin. »Alle Kinder sind in Gruppen mit Tiernamen eingeteilt.«

Tamina weigerte sich, über Eichhörnchen zu diskutieren. Sie wollte zurück. Sie fragte, wo der Junge sei, der sie hergebracht hatte.

Das Mädchen tat, als habe es Tamina nicht gehört und setzte seine Ausführungen fort.

»Das interessiert mich nicht!« schrie Tamina. »Ich will zurück! Wo ist dieser Junge?«

»Schrei nicht!« Kein Erwachsener konnte überheblicher sein als dieses schöne Kind. »Ich verstehe dich nicht«, fuhr es fort und schüttelte den Kopf, um seinem Erstaunen Ausdruck zu verleihen: »Weshalb bist du hierhergekommen, wenn du wieder weg willst?«

»Ich habe nicht hierher gewollt!«

»Lüg nicht, Tamina. Niemand unternimmt eine lange Reise, ohne zu wissen, wohin er fährt. Gewöhn dir das Lügen ab.«

Tamina kehrte dem Kind den Rücken zu und lief auf die

Platanenallee hinaus. Als sie am Strand angelangt war, suchte sie den Kahn, den der Junge vor knapp einer Stunde dort vertäut hatte. Doch der Kahn war nirgendwo, und einen Pflock gab es auch nicht.

Sie rannte los, um das ganze Ufer abzusuchen. Der Sandstrand verlor sich bald in einem Sumpf, um den sie einen großen Bogen machen mußte, und sie irrte eine Weile herum, bevor sie wieder ans Wasser gelangte. Das Ufer beschrieb einen gleichmäßigen Bogen, und nach ungefähr einer Stunde kam sie (ohne eine Spur vom Kahn oder vom Pflock gefunden zu haben) wieder an die Stelle, wo die Platanenallee auf den Strand mündete. Sie begriff, daß sie sich auf einer Insel befand.

Langsam kehrte sie auf der Allee zum Schlafsaal zurück. Dort stand eine Gruppe von zehn Kindern im Kreis, Mädchen und Jungen zwischen sechs und zwölf Jahren. Als sie sie sahen, riefen sie: »Tamina, komm zu uns!«

Sie machten ihr einen Platz im Kreis.

Und da erinnerte sie sich an Raphael, wie er gelächelt und dabei den Kopf geschüttelt hatte.

Ihr Herz krampfte sich vor Entsetzen zusammen. Achtlos ging sie an den Kindern vorbei, trat in den Schlafsaal und rollte sich auf ihrem Bett zusammen.

12.

Ihr Mann war im Krankenhaus gestorben. Sie hatte ihn so oft wie möglich besucht, aber er war in der Nacht gestorben, allein. Als sie am nächsten Morgen ins Krankenhaus kam und sein Bett leer fand, sagte der alte Mann, der im selben

Zimmer lag, zu ihr: »Madame, Sie sollten sich beschweren! Es ist entsetzlich, wie mit den Toten umgegangen wird!« In seinen Augen stand Angst, denn er wußte, daß auch er bald sterben würde. »Man hat ihn an den Beinen gepackt und über den Boden geschleift. Sie haben geglaubt, ich schlafe. Ich habe aber gesehen, wie sein Kopf gegen die Schwelle geprallt ist.«

Der Tod hat eine doppelte Gestalt: Er ist das Nichtsein. Er ist aber auch das entsetzliche materielle Sein des Leichnams.

Als Tamina noch sehr jung war, hatte sich ihr der Tod nur in seiner ersten Gestalt, der Gestalt des Nichts, offenbart, und das (übrigens ziemlich vage) Grauen vor dem Tod bedeutete die Angst, einmal nicht mehr zu sein. Dieses Grauen hatte sich im Laufe der Jahre verringert und fast ganz verloren (der Gedanke, eines Tages keinen Himmel oder keine Bäume mehr zu sehen, entsetzte sie keineswegs), dafür dachte sie immer öfter an den anderen, materiellen Aspekt des Todes: ihr graute davor, ein Leichnam zu werden.

Ein Leichnam zu sein, kam ihr wie eine unerträgliche Erniedrigung vor. Gerade noch ist man ein menschliches Leben gewesen, geschützt durch Scham und die Heiligkeit der Nacktheit und der Intimität, und dann genügt der Augenblick des Todes, und der Körper ist plötzlich jedermann ausgeliefert, man kann ihn entkleiden, zerlegen, das Innere anschauen, sich vor Ekel über seinen Gestank die Nase zuhalten, ihn in ein Kühlfach oder ins Feuer stoßen. Als sie wollte, daß ihr Mann verbrannt und seine Asche verstreut wurde, war es auch, um sich die qualvolle Vorstellung zu ersparen, was mit seinem Körper geschehen würde.

Und als sie einige Monate danach über ihren Selbstmord nachdachte, wollte sie sich irgendwo weit draußen im Meer ertränken, damit nur die stummen Fische von der Erniedrigung ihres toten Körpers wußten.

Ich habe die Erzählung Thomas Manns bereits erwähnt: ein todkranker junger Mann steigt in einen Zug und quartiert sich in einer ihm unbekannten Stadt ein. In seinem Zimmer steht ein Schrank, aus dem jede Nacht eine quälend schöne, nackte Frau steigt und ihm lange und liebevoll etwas Trauriges erzählt, und diese Frau und diese Erzählung, das ist der Tod.

Es ist der Tod, der liebevoll bläulich ist wie das Nichtsein. Denn das Nichtsein ist unendliche Leere, ein leerer Raum ist blau, und es gibt nichts Schöneres und Tröstlicheres als die blaue Farbe. Es ist kein Zufall, daß Novalis, ein Dichter des Todes, das Blau geliebt und es überall gesucht hat. Die Süße des Todes hat eine blaue Farbe.

Wenn das Nichtsein des jungen Mannes aber so schön war, was ist dann mit seinem Körper geschehen? Ist er an den Beinen über eine Schwelle geschleift worden? Hat man ihm den Bauch aufgeschlitzt? Hat man ihn in eine Grube oder ins Feuer geworfen?

Thomas Mann war damals sechsundzwanzig, und Novalis ist keine dreißig Jahre alt geworden. Ich bin leider älter, und im Unterschied zu ihnen kann ich nicht umhin, an meinen Körper zu denken. Denn der Tod ist nicht blau, und Tamina weiß es ebensogut wie ich. Der Tod ist furchtbare Schwerstarbeit. Mein Vater lag einige Tage lang im Sterben, er fieberte, und ich hatte den Eindruck, als arbeite er. Er war schweißgebadet und ganz auf sein Sterben konzentriert, als überstiege der Tod seine Kräfte. Er merkte nicht einmal mehr, daß ich an seinem Bett saß, er vermochte meine Gegenwart nicht mehr wahrzunehmen, die Todesarbeit hatte ihn völlig erschöpft, er war darauf konzentriert wie ein Reiter auf sein Pferd, der ein entferntes Ziel erreichen will und nur noch über einen letzten Rest an Kraft verfügt.

Ja, er ritt auf einem Pferd.

Wohin er ritt?

Irgendwohin, weit fort, um seinen Körper zu verbergen.

Nein, es ist kein Zufall, daß alle Gedichte über den Tod diesen als Reise darstellen. Thomas Manns junger Mann steigt in einen Zug, Tamina in einen roten Sportwagen. Der Mensch verspürt grenzenlose Sehnsucht zu verreisen, um seinen Körper zu verbergen. Doch diese Reise ist vergebens. Man reitet auf einem Pferd, wird aber im Bett gefunden, und der Kopf prallt gegen die Türschwelle.

13.

Warum ist Tamina auf der Insel der Kinder? Warum stelle ich sie mir gerade dort vor?

Ich weiß es nicht.

Vielleicht, weil ich an einem der Tage, als mein Vater mit dem Tode rang, fröhliche, von Kinderstimmen gesungene Lieder gehört habe?

Östlich der Elbe sind die Kinder in sogenannte Pionierorganisationen eingeteilt. Sie tragen rote Pionierhalstücher, gehen wie Erwachsene zu Versammlungen und singen manchmal die Internationale. Sie haben die lobenswerte Gewohnheit, dieses rote Halstuch gelegentlich irgendeinem bedeutenden Erwachsenen umzubinden und ihn zum Ehrenpionier zu ernennen. Die Erwachsenen mögen das, und je älter sie sind, desto größer ist ihre Freude, von den Kindern das rote Tuch für den Sarg zu bekommen.

Alle haben eines bekommen, Lenin hat es bekommen, Stalin hat es bekommen, Masturbow und Scholochow, Ulbricht und Breschnew, und auch Husák hat anläßlich einer großen Feier, die im Prager Hradschin stattfand, sein Pionierhalstuch bekommen.

An jenem Tag war das Fieber meines Vaters ein bißchen zurückgegangen. Es war im Mai, das Fenster zum Garten stand offen. Aus dem Nachbarhaus drang die Fernsehübertragung dieser Feier durch die Äste der blühenden Apfelbäume zu uns hinüber. Man hörte Lieder in der hohen Tonlage von Kinderstimmen.

Der Arzt war gerade da. Er neigte sich über meinen Vater, der kein einziges Wort mehr sagen konnte. Dann wandte er sich an mich und sagte laut: »Er nimmt nichts mehr wahr. Sein Hirn beginnt sich zu zersetzen.« Ich sah, wie die großen blauen Augen meines Vaters sich noch mehr weiteten.

Als der Arzt gegangen war, wollte ich in schrecklicher Verlegenheit rasch etwas sagen, um diesen Satz zu verscheuchen. Ich deutete aus dem Fenster: »Hörst du? Wie lustig! Heute wird Husák zum Ehrenpionier ernannt!«

Und mein Vater begann zu lachen. Er lachte, um mir zu sagen, daß sein Gehirn noch lebte und ich weiter mit ihm reden und scherzen konnte.

Dann drang Husáks Stimme durch die Apfelbäume: »Kinder! Ihr seid die Zukunft!«

Und nach einer Weile: »Kinder, schaut nie zurück!«

»Ich schließe das Fenster, damit wir ihn nicht hören«, sagte ich augenzwinkernd zum Vater, und er sah mich mit einem unendlich schönen Lächeln an und nickte zustimmend.

Einige Stunden später stieg das Fieber wieder stark an. Er setzte sich auf sein Pferd und ritt noch einige Tage lang. Mich hat er nie mehr gesehen.

14.

Was aber kann Tamina tun, nachdem sie sich einmal unter den Kindern befindet, der Fährmann und der Kahn verschwunden sind und rundum nichts als endloses Wasser ist?

Sie versucht zu kämpfen.

Wie traurig: Als sie noch in der westeuropäischen Kleinstadt war, hat sie sich nie um etwas bemüht, und hier, unter den Kindern (in der Welt der Dinge, die nichts wiegen), wird sie kämpfen?

Und wie will sie überhaupt kämpfen?

Als sie sich am Tag ihrer Ankunft geweigert hat mitzuspielen und auf ihr Bett geflüchtet ist wie in eine uneinnehmbare Burg, hat sie die in der Luft keimende Feindseligkeit der Kinder gespürt und war darüber erschrocken. Diese Feindseligkeit will sie im Keim ersticken. Darum hat sie beschlossen, die Sympathie der Kinder zu gewinnen. Dies setzt allerdings voraus, daß sie sich mit ihnen identifiziert und ihre Sprache spricht. Sie wird sich also freiwillig an den Spielen beteiligen und eigene Einfälle und ihre körperliche Kraft in alle möglichen Unternehmungen einbringen, so daß die Kinder rasch von ihrem Zauber gefangen sind.

Wenn sie sich mit ihnen identifizieren will, muß sie alles Private ablegen. Sie benutzt deshalb den gemeinsamen Waschraum, obwohl sie sich am ersten Tag geweigert hatte, weil sie sich schämte, sich unter den Blicken der Kinder zu waschen.

Der Waschraum, ein großer, gekachelter Raum, ist der Mittelpunkt im Leben der Kinder und der Mittelpunkt ihrer geheimen Gedanken. Auf der einen Seite stehen zehn Klosettschüsseln, auf der andern zehn Waschbecken. Immer sitzt die eine Mannschaft mit hochgezogenen Nachthemden auf den Schüsseln und die andere steht nackt an den Waschbecken. Die Sitzenden schauen sich die Nackten vor den Waschbecken an, die vor den Waschbecken schauen sich nach denen auf den Schüsseln um, und der ganze Raum ist erfüllt von unterdrückter Sinnlichkeit, die in Tamina eine undeutliche Erinnerung an etwas längst Vergessenes wachruft.

Tamina sitzt im Nachthemd auf der Schüssel, und die nackten Tiger an den Waschbecken haben nur Augen für sie. Und dann rauscht die Wasserspülung, die Eichhörnchen stehen von den Schüsseln auf, ziehen ihre langen Nachthemden aus, die Tiger gehen von den Waschbecken in den Schlafsaal, aus dem jetzt die Katzen kommen, sich auf die freigewordenen Schüsseln setzen und die hochgewachsene Tamina mit dem schwarzen Unterbauch und den großen Brüsten betrachten, wie sie mit den Eichhörnchen vor den Waschbekken steht.

Sie schämt sich nicht mehr. Sie spürt, daß ihre erwachsene Sexualität sie zur Königin macht, die über jene herrscht, deren Unterbauch noch glatt ist.

15.

Wie es scheint, war die Reise auf die Insel kein Anschlag gegen sie, wie sie geglaubt hatte, als sie zum ersten Mal den Schlafsaal mit ihrem Bett gesehen hatte. Im Gegenteil, sie befand sich endlich dort, wo sie schon immer hatte sein wollen: sie war weit zurückgefallen in eine Zeit, als es ihren Mann noch nicht gab, als er weder in ihrer Erinnerung noch in ihrer Sehnsucht existierte und es also auch keine Schwere und keine Selbstvorwürfe gab.

Sie, die immer ein ausgeprägtes Schamgefühl gehabt hatte (die Scham war ein treuer Schatten der Liebe), zeigte sich nun Dutzenden fremder Augenpaare nackt. Anfänglich war es befremdend und unangenehm gewesen, doch dann gewöhnte sie sich rasch daran, weil ihre Nacktheit nicht schamlos war, sondern ganz einfach ihre Bedeutung verloren hatte und (wie ihr schien) nicht mehr vielsagend, sondern wortlos, stumm und tot war. Dieser Körper, dessen einzelne Teile von der Geschichte der Liebe gezeichnet waren, war bedeutungslos geworden, und in dieser Bedeutungslosigkeit lagen Erleichterung und Ruhe.

Als sich aber die erwachsene Sinnlichkeit verloren hatte, tauchte nach und nach von weitem wieder eine Welt anderer Erregungen auf. Viele verschüttete Erinnerungen kamen zum Vorschein. Beispielsweise folgende (es ist nicht verwunderlich, daß sie sie längst vergessen hatte, da sie für die erwachsene Tamina unerträglich anstößig und lächerlich sein mußte): Als sie die erste Klasse der Grundschule besuchte, hatte sie ihre schöne junge Lehrerin vergöttert und monatelang davon geträumt, zusammen mit ihr auf der Toilette zu sein.

Jetzt sitzt sie auf der Schüssel, lächelt und schließt die Augen. Sie stellt sich vor, daß sie selbst diese Lehrerin ist und das sommersprossige kleine Mädchen, das auf der Schüssel neben ihr sitzt und sie neugierig mustert, die kleine Tamina von damals. Sie identifiziert sich so sehr mit den sinnlichen Augen des Mädchens, daß sie plötzlich in den fernen Tiefen ihres Gedächtnisses die alte, halbwache Erregung spürt.

16.

Dank Tamina gewannen die Eichhörnchen fast alle Spiele und beschlossen, sie dafür feierlich zu belohnen. Alle Belohnungen und Bestrafungen, die die Kinder sich ausdachten, wurden im Waschraum vollzogen, und Taminas Belohnung bestand darin, dort von allen bedient zu werden: sie selbst würde sich an diesem Abend überhaupt nicht berühren dürfen, alles würden an ihrer Stelle die Eichhörnchen tun, mit der Aufopferung absolut hingebungsvoller Diener.

Und Tamina wurde bedient: zuerst machten sie sie auf der Schüssel sorgfältig sauber, dann halfen sie ihr auf, betätigten die Wasserspülung, zogen ihr das Nachthemd aus, führten sie zum Waschbecken, und alle wollten ihr die Brüste und den Bauch waschen und waren neugierig, wie sie zwischen den Beinen aussah und wie es sich anfühlte. Mitunter hätte sie sie gern weggestoßen, doch das war schwierig: sie konnte den Kindern nicht böse sein, zumal sie das Spiel mit bewundernswerter Konsequenz durchhielten und sich gebärdeten, als täten sie nichts anderes, als Tamina zur Belohung zu bedienen.

Schließlich legten sie sie auf ihr Bett zum Schlafen, und dort fanden sie wieder Tausende entzückender Vorwände, um sich an sie zu drücken und am ganzen Körper zu streicheln. Sie waren schrecklich viele, und Tamina wußte nicht, wem welche Hand und welcher Mund gehörte. Überall spürte sie die Berührungen, vornehmlich jedoch an den Stellen, wo sie anders war als die Kinder. Sie schloß die Augen, und ihr schien, ihr Körper werde geschaukelt, werde langsam geschaukelt, als läge er in einer Wiege: sie empfand eine friedvolle und sonderbare Lust.

Sie spürte, wie diese Lust ihre Mundwinkel zucken ließ.

Wieder öffnete sie die Augen und sah ein Kindergesicht, das ihre Lippen beobachtete und zu einem anderen Kindergesicht sagte: »Schau! Schau!« Nun neigten sich zwei Gesichter über sie und beobachteten gierig ihre zuckenden Mundwinkel, als schauten sie ins Innere einer auseinandermontierten Uhr oder auf eine Fliege, der sie die Flügel ausgerissen hatten.

Sie aber hatte den Eindruck, ihre Augen sähen etwas ganz anderes, als was ihr Körper fühlte, und die über sie gebeugten Kinder stünden in keinem Zusammenhang mit dieser stillen, wiegenden Lust, die sie empfand. Und so schloß sie erneut ihre Augen und genoß ihren Körper, denn es war das erste Mal in ihrem Leben, daß der Körper Genuß empfand in Abwesenheit der Seele, die sich nichts vorstellte, sich an nichts erinnerte und still und leise den Raum verlassen hatte.

17.

Als ich fünf Jahre alt war, hat mein Vater mir folgende Geschichte erzählt: Jede Tonart ist ein kleiner Königshof. Dort herrscht ein König (die erste Stufe), der zwei Adjutanten hat (die fünfte und die vierte Stufe). Ihnen unterstehen vier andere Würdenträger, von denen jeder eine ganz besondere Beziehung zum König wie auch zu dessen Adjutanten hat. Außerdem sind am Königshof fünf weitere Töne untergebracht, die man chromatisch nennt. Diese haben zwar eine wichtige Stellung in anderen Tonarten inne, sind hier jedoch bloße Gäste.

Da jede der zwölf Noten ihre eigene Stellung, ihren Titel und ihre Funktion hat, ist die Komposition, die wir hören, mehr als bloße Klangfülle; vor uns entwickelt sich vielmehr eine Handlung. Manchmal sind die Vorkommnisse verwikkelt (wie zum Beispiel bei Mahler und mehr noch bei Bartók oder Strawinsky), es intervenieren Prinzen verschiedener Höfe, so daß man auf einmal nicht mehr weiß, welchem Hof ein bestimmter Ton eigentlich dient oder ob er nicht etwa in den Diensten mehrerer Könige steht. Aber selbst in einem solchen Fall kann noch der naivste Zuhörer wenigstens in groben Zügen erraten, worum es geht. Selbst die komplizierteste Musik ist immer noch *Sprache*.

Das hat mir mein Vater erzählt, und die Fortsetzung stammt von mir: Eines Tages stellte ein großer Mann fest, daß die Sprache der Musik sich in den tausend Jahren erschöpft hatte und unfähig geworden war, etwas anderes als die immer gleiche Botschaft von sich zu geben. Durch ein revolutionäres Dekret setzte er die Hierarchie der Töne außer Kraft und machte sie alle gleich. Er erlegte ihnen eine strenge Disziplin auf, um zu verhindern, daß ein Ton in einer Partitur häufiger auftrat als ein anderer und sich auf diese Weise die alten feudalen Privilegien wieder aneignete. Die Königshöfe wurden ein für allemal abgeschafft und durch ein einziges Reich ersetzt, das auf einer Gleichheit namens Dodekaphonie beruhte.

Der Klang der Musik war womöglich noch interessanter als zuvor, doch der Mensch, der es seit tausend Jahren gewöhnt war, die Intrigen der Königshöfe zu verfolgen, hörte einen Klang, den er nicht verstand. Übrigens hatte das Reich der Dodekaphonie keinen langen Bestand. Nach Schönberg kam Varese, und dieser zerstörte nicht nur die Tonarten, sondern auch den Ton selbst (den Ton der menschlichen Stimme und der Musikinstrumente), indem er ihn durch eine raffinierte Organisation verschiedener Geräusche ersetzte, die zwar hinreißend ist, aber die Geschichte von etwas Neuem einleitet, das auf anderen Grundlagen und einer anderen Sprache beruht.

Als Milan Hübl in meinem Prager Appartement seine Betrachtungen über das mögliche Verschwinden des tschechischen Volkes im russischen Reich anstellte, war uns beiden klar, daß dieser Gedanke, obwohl berechtigt, uns überstieg und wir vom *Unvorstellbaren* sprachen. Der Mensch selbst ist zwar sterblich, er kann sich aber weder ein Ende des Raums noch ein Ende der Zeit, weder ein Ende der Geschichte noch ein Ende einer Nation vorstellen, er lebt also ständig in einer vermeintlichen Unendlichkeit.

Menschen, die vom Fortschrittsgedanken fasziniert sind, ahnen nicht, daß uns jeder Schritt vorwärts zugleich dem Ende näher bringt und in den frohen Parolen *immer weiter* und *vorwärts* die laszive Stimme des Todes mitschwingt, die uns zur Eile drängt.

(Wenn die Faszination des Wortes *vorwärts* heute universell geworden ist, bedeutet das nicht vor allem, daß der Tod schon aus unmittelbarer Nähe zu uns spricht?)

Zu der Zeit, als Arnold Schönberg das Reich der Dodekaphonie gründete, war die Musik reicher denn je und trunken von der eigenen Freiheit. Niemandem wäre es im Traum eingefallen, daß das Ende so nahe sein könnte. Keine Müdigkeit! Keine Dämmerung! Schönberg handelte aus dem jugendlichsten Geist der Kühnheit. Er war von dem berechtigten Stolz erfüllt, daß der einzige Weg, der weiterführte, jener Weg war, den er gewählt hatte. Die Geschichte der Musik ging in einer Blüte von Kühnheit und Sehnsucht zu Ende.

18.

Wenn es stimmt, daß die Geschichte der Musik zu Ende ist, was ist dann von ihr übriggeblieben? Stille?

Ach woher, es gibt immer mehr Musik, um ein Vielfaches mehr, als es in ihren glorreichsten Epochen gegeben hat. Sie ertönt aus Lautsprechern an Häusern, aus gräßlichen Boxen in Wohnungen und Lokalen, aus kleinen Transistorradios, die von den Leuten durch die Straßen getragen werden.

Schönberg ist tot, Ellington ist tot, die Gitarare jedoch ist ewig. Stereotype Harmonie, abgedroschene Melodien und Rhythmen, die um so markanter wirken, je monotoner sie sind, das ist es, was von der Musik übriggeblieben ist, das ist die Ewigkeit der Musik. Dank dieser einfachen Notenkombinationen können sich alle verbrüdern, denn es ist das Sein selbst, das darin freudig sein *Da bin ich!* schreit. Kein Einverständnis ist lauter und einmütiger als das simple Einverständnis mit dem Sein. Darin sind sich Araber und Juden, Tschechen und Russen einig. Die Körper bewegen sich im Rhythmus der Töne, trunken vom Bewußtsein der eigenen Existenz. Keine Komposition Beethovens wurde mit der kollektiven Leidenschaft erlebt, die die sich eintönig wiederholenden Schläge in die Gitarre auszulösen vermögen.

Als ich mit meinem Vater ungefähr ein Jahr vor seinem Tod den gewohnten Spaziergang um den Häuserblock herum machte, erklangen an jeder Ecke Lieder. Je trauriger die Menschen waren, desto häufiger spielten ihnen die Lautsprecher etwas vor. Die Lautsprecher forderten das besetzte Land auf, die Bitternis der Geschichte zu vergessen und sich den Freuden des Lebens hinzugeben. Der Vater blieb stehen, schaute zum Gerät empor, aus dem der Lärm kam, und ich sah ihm an, daß er mir etwas sehr Wichtiges mitteilen wollte.

Angestrengt konzentrierte er sich, um das, was er dachte, zu formulieren, und dann sagte er langsam und mühevoll: »Die Idiotie der Musik.«

Was wollte er damit sagen? Wollte er etwa die Musik beleidigen, die Liebe seines Lebens? Nein, ich glaube, er wollte mir sagen, daß es einen *ursprünglichen Zustand der Musik* gibt, einen Zustand, der ihrer Geschichte vorausgeht, einen Zustand vor der ersten Frage, einen Zustand vor dem ersten Nachdenken, vor der Entstehung des Spiels mit Motiven und Themen. In diesem ursprünglichen Zustand der Musik (in der Musik ohne Gedanken) wird die substantielle Idiotie des menschlichen Seins sichtbar. Über diese substantielle Idiotie hat sich die Musik nur durch eine gewaltige Anstrengung von Geist und Herz erhoben, und das war dieser schöne Bogen, der sich über der jahrhundertealten Geschichte Europas gewölbt hat und auf dem Höhepunkt seines Flugs verlöscht ist wie die Rakete eines Feuerwerks.

Die Geschichte der Musik ist sterblich, die Idiotie der Gitarren hingegen ewig. Heutzutage ist die Musik in ihren ursprünglichen Zustand zurückgekehrt. Es ist der Zustand nach der letzten Frage, der Zustand nach dem letzten Nachdenken, der Zustand nach der Geschichte.

Als der tschechische Schlagersänger Karel Klos im Jahre 1972 ins Ausland reiste, wurde Husák von Entsetzen gepackt. Und er schrieb ihm (im August 1972) sofort einen persönlichen Brief nach Frankfurt. Ich zitiere daraus wörtlich, ohne etwas hinzuzufügen: »Lieber Karel, wir sind Ihnen nicht böse. Bitte, kommen Sie zurück, wir werden alles für Sie tun, was Sie sich wünschen. Wir helfen Ihnen, Sie helfen uns...«

Denken wir einen Moment darüber nach: ohne mit der Wimper zu zucken, ließ Husák Ärzte, Wissenschaftler,

Astronomen, Sportler, Regisseure, Kameraleute, Arbeiter, Ingenieure, Architekten, Historiker, Journalisten, Schriftsteller und Maler in die Emigration gehen, den Gedanken jedoch, daß Karel Klos das Land verließ, konnte er nicht ertragen. Denn Karel Klos repräsentierte die Musik ohne Gedächtnis, jene Musik, in der Beethovens und Ellingtons Knochen und Palestrinas und Schönbergs Asche für immer begraben sind.

Der Präsident des Vergessens und der Idiot der Musik gehörten zusammen. Sie arbeiteten an demselben Werk. *Wir helfen Ihnen, Sie helfen uns.* Sie konnten ohne einander nicht auskommen.

19.

Doch in dem Turm, in dem die Weisheit der Musik herrscht, sehnt man sich manchmal nach diesem monotonen Rhythmus des geistlosen Geschreis, das draußen ertönt und in dem alle Menschen Brüder sind. All seine Zeit nur mit Beethoven zu verbringen, ist gefährlich, gefährlich wie alle privilegierten Stellungen.

Tamina hatte sich immer ein bißchen geschämt zuzugeben, daß sie mit ihrem Mann glücklich war. Sie hatte Angst, man könnte sie dafür hassen.

Deshalb hegt sie heute gespaltene Gefühle: Die Liebe ist ein Privileg, alle Privilegien sind unverdient, und man muß dafür bezahlen. Sie war zur Strafe hier unter den Kindern.

Doch unmittelbar darauf machte dieses Gefühl einem anderen Platz: Das Privileg der Liebe ist nicht nur ein Paradies, es ist auch die Hölle. Das Leben in Liebe verläuft in ständiger

Spannung, Angst und Rastlosigkeit. Sie war also hier unter den Kindern, um zur Belohnung endlich Erholung und Ruhe zu finden.

Ihre Sexualität war bislang von der Liebe besetzt gewesen (ich sage besetzt, weil Sex nicht Liebe ist, sondern lediglich ein Bereich, den die Liebe sich aneignet), sie war somit Bestandteil von etwas Dramatischem, Verantwortungsvollem, Ernstem und angstvoll Gehütetem gewesen. Hier unter den Kindern, im Reich des Bedeutungslosen, wurde die sexuelle Aktivität endlich zu dem, was sie ursprünglich gewesen war: zu einem Spielchen zur Erzeugung von körperlicher Lust.

Oder anders ausgedrückt: die aus der *teuflischen* Bindung an die Liebe befreite Sexualität wurde zu einer *engelhaft* einfachen Freude.

20.

War die erste Vergewaltigung Taminas durch die Kinder voll von überraschender Bedeutung gewesen, verlor die gleiche Situation in der Wiederholung schnell den Charakter einer Botschaft und wurde zu einer immer inhaltsloseren und schmutzigeren Routine.

Bald gab es Streit unter den Kindern. Jene, die von den Liebesspielen fasziniert waren, begannen jene zu hassen, denen diese Spiele gleichgültig waren. Und unter denen, die Taminas Liebhaber geworden waren, brach Haß aus zwischen denen, die sich protegiert und denen, die sich zurückgewiesen fühlten. Und bald richtete sich der ganze Groll gegen Tamina und fiel auf sie zurück.

Als die Kinder sich eines Tages wieder über Taminas nackten Körper neigten (sie standen neben dem Bett, knieten darauf, saßen rittlings auf ihrem Körper oder kauerten neben ihrem Kopf und zwischen ihren Beinen), spürte sie plötzlich einen brennenden Schmerz. Eines der Kinder hatte sie heftig in die Brustwarze gekniffen. Sie stieß einen Schrei aus und konnte sich nicht beherrschen: sie stieß alle Kinder vom Bett und schlug mit den Armen um sich.

Sie wußte, die Ursache des Schmerzes war weder Zufall noch Sinnlichkeit: einige der Kinder haßten sie und wollten ihr wehtun. In diesem Moment setzte sie den Liebesspielen mit den Kindern ein Ende.

21.

Unversehens herrscht kein Frieden mehr im Reich, in dem die Dinge leicht sind wie ein Windhauch.

Sie spielen Himmel und Hölle und hüpfen von einem Feld ins andere, zuerst auf dem rechten, dann auf dem linken und schließlich auf beiden Beinen. Auch Tamina hüpft mit. (Ich sehe ihren hochgewachsenen Körper zwischen den kleinen Kindergestalten, sie hüpft, die Haare flattern um ihr Gesicht, und in ihrem Herzen fühlt sie unendliche Langeweile.) In diesem Moment fangen die Kanarienvögel an zu schreien, sie sei auf die Linie getreten.

Die Eichhörnchen protestieren. Dann beugen sich beide Mannschaften über die Linie und suchen den Abdruck von Taminas Fuß. Doch der in den Sand gezeichnete Strich hat undeutliche Konturen und die Spur von Taminas Schuh ebenfalls. Der Fall ist strittig, die Kinder schreien einander an, der Streit dauert schon eine Viertelstunde und sie sind immer stärker darin verstrickt.

In diesem Moment macht Tamina eine schicksalsschwere Geste. Sie winkt ab und sagt: »Also gut. Dann bin ich eben darauf getreten.«

Die Eichhörnchen schreien sie an, das sei nicht wahr, sie habe den Verstand verloren und lüge, sie sei nicht auf die Linie getreten. Aber der Streit ist für sie bereits verloren, die von Tamina dementierte Behauptung hat kein Gewicht mehr, und die Kanarienvögel brechen in Siegesgeheul aus.

Die Eichhörnchen toben, sie schreien Tamina an, sie sei eine Verräterin, und ein Junge stößt so fest gegen sie, daß sie fast hingefallen wäre. Sie schlägt um sich, und das ist für die Kinder das Signal, um sich auf sie zu stürzen. Tamina wehrt sich, sie ist erwachsen, sie ist stark (und haßerfüllt, o ja, schließlich verprügelt sie diese Kinder, als verprügelte sie alles, was sie je im Leben gehaßt hat), die Kinder haben Nasenbluten, und dann kommt ein Stein geflogen und trifft Tamina an der Stirn, sie taumelt, greift sich an den Kopf, beginnt zu bluten, und die Kinder weichen zurück. Auf einmal herrscht Stille, und Tamina geht langsam in den Schlafsaal. Sie legt sich auf ihr Bett, entschlossen, nie wieder an irgendwelchen Spielen teilzunehmen.

22.

Ich sehe, wie Tamina mitten im Schlafsaal voller Betten steht. Sie ist den Blicken aller Kinder ausgeliefert. Aus einer Ecke tönt es: »Titten, Titten!« die anderen stimmen mit ein, und Tamina hört den skandierten Ruf: »Titten, Titten, Titten...«

Was noch vor kurzem ihr Stolz und ihre Waffe gewesen war, die schwarzen Härchen am Unterbauch und die schönen Brüste, war nun zur Zielscheibe von Beleidigungen geworden. Ihre erwachsene Reife hatte sich in den Augen der Kinder in etwas Abartiges verwandelt: die Brüste waren absurd wie eine Geschwulst und der Unterbauch, unmenschlich mit seiner Behaarung, erinnerte an ein Tier.

Es folgten Tage der Treibjagd. Die Kinder jagten sie über die Insel, sie warfen mit Hölzern und Steinen nach ihr. Tamina versteckte sich, sie floh und hörte von allen Seiten ihren Namen: »Titten, Titten...«

Es gibt nichts Schmachvolleres als die Flucht des Starken vor dem Schwachen. Doch die Kinder sind zahlreich. Tamina rennt davon und schämt sich, daß sie vor ihnen davonrennt.

Einmal lauert sie ihnen auf. Sie sind zu dritt, und sie verprügelt eines der Kinder, bis es hinfällt und die anderen beiden Reißaus nehmen. Sie ist aber schneller. Schon hat sie sie an den Haaren gepackt.

Und da fallen ein Netz und dann noch weitere auf sie nieder. Ja, alle Volleyballnetze, die knapp über dem Boden vor dem Schlafsaal aufgespannt waren. Sie hatten hier auf Tamina gewartet. Die drei Kinder, die sie gerade verprügelt hat, sind nur Köder gewesen. Jetzt ist sie in einem Knäuel von Seilen gefangen, sie windet sich, schlägt um sich, und die Kinder schleppen sie grölend hinter sich her.

23.

Warum sind diese Kinder so böse?

Ach woher, sie sind gar nicht böse. Im Gegenteil, sie sind voller Herzlichkeit und hören nicht auf, einander Freundschaftsbeweise zu liefern. Keines will Tamina ganz für sich allein. Man hört immer wieder *schau, schau*. Tamina ist im Knäuel der Netze gefangen, die Seile schneiden in ihre Haut ein, und die Kinder zeigen einander Taminas Blut, deren Tränen und schmerzverzerrte Grimassen. Großzügig bieten sie sie einander an. Sie ist zum Kitt ihrer Verbrüderung geworden.

Taminas Unglück liegt nicht darin, daß die Kinder böse sind, sondern daß sie sich jenseits der Grenze von deren Welt befindet. Der Mensch lehnt sich nicht auf, wenn im Schlachthaus Kälber geschlachtet werden. Das Kalb steht außerhalb des menschlichen Gesetzes, genauso, wie Tamina außerhalb des Gesetzes der Kinder steht.

Wenn jemand von bitterem Haß erfüllt ist, ist es Tamina und nicht die Kinder. Deren Lust wehzutun ist positiv, heiter und kann zu Recht Freude genannt werden. Jemandem, der jenseits der Grenze ihrer Welt steht, wollen sie nur deshalb wehtun, um die eigene Welt und deren Gesetze zu verherrlichen.

24.

Die Zeit arbeitet, und alle Freuden und Vergnügen verlieren durch Wiederholung ihren Reiz; auch die Jagd auf Tamina. Übrigens sind die Kinder tatsächlich nicht böse. Der Junge, der auf sie gepinkelt hat, als sie in die Volleyballnetze gewickelt unter ihm lag, lächelt sie eines Tages mit einem unschuldigen, lieben Lächeln an.

Wortlos beteiligt sich Tamina wieder an den Spielen. Sie hüpft wieder von einem Feld ins andere, zuerst auf dem einen, dann auf dem anderen und schließlich auf beiden Beinen. Sie tritt zwar nie mehr in die Welt der Kinder ein, hütet sich aber ebenso davor, außerhalb zu stehen. Sie bemüht sich, sich genau auf der Grenze zu bewegen.

Aber gerade diese Beruhigung, diese Normalität, dieser auf einem Kompromiß beruhende Modus vivendi birgt das ganze Grauen der Dauerhaftigkeit in sich. Wenn die Treibjagden Tamina die Existenz der Zeit und deren Unendlichkeit haben vergessen lassen, so ist jetzt, nach dem Ende der brutalen Angriffe, die Wüste der Zeit aus dem Halbdunkel getreten, entsetzlich und erdrückend, der Ewigkeit ähnlich.

Prägen Sie sich dieses Bild nochmals ein: Tamina muß von einem Feld ins andere hüpfen, zuerst auf dem einen, dann auf dem andern und schließlich auf beiden Beinen, und es muß wichtig für sie sein, ob sie auf eine Linie getreten ist oder nicht. Sie muß täglich hüpfen und dabei die Last der Zeit auf ihren Schultern tragen wie ein Kreuz, das von Tag zu Tag schwerer wird.

Blickt sie noch zurück? Denkt sie noch an ihren Mann und an Prag?

Nein. Nicht mehr.

25.

Um das Podium herum irrten die Gespenster der gestürzten Denkmäler, und oben stand der Präsident des Vergessens mit dem roten Pioniertuch. Die Kinder klatschten und riefen seinen Namen.

Seither sind acht Jahre vergangen, aber in meinem Kopf erklingen noch immer die Worte, die damals durch die blühenden Äste der Apfelbäume gedrungen waren.

Kinder, ihr seid die Zukunft, hatte der Präsident gesagt, und heute weiß ich, daß diese Worte eine andere Bedeutung hatten, als man im ersten Augenblick glauben könnte. Die Kinder sind nicht deshalb die Zukunft, weil sie eines Tages erwachsen sein werden, sondern weil die Menschheit immer mehr einem Kind ähneln wird, weil die Kindheit das Bild der Zukunft ist.

Kinder, schaut nie zurück, hatte der Präsident gerufen, was bedeutete, wir dürfen nie zulassen, daß die Zukunft sich unter der Last des Gedächtnisses beugt. Denn auch die Kinder sind ohne Vergangenheit, und einzig darin liegt das Geheimnis der magischen Unschuld ihres Lächelns.

Die Geschichte besteht aus einer Abfolge vergänglicher Veränderungen, während die ewigen Werte außerhalb der Geschichte bestehen, unveränderlich sind und kein Gedächtnis brauchen. Husák ist Präsident des Ewigen, nicht des Vergänglichen. Er steht auf seiten der Kinder, die Kinder sind das Leben, und das Leben bedeutet »sehen, hören, berühren, trinken, essen, urinieren, defäkieren, ins Wasser tauchen und den Himmel anschauen, lachen und weinen«.

Als Husák seine Rede an die Kinder beendet hatte (da hatte ich das Fenster schon geschlossen, und der Vater schickte sich wieder an, sein Pferd zu besteigen), ist angeblich Karel Klos aufs Podium gestiegen und hat gesungen. Husák seien Tränen der Rührung über die Wangen geronnen, und das sonnige Lächeln, das von überall her erstrahlte, habe sich in diesen Tränen widergespiegelt. In diesem Augenblick habe sich das große Wunder des Regenbogens über Prag ausgebreitet.

Die Kinder hoben ihre Köpfe, sahen den Regenbogen und fingen an zu lachen und zu klatschen.

Der Idiot der Musik sang sein Lied zu Ende, und der Präsident des Vergessens breitete die Arme aus und rief: *Kinder, leben bedeutet Glück!*

26.

Über der Insel widerhallt das Geschrei eines Liedes und der Lärm elektrischer Gitarren. Auf dem Spielplatz vor dem Schlafsaal liegt ein Tonbandgerät auf dem Boden. Daneben steht ein Junge, und Tamina erkennt in ihm den Fährmann, der sie vor langer Zeit auf diese Insel gebracht hat. Sie ist aufgeregt. Wenn es der Fährmann ist, muß hier auch irgendwo der Kahn sein. Sie weiß, sie darf sich diese Gelegenheit nicht entgehen lassen. Ihr Herz klopft heftig, und sie konzentriert ihre Gedanken von diesem Moment an nur noch auf die Flucht.

Der Junge schaut gebannt auf das Tonbandgerät und bewegt seine Hüften. Die Kinder laufen auf dem Spielplatz zusammen und tun es ihm gleich: sie schieben abwechselnd die Arme nach vorn, neigen den Kopf nach hinten, bewegen die Hände mit ausgestreckten Zeigefingern, als drohten sie jemandem, und schreien das Lied mit, das aus dem Tonbandgerät kommt.

Tamina hat sich hinter dem dicken Stamm einer Platane versteckt, sie möchte nicht gesehen werden, kann aber den Blick nicht von den Kindern lösen. Sie benehmen sich herausfordernd kokett wie Erwachsene, indem sie die Hüften vorwärts und rückwärts bewegen, als ahmten sie einen Geschlechtsakt nach. Die Laszivität der auf die Kinderkörper aufgeklebten Bewegungen hebt den Gegensatz zwischen Obszönität und Unschuld, zwischen Reinheit und Verderbtheit auf. Die Sinnlichkeit wird absurd, die Unschuld wird absurd, der Wortschatz zerfällt und Tamina fühlt sich kläglich: als hätte sie im Magen ein großes Loch.

Und die Idiotie der Gitarren dringt zu ihr hinüber, die Kinder tanzen, strecken kokett ihre Bäuchlein vor, und Tamina verspürt Ekel vor den Dingen, die nichts wiegen. Dieses große Loch im Magen, das ist das unerträgliche Fehlen von Schwere. Und so, wie ein Extrem sich jederzeit in sein Gegenteil verwandeln kann, ist die maximale Leichtigkeit zu einer entsetzlichen *Schwere der Leichtigkeit* geworden, und Tamina weiß, daß sie nicht mehr fähig ist, sie auch nur einen Augenblick länger zu ertragen. Sie dreht sich um und läuft los.

Sie läuft die Platanenallee hinunter zum Wasser.

Schon ist sie am Ufer. Sie schaut sich um. Doch kein Kahn ist zu sehen.

Genau wie am ersten Tag läuft sie das Ufer entlang um die ganze Insel, um ihn zu suchen. Doch sie findet keinen Kahn. Schließlich kehrt sie dorthin zurück, wo die Platanenallee in den Strand mündet. Dort sieht sie, wie die Kinder aufgeregt herumrennen.

Sie bleibt stehen.

Die Kinder entdecken sie und stürzen schreiend auf sie zu.

27.

Sie sprang ins Wasser.

Nicht etwa aus Angst. Lange schon hatte sie daran gedacht. Die Bootsfahrt auf die Insel hatte schließlich nicht sehr lange gedauert. Selbst wenn das andere Ufer nicht zu sehen war, mußte es in den menschlichen Kräften liegen hinüberzuschwimmen!

Die Kinder waren schreiend zur Stelle gelaufen, an der Tamina das Ufer verlassen hatte, und ein paar Steine fielen neben ihr ins Wasser. Aber sie schwamm rasch und entkam der Schußweite der schwachen Kinderarme.

Sie schwamm und fühlte sich zum ersten Mal nach unglaublich langer Zeit wohl. Sie spürte ihren Körper, spürte seine alte Kraft. Sie war immer eine hervorragende Schwimmerin gewesen, das Schwimmen hatte ihr immer Spaß gemacht. Das Wasser war kalt, aber sie genoß diese Kälte. Ihr schien, als wasche das Wasser allen Kinderdreck, allen Kinderspeichel, alle Kinderblicke von ihr ab.

Sie schwamm lange, und inzwischen versank die Sonne langsam im Wasser.

Dann dämmerte es, bald war es finster, man sah weder den Mond noch die Sterne, und Tamina bemühte sich, die eingeschlagene Richtung einzuhalten.

28.

Wohin wollte sie eigentlich zurückkehren? Nach Prag?

Sie wußte nichts mehr davon.

In die kleine Stadt im Westen Europas?

Nein. Sie wollte ganz einfach weg.

Bedeutet dies, daß sie sterben wollte?

Nein, nein, gewiß nicht. Ganz im Gegenteil, sie hatte wahnsinnige Lust zu leben.

Aber irgendwie mußte sie doch eine Vorstellung von der Welt haben, in der sie leben wollte!

Sie hatte keine Vorstellung. Von allem waren ihr nur die wahnsinnige Lust zu leben und ihr Körper geblieben. Nur diese beiden Dinge, sonst nichts. Sie wollte sie von der Insel fortschaffen, um sie zu retten. Ihren Körper und die Lust zu leben.

29.

Dann brach der Tag an. Sie strengte ihre Augen an, ob nicht irgendwo das Ufer zu sehen war.

Aber vor ihr war nichts als Wasser. Sie schaute hinter sich. Ein Stück von ihr entfernt, keine hundert Meter, lag das Ufer der grünen Insel.

War sie die ganze Nacht im Kreis geschwommen? Sie wurde von Verzweiflung übermannt, und in dem Moment, als sie die Hoffnung verlor, spürte sie, wie ihre Glieder schwach wurden und daß das Wasser unerträglich eisig war. Sie schloß die Augen und versuchte weiterzuschwimmen. Sie hoffte nicht mehr, das andere Ufer zu erreichen, sie dachte jetzt nur noch an ihren Tod und wollte irgendwo mitten im Wasser sterben, fern von jedem Kontakt, allein, nur mit den Fischen. Ihr fielen die Augen zu, sie mußte für einen Moment eingenickt sein, denn plötzlich hatte sie Wasser in den Lungen, sie hustete, rang nach Luft, und mitten in diesem Husten hörte sie plötzlich Kinderstimmen.

Sie strampelte, hustete und schaute um sich. Einige Züge von ihr entfernt war der Kahn, und in dem Kahn einige der Kinder. Sie schrien. Als sie sahen, daß Tamina sie bemerkt hatte, verstummten sie. Sie fuhren auf sie zu und starrten sie an. Auf ihren Gesichtern lag grenzenlose Erregung.

Sie hatte Angst, die Kinder könnten sie retten wollen und sie würde wieder mit ihnen spielen müssen. Da spürte sie, wie erschöpft sie war und wie ihre Glieder steif wurden.

Der Kahn kam ganz nahe heran, und fünf Kindergesichter beugten sich gierig über sie.

Tamina schüttelte verzweifelt den Kopf, als wollte sie ihnen sagen, laßt mich sterben, rettet mich nicht.

Doch ihre Befürchtungen waren überflüssig. Die Kinder rührten sich nicht, keiner streckte ihr ein Ruder oder eine Hand hin, keiner wollte sie retten. Sie schauten sie nur mit weit aufgerissenen, gierigen Augen an und beobachteten sie. Ein Junge steuerte mit dem Ruder, damit der Kahn in ihrer Nähe blieb.

Wieder kam Wasser in ihre Lungen, sie hustete, schlug mit den Armen um sich, weil sie spürte, daß sie sich nicht mehr über Wasser halten konnte. Ihre Beine wurden immer schwerer. Sie zogen sie wie Gewichte hinunter in die Tiefe.

Ihr Kopf tauchte unter. Sie machte noch einige abrupte Bewegungen, kam wieder hoch und sah dabei jedesmal den Kahn und die Kinderaugen, die sie beobachteten.

Dann verschwand sie unter dem Wasserspiegel.

In diesem Teil wurde zitiert aus:
Annie Leclerc: Parole de femme, 1974

SIEBTER TEIL

Die Grenze

1.

Was ihn an den Frauen beim Liebesakt immer am meisten interessierte, war das Gesicht. Die Körper schienen mit ihren Bewegungen eine große Filmrolle abzuspulen, und auf den Gesichtern lief dann wie im Fernsehen ein hinreißender Film voller Erregungen, Erwartungen, Gefühlsausbrüche, Schmerzen, Schreie, Rührungen und Tränen. Edwiges Gesicht jedoch war wie ein ausgeschalteter Bildschirm, und während Jan sie unentwegt anschaute, quälte er sich mit Fragen, auf die er keine Antwort fand: Langweilte sie sich? War sie müde? Machte ihr die Liebe keinen Spaß? War sie bessere Liebhaber gewöhnt? Oder verbargen sich unter der glatten Oberfläche ihres Gesichts Genüsse, von denen er nichts ahnte?

Er hätte sie natürlich fragen können. Doch es ging etwas Merkwürdiges in ihnen beiden vor. Sie, die sonst gesprächig und offen waren, verstummten in dem Moment, in dem ihre nackten Körper sich umarmten.

Er hatte sich diese Stummheit nie richtig erklären können. Vielleicht rührte sie daher, daß Edwige in ihren nichterotischen Beziehungen immer initiativer war als er. Obwohl sie jünger war, hatte sie in ihrem Leben bestimmt schon mindestens dreimal mehr Worte ausgesprochen und zehnmal mehr Belehrungen und Ratschläge erteilt als er, so daß sie ihm vorkam wie eine gute, weise Mutter, die ihn bei der Hand genommen hatte, um ihn durchs Leben zu führen.

Er stellte sich oft vor, ihr während der Liebe obszöne Wörter ins Ohr zu hauchen. Doch dieser Versuch scheiterte schon in seinen Vorstellungen. Er war sich sicher, daß auf ihrem Gesicht ein mildes Lächeln der Ablehnung und der liebevollen Nachsicht aufgetaucht wäre, das Lächeln einer Mutter, die ihr Söhnchen beobachtet, wie es gerade Kekse aus der Speisekammer stibitzt.

Oder er stellte sich vor, ihr nur gerade ein ganz banales: *gefällt es dir?* zuzuflüstern. Bei anderen Frauen klang allein schon diese einfache Frage lasterhaft. Sie benannte, wenn auch nur durch das dezente Wörtchen *es*, den Liebesakt und weckte somit den Wunsch nach weiteren Wörtern, in denen sich die körperliche Liebe spiegelte wie in einer Spiegelgalerie. Er glaubte Edwiges Antwort schon im voraus zu kennen: Klar gefällt es mir, würde sie geduldig erklären. Glaubst du etwa, ich tue freiwillig etwas, das mir nicht gefällt? Sei doch logisch, Jan.

Also sagte er keine obszönen Wörter zu ihr und fragte sie auch nicht, ob es ihr gefalle, sondern schwieg, während ihre Körper sich kraftvoll und lange bewegten und sie eine leere Filmrolle abspulten, auf der es keinen Film mehr gab.

Oft kam ihm jedoch der Gedanke, daß er an der Stummheit ihrer Nächte selber schuld war. Er hatte sich ein karikierendes Bild von Edwige als seiner Geliebten gemacht, das nun zwischen ihnen beiden stand und verhinderte, daß er zur wirklichen Edwige vordrang, in ihre Sinne und ihre obszönen Dunkelzonen. Wie dem auch war, nach jeder dieser stummen Nächte gelobte er sich, nicht mehr mit ihr zu schlafen. Er mochte sie als kluge, treue, unersetzliche Freundin, nicht aber als Geliebte. Doch es war unmöglich, die Geliebte von der Freundin zu trennen. Jedesmal, wenn Jan und Edwige sich trafen, saßen sie bis spät in die Nacht zusammen. Edwige trank, redete und belehrte, und erst wenn Jan fast umfiel vor Müdigkeit, verstummte sie plötzlich, und auf ihrem Gesicht erschien ein seliges, friedvolles Lächeln. In diesem Augenblick, gleichsam geleitet von einer unwiderstehlichen Suggestion, berührte Jan ihre Brust, und sie stand auf und fing an sich auszuziehen.

Warum will sie mit mir schlafen? fragte er sich oft, ohne eine Antwort zu finden. Er wußte nur, daß ihre schweigsamen Liebesakte unausweichlich waren, so wie es unausweichlich ist, daß der Bürger beim Abspielen der Nationalhymne Haltung annimmt, obwohl es mit Sicherheit weder ihm noch seinem Vaterland Spaß macht.

2.

Während der vergangenen zweihundert Jahre hat die Amsel die Wälder verlassen und ist zu einem Stadtvogel geworden. Zuerst, schon Ende des 18. Jahrhunderts, in Großbritannien, einige Jahrzehnte später in Paris und im Ruhrgebiet. Im Verlauf des 19. Jahrhunderts hat sie eine europäische Stadt nach der andern erobert. In Wien und Prag ist sie um 1900 heimisch geworden und dann weiter nach Osten gezogen, nach Budapest, Belgrad, Istanbul.

Aus der Perspektive der Erdkugel ist die Invasion der Amsel in die menschliche Welt zweifellos wichtiger als die Eroberung Südamerikas durch die Spanier oder die Neubesiedlung Palästinas durch die Juden. Eine Veränderung der Beziehungen zwischen den einzelnen Arten von Lebewesen (zwischen Fischen, Vögeln, Menschen und Pflanzen) ist von höherer Ordnung als Veränderungen der Beziehungen zwischen den einzelnen Gruppen derselben Art. Ob Böhmen von Kelten oder Slawen besiedelt war, ob Bessarabien von

Rumänen oder Russen beherrscht wird, das kann der Erdkugel ganz egal sein. Verrät aber die Amsel ihre ursprüngliche Natur, um dem Menschen in seine künstliche, widernatürliche Welt zu folgen, dann hat sich etwas in der Grundordnung des Planeten verändert.

Dennoch wagt es niemand, die letzten beiden Jahrhunderte als Geschichte der Amselinvasion in die Städte der Menschen zu interpretieren. Wir stehen alle im Bann der erstarrten Auffassung darüber, was wichtig und was bedeutungslos ist und heften unseren Blick ängstlich auf das Wichtige, während das Unwichtige im verborgenen, hinter unserem Rücken seinen Guerillakrieg führt, der die Welt letztlich unbemerkt verändern und uns unvorbereitet treffen wird.

Wenn jemand Jans Biographie schriebe, würde er die Zeit, von der ich spreche, ungefähr so zusammenfassen: Die Verbindung mit Edwige bedeutete für den fünfundvierzigjährigen Jan eine neue Etappe in seinem Leben. Er gab sein zielloses, verzetteltes Leben endlich auf und beschloß, die Stadt im Westen Europas zu verlassen, um sich in Amerika mit neuer Konzentration einer ernsthaften Arbeit zu widmen, in der er später viel Erfolg usw. usw.

Aber da soll mir Jans imaginärer Biograph erklären, weshalb ausgerechnet in dieser Periode der antike Roman von Daphnis und Chloë Jans Lieblingsbuch war! Die Liebe zweier junger Menschen, die fast noch Kinder sind und nicht wisssen, was körperliche Liebe ist. Das Rauschen des Meeres vermischt sich mit dem Blöken eines Widders, unter den Zweigen eines Olivenbaums weidet ein Schaf. Und die beiden liegen nebeneinander, nackt und erfüllt von unermeßlichem, vagem Verlangen. Sie umarmen sich, schmiegen sich aneinander, sind ineinander verschlungen. So verharren sie sehr, sehr lange, denn sie wissen nicht, was sie sonst noch tun könnten. Sie glauben, das Ziel der Liebesfreuden liege allein in dieser Umklammerung. Sie sind erregt und ihre Herzen klopfen laut, doch sie wissen nicht, was es bedeutet, miteinander zu schlafen.

Ja, genau von dieser Passage ist Jan fasziniert.

3.

Die Schauspielerin Hanna hatte die Beine im Lotussitz verschränkt wie eine der Buddhastatuen, die in allen Antiquitätenläden der Welt verkauft werden. Sie redete unaufhörlich und betrachtete dabei ihren Daumen, der langsam am Rand des runden Tischchens vor der Couch entlangfuhr.

Es war dies nicht die unkontrollierte Geste nervöser Menschen, die die Gewohnheit haben, mit dem Fuß zu wippen oder sich am Kopf zu kratzen. Es war eine bewußte, durchdachte Geste, die anmutig und geschmeidig war und einen magischen Kreis beschreiben sollte, in dem sie ganz auf sich selbst und die anderen auf sie konzentriert wären.

Mit Wohlgefallen schaute sie auf die Bewegung ihres Daumens und hob nur ab und zu den Blick zu Jan, der ihr gegenübersaß. Sie erzählte ihm, daß sie einen Nervenzusammenbruch erlitten habe, weil ihr Sohn, der in einer anderen Stadt bei ihrem ehemaligen Mann wohnte, von zu Hause ausgerissen und mehrere Tage nicht zurückgekommen sei. Der Vater ihres Sohnes sei zudem ein solcher Rohling, daß er ihr dies genau eine halbe Stunde vor Vorstellungsbeginn telefonisch mitgeteilt habe. Sie habe dann Fieber, Kopfschmerzen und sogar Schnupfen bekommen. »Ich konnte mich nicht einmal mehr schneuzen, so hat mir die Nase weggetan!« sagte sie und richtete ihre schönen großen Augen auf Jan: »Sie sah aus wie ein Blumenkohl!«

Sie lächelte das Lächeln einer Frau, die wußte, daß sie auch noch mit geröteter Nase interessant war. Sie lebte mit sich in vorbildlicher Harmonie. Sie liebte ihre Nase, und sie liebte ihre Kühnheit, mit der sie einen Schnupfen Schnupfen und ihre Nase einen Blumenkohl nannte. Die unkonventionelle Schönheit ihrer roten Nase und die Kühnheit ihres Geistes ergänzten sich, und die Kreisbewegung ihres Daumens vereinigte diese beiden Reize in einem magischen Kreis zur unteilbaren Einheit ihrer Persönlichkeit.

»Ich war besorgt wegen des Fiebers. Wissen Sie, was mein Arzt gesagt hat? Ich gebe Ihnen einen Rat, Hanna: Hören Sie auf, Ihre Temperatur zu messen!«

Frau Hanna lachte lange und laut über den Scherz ihres Arztes und sagte dann: »Wissen Sie, wen ich kennengelernt habe? Passer!«

Passer war ein alter Freund von Jan. Jan hatte ihn zuletzt vor einigen Monaten gesehen. Passer stand kurz vor einer Operation. Alle wußten, daß er Krebs hatte, nur Passer, der vor Vitalität und Selbstverstrauen strotzte, glaubte den Lügen der Ärzte. Die bevorstehende Operation jedenfalls war sehr schwer, und Passer hatte zu Jan gesagt, als sie beide allein waren: »Nach dieser Operation werde ich kein Mann mehr sein, verstehst du. Mein Leben als Mann ist zu Ende.«

»Ich bin ihm vorige Woche im Landhaus der Clevis begegnet«, fuhr Hanna fort. »Ein phantastischer Mensch! Jünger als wir alle! Ich verehre ihn!«

Jan hätte sich freuen sollen, daß sein Freund von der schönen Schauspielerin verehrt wurde, war aber nicht sonderlich beeindruckt, da Passer von allen geliebt wurde. An der irrationalen Börse gesellschaftlicher Beliebtheit waren dessen

Aktien in den letzten Jahren gewaltig gestiegen. Es gehörte schon fast zum obligaten Ritual von Diners, ins belanglose Geplauder einige bewundernde Sätze über Passer einzuflechten.

»Sie kennen doch diese wunderschönen Wälder rund um Clevis' Landhaus! Dort wachsen Pilze, und ich gehe so gern Pilze sammeln! Ich habe gesagt: Wer kommt mit mir Pilze sammeln? Niemand hatte Lust, nur Passer sagte: Ich komme mit Ihnen! Stellen Sie sich vor, Passer, ein kranker Mann! Ich sage ja, er ist der jüngste von uns allen!«

Sie vertiefte sich wieder in den Anblick ihres Daumens, der keinen Augenblick aufgehört hatte, Kreise auf dem runden Tisch zu beschreiben, und sagte: »Also habe ich mit Passer Pilze gesucht. Es war herrlich! Wir sind durch den Wald gestreift. Und dann haben wir ein kleines Gasthaus gefunden. Eine kleine, schmutzige Dorfkneipe. So was liebe ich. In so einem Gasthaus muß man billigen Rotwein trinken, wie die Männer vom Bau. Passer war phantastisch. Ich verehre ihn!«

4.

In der Zeit, von der ich erzähle, waren die sommerlichen Strände Westeuropas voll von Frauen, die keine Bikinioberteile trugen, und die Bevölkerung war geteilt in Anhänger und Gegner nackter Brüste. Die Familie Clevis, Vater, Mutter und eine vierzehnjährige Tochter, saß vor dem Fernseher und verfolgte eine Debatte, in der Repräsentanten aller intellektuellen Zeitströmungen vertreten waren und ihre Argumente für und wider das Oberteil entwickelten. Der Psychoanalytiker verteidigte die nackten Brüste feurig und sprach von der Liberalisierung der Sitten, die uns aus der Macht erotischer Phantasmen befreie. Der Marxist äußerte sich nicht direkt zum Thema (unter den Mitgliedern der kommunistischen Partei gab es Puritaner und Libertins, und es wäre politisch unklug gewesen, die einen gegen die andern aufzubringen) und lenkte das Gespräch geschickt auf das grundsätzlichere Problem heuchlerischer Moral in der bürgerlichen Gesellschaft, die ihrem Untergang entgegenschreite. Der Vertreter des christlichen Denkens fühlte sich verpflichtet, den Büstenhalter zu verteidigen, aber auch er konnte sich dem allgegenwärtigen Zeitgeist nicht entziehen und tat es sehr schüchtern; als einziges Argument dafür fand er die Unschuld der Kinder, die wir angeblich alle zu respektieren und zu beschützen hätten. Er wurde von einer energischen Frau angegriffen, die erklärte, es sei an der Zeit, mit dem verlogenen Tabu der Nacktheit schon im Kindesalter aufzuräumen, und sie empfahl den Eltern, zu Hause nackt herumzulaufen.

Jan gesellte sich erst zu den Clevis', als die Sprecherin das Ende der Debatte ankündigte, aber die Aufregung erfüllte die Wohnung noch lange. Alle Clevis' waren fortschrittlich und folglich gegen Bikinioberteile. Die großartige Geste, mit der Millionen Frauen dieses beschämende Kleidungsstück wie auf Befehl weit von sich geworfen hatten, symbolisierte für sie die Menschheit, die sich vom Joch der Sklaverei befreite. Barbusige Frauen defilierten durch die Wohnung der Clevis' wie ein unsichtbares Bataillon von Befreierinnen.

Wie schon gesagt, die Clevis' waren fortschrittlich und hatten fortschrittliche Ansichten. Es gibt viele Arten fortschrittlicher Ansichten, und die Clevis' vertraten stets nur die bestmögliche. Die bestmögliche aller fortschrittlichen Ansichten war diejenige, die provokativ genug war, um ihre Vertreter stolz auf die eigene Originalität sein zu lassen, die aber gleichzeitig so viele Anhänger hatte, daß das Risiko isolierender Exklusivität sofort von der lautstarken Zustimmung der siegreichen Masse verscheucht wurde. Wären die Clevis' beispielsweise nicht gegen Bikinioberteile, sondern ganz allgemein gegen Bekleidung gewesen und hätten gefordert, man sollte nackt durch die Straßen der Stadt spazieren, hätten sie zwar ebenfalls eine fortschrittliche Meinung vertreten, bei weitem aber nicht die bestmögliche. Durch ihre Überspanntheit wäre diese Ansicht lästig geworden, die Verteidigung hätte zu viel Energie gekostet (wogegen die bestmögliche fortschrittliche Meinung sich gewissermaßen selbst verteidigt), und ihre Vertreter hätten nie die Genugtuung zu sehen, wie ihre vollkommen nonkonformistische Haltung plötzlich zur Haltung aller wird.

Als Jan hörte, wie sie sich gegen den Büstenhalter ereiferten, erinnerte er sich an einen kleinen hölzernen Gegenstand, den sein Großvater, ein Maurer, jeweils auf die obere Kante einer wachsenden Mauer gelegt hatte. Die Wasserwaage hatte in ihrer Mitte eine Luftblase, die im Wasser unter Glas je nach ihrer Position anzeigte, ob die Bausteine gerade waren oder nicht. Die Familie Clevis konnte als intellektuelle Wasserwaage dienen. Auf jede beliebige Meinung gelegt, zeigte sie mit Sicherheit an, ob es sich um die bestmögliche aller fortschrittlichen Ansichten handelte oder nicht.

Als sie alle durcheinander für Jan die Fernsehdebatte rekapitulierten, neigte sich Vater Clevis zu Jan und sagte in scherzendem Ton: »Solange die Brüste schön sind, kann man diese Reform durchaus gutheißen, meinst du nicht auch?«

Weshalb hatte Vater Clevis seinen Gedanken ausgerechnet auf diese Weise formuliert? Er war ein mustergültiger Gastgeber und stets bemüht, Sätze zu finden, die für alle Anwesenden annehmbar waren. Da Jan im Ruf eines Frauenhelden stand, hatte Clevis seine Zustimmung zu den nackten Brüsten nicht etwa im wahren und tiefen Sinn eines *ethischen* Enthusiasmus über die Abschaffung jahrtausendealter Sklaverei formuliert, sondern kompromißbereit (mit Rücksicht auf Jans vorausgesetzte Neigungen und entgegen seiner eigenen Überzeugung) als *ästhetische* Freude über den Liebreiz der Brüste.

Dabei versuchte er, präzise und auf diplomatische Weise vorsichtig zu sein: er wagte es nicht, direkt zu sagen, häßliche Brüste sollten bedeckt bleiben. Doch diese zweifellos unannehmbare Idee ging, obwohl unausgesprochen, allzu offensichtlich aus seinem Satz hervor und wurde so zur leichten Beute für die Tochter, die herausplatzte:

»Und eure Bäuche? Was ist mit euren dicken Wänsten, die ihr seit jeher ohne die geringste Scham an den Stränden zur Schau stellt?«

Mutter Clevis lachte und spendete der Tochter Beifall: »Bravo!«

Vater Clevis stimmte in den Beifall mit ein. Er hatte sofort begriffen, daß die Tochter recht hatte und er einmal mehr zum Opfer seines unseligen Strebens nach Kompromissen geworden war, das Ehefrau und Tochter ihm immer vorwarfen. Er war jedoch ein zutiefst friedfertiger Mensch, so daß er auch gemäßigte Meinungen immer kompromißbereit vertrat und dem radikaleren Kind sofort recht gab. Übrigens enthielt der beanstandete Satz nicht seinen eigenen Gedanken, sondern lediglich Jans vorausgesetzten Standpunkt, also konnte er sich freudig, ohne zu zögern und mit väterlicher Genugtuung auf die Seite seiner Tochter stellen.

Die Tochter fühlte sich durch den Beifall ihrer Eltern ermuntert und fuhr fort: »Glaubt ihr etwa, daß wir unsere Bikinioberteile zu eurem Vergnügen ablegen? Wir tun es für uns, weil es uns gefällt, weil es so angenehmer ist, weil unsere Körper so der Sonne näher sind! Ihr seid unfähig, uns nicht als Sexualobjekte zu sehen!«

Mutter und Vater Clevis klatschten wieder Beifall, nur mischte sich in ihr Bravo diesmal eine etwas andere Schattierung. Die Meinung ihrer Tochter war einerseits nämlich richtig, andererseits aber etwas unangebracht angesichts ihrer vierzehn Jahre. Es war, als hätte ein siebenjähriger Junge gesagt: Wenn Räuber kommen, werde ich Mama beschützen. Auch in einem solchen Fall applaudieren die Eltern, da die Erklärung des Sohnes zweifellos Lob verdient. Da sie aber gleichzeitig von übermäßigem Selbstvertrauen zeugt, mischt sich ins Lob zu Recht ein gewisses nachsichtiges Lächeln. Genau mit diesem Lächeln hatten die Eltern Clevis ihr zweites Bravo gefärbt, und die Tochter, die das Lächeln gehört hatte und es ablehnte, wiederholte mit störrischer Gereiztheit:

»Damit ist ein für allemal Schluß. Ich bin für niemanden ein Sexualobjekt.«

Die Eltern nickten nur noch anerkennend, ohne zu lächeln, um die Tochter nicht zu weiteren Proklamationen herauszufordern.

Jan jedoch konnte nicht umhin zu sagen:

»Kleine, wenn du wüßtest, wie einfach es ist, kein Sexualobjekt zu sein.«

Er hatte den Satz leise, aber mit aufrichtiger Trauer in der Stimme ausgesprochen, die noch lange im Raum widerhallte. Es war unmöglich, den Satz mit Schweigen zu übergehen, aber es war ebenso unmöglich, darauf zu reagieren. Er verdiente nicht nur Ablehnung, weil er nicht fortschrittlich war, er verdiente auch keine Polemik, weil er sich nicht einmal klar gegen den Fortschritt wandte. Es war der schlechtmöglichste aller Sätze, weil er außerhalb der vom Zeitgeist geprägten Debatte stand. Es war ein Satz jenseits von Gut und Böse, ein absolut ungehöriger Satz.

Deshalb herrschte eine Weile Stille, Jan lächelte verlegen, als wollte er sich für das entschuldigen, was er gerade gesagt hatte, und dann begann Vater Clevis, dieser Meister im zwischenmenschlichen Brückenschlagen, über Passer, ihren gemeinsamen Freund, zu sprechen. In der Bewunderung für Passer waren sie sich mit Sicherheit einig: sie war ein gefahrloses Terrain. Clevis lobte Passers Optimismus und seine unerschütterliche Liebe zum Leben, die keine ärztliche Verordnung zu dämpfen vermochte. Passers Existenz sei heute auf einen schmalen Streifen Leben reduziert, auf ein Leben ohne Frauen, ohne gutes Essen, ohne Alkohol, ohne Sport und ohne Zukunft. Unlängst sei er zu ihnen ins Landhaus gekommen, gerade als dort die Schauspielerin Hanna zu Besuch gewesen sei.

Jan war sehr neugierig, wie Clevis' Wasserwaage auf Hanna reagierte, an der er Züge fast unerträglicher Egozentrik entdeckt hatte. Die Wasserwaage zeigte jedoch, daß Jan sich täuschte. Clevis schätzte die Art, wie sie sich Passer gegenüber verhalten hatte, vorbehaltlos. Sie habe sich ausschließlich ihm gewidmet. Das sei überaus großherzig von ihr. Dabei wüßten alle, was für eine Tragödie sie durchmachte.

»Was für eine Tragödie?« fragte der vergeßliche Jan überrascht.

Ob Jan es denn nicht wisse? Ihr Sohn sei von zu Hause ausgerissen und mehrere Tage nicht zurückgekommen! Sie habe deswegen einen Nervenzusammenbruch erlitten! Und trotzdem habe sie sich angesichts des todgeweihten Passer selbst vergessen. Sie habe ihn von seinen Sorgen ablenken wollen und fröhlich gerufen: »Ich geh' so gern Pilze sammeln! Wer kommt mit mir Pilze sammeln?« Passer sei mit ihr gegangen, alle andern hätten es abgelehnt, weil sie geahnt hätten, daß er mit ihr allein sein wollte. Drei Stunden seien sie durch den Wald spaziert und dann in ein Gasthaus eingekehrt, um Rotwein zu trinken. Passer seien Spaziergänge und Alkohol verboten. Er sei völlig erschöpft, aber glücklich zurückgekommen. Am folgenden Tag habe man ihn ins Krankenhaus einliefern müssen.

»Ich glaube, es steht schlecht um ihn«, sagte Vater Clevis und fügte dann hinzu, als wollte er Jan ermahnen: »Du solltest ihn besuchen.«

5.

Jan sagt sich: Am Anfang des erotischen Lebens eines Mannes steht die Erregung ohne Lust, und am Ende die Lust ohne Erregung.

Die Erregung ohne Lust, das ist Daphnis. Die Lust ohne Erregung, das ist das Mädchen aus dem Sportartikelverleih.

Als er sie vor einem Jahr kennengelernt und zu sich eingeladen hatte, hatte sie ihm einen unvergeßlichen Satz gesagt: »Wenn wir miteinander schlafen, wäre die technische Seite bestimmt schön, über die emotionale bin ich mir nicht so sicher.«

Er hatte zu ihr gesagt, was ihn angehe, könne sie hinsichtlich seiner Gefühle beruhigt sein, und sie hatte seine Worte entgegengenommen wie in ihrem Verleih eine Anzahlung für ausgeliehene Skier, und kein Wort mehr über Gefühle verloren. Dafür machte sie ihm, was die technische Seite betraf, ganz schön zu schaffen.

Sie war eine Orgasmus-Fanatikerin. Der Orgasmus war für sie Religion, Ziel, höchster Imperativ der Hygiene, Synonym für Gesundheit, aber auch ihr Stolz, weil sie sich dadurch von weniger glücklichen Frauen unterschied, wie wenn sie eine Jacht oder einen berühmten Verlobten gehabt hätte.

Und es war nicht einfach, ihr Lust zu verschaffen. Sie rief ihm *schneller, schneller* zu, dann wieder *langsam, langsam* und dann *fester, fester*, wie ein Trainer, der Ruderern auf einem Achter Befehle erteilt. Vollkommen auf die sensiblen Punkte ihrer Haut konzentriert, führte sie seine Hand, um sie im richtigen Moment auf die richtige Stelle zu legen. Schweißgebadet sah er ihren ungeduldigen Blick und ihren sich heftig windenden Körper, diesen Bewegungsapparat zur Erzeugung jener kleinen Explosion, in der für sie Sinn und Zweck von allem lag.

Als Jan das letzte Mal aus ihrem Haus gegangen war, mußte er an Hertz denken, einen Opernregisseur aus der mitteleuropäischen Kleinstadt, in der er seine Jugend verbracht hatte. Hertz hatte die Sängerinnen gezwungen, ihm ihre Rollen bei besonderen Bewegungsproben nackt vorzuspielen. Damit er sich der richtigen Körperhaltung ganz sicher war, mußten sie sich einen Bleistift in den After stekken. Der Bleistift verlängerte die Wirbelsäule nach unten, wodurch der besorgte Regisseur Gang, Bewegung und Körperhaltung jeder Sängerin mit wissenschaftlicher Präzision kontrollieren konnte.

Als eine junge Sopranistin sich eines Tages mit ihm überwarf und ihn bei der Direktion anzeigte, sagte er zu seiner Verteidigung, er habe niemals eine Sängerin belästigt, ja nicht einmal berührt. Das entsprach der Wahrheit, das Vorgehen mit dem Bleistift schien aber nur um so abartiger, und Hertz mußte Jans Geburtsstadt nach einem großen Skandal verlassen.

Diese Affäre jedenfalls war berühmt geworden, und der jugendliche Jan begann ihretwegen, Opernaufführungen zu besuchen. Er stellte sich alle Sängerinnen mit ihren pathetischen Gesten, den zurückgeneigten Köpfen und den weit geöffneten Mündern nackt vor. Das Orchester stöhnte, die Sängerinnen griffen sich an die linke Brust, er aber sah, wie aus ihren nackten Hintern Bleistifte ragten. Sein Herz klopfte wild: er war erregt dank Hertzens Erregung! (Bis heute kann er keine Opernaufführung anders sehen, und bis heute besucht er sie mit den Gefühlen eines Jünglings, der sich heimlich ein obszönes Theaterstück anschaut.)

Jan sagt sich: Hertz war ein edler Alchimist des Lasters, der in einem in den Hintern gesteckten Bleistift die magische Formel der Erregung gefunden hatte. Und er schämt sich vor ihm: Hertz hätte sich nie zu der anstrengenden Aktivität herabgelassen, die er gerade gehorsam auf dem Körper des Mädchens aus dem Sportartikelverleih hinter sich gebracht hatte.

6.

Wie sich die Invasion der Amseln auf der Rückseite der europäischen Geschichte abgespielt hat, so spielt sich auch die Geschichte, die ich erzähle, auf der Rückseite von Jans Leben ab. Ich setze sie aus isolierten Erlebnissen zusammen, denen Jan vermutlich keine besondere Aufmerksamkeit geschenkt hat, da er auf der Vorderseite seines Lebens mit anderen Ereignissen und Sorgen beschäftigt ist: das Angebot einer neuen Stelle in Amerika, fieberhafte Arbeit, Reisevorbereitungen.

Kürzlich ist er auf der Straße Barbara begegnet. Sie fragte vorwurfsvoll, weshalb er sie nie besuche, wenn sie Gäste habe. Barbaras Haus war berühmt für kollektive erotische Amüsements. Jan hatte sich immer vor Verleumdungen gefürchtet und diese Einladungen jahrelang abgelehnt. Jetzt aber sagte er lächelnd: »Ja, ich komme gern.« Er wußte, daß er nie mehr in diese Stadt zurückkehren würde und legte keinen Wert mehr auf Diskretion. Er stellte sich Barbaras Villa voll von vergnügten nackten Menschen vor und sagte sich, daß dies eigentlich kein schlechtes Abschiedsfest wäre.

Denn Jan nimmt Abschied. In einigen Monaten wird er in Amerika sein, eine weitere Grenze überschritten haben. Jedesmal, wenn er daran denkt, ruft das Wort *Grenze* als gängige geographische Bezeichnung in ihm die Vorstellung einer anderen, nicht materiellen und unfaßbaren Grenze wach, an die er in letzter Zeit immer häufiger denkt.

An welche Grenze?

Die Frau, die er auf der Welt am meisten geliebt hatte (er war damals dreißig), hatte oft zu ihm gesagt (er verzweifelte fast, wenn er es hörte), daß das, was sie am Leben hielte, nur noch ein dünner Spinnfaden sei. Gewiß, sie wollte leben, das

Leben freute sie unendlich, sie wußte aber auch, daß dieses *ich will leben* aus Spinnweben geflochten war. Es brauchte nur wenig, so unendlich wenig, um sich auf der anderen Seite der Grenze wiederzufinden, hinter der alles seinen Sinn verlor: die Liebe, die Überzeugung, der Glaube, die Geschichte. Das ganze Geheimnis des menschlichen Lebens beruhte darin, daß das Leben sich in unmittelbarer Nähe, ja in direktem Kontakt zu jener Grenze abspielte, daß es nicht durch Kilometer, sondern durch einen Millimeter von ihr getrennt war.

7.

Jeder Mann hat zwei erotische Biographien. Gewöhnlich spricht man nur von der ersten: der Liste der geliebten Frauen und der Liebesbegegnungen.

Vielleicht ist die andere Biographie interessanter: die Prozession von Frauen, die wir begehrt haben und die uns entgangen sind, die quälende Geschichte der unverwirklichten Möglichkeiten.

Es gibt aber noch eine dritte, geheimnisvolle und beunruhigende Kategorie von Frauen. Jene, mit denen wir weder etwas haben durften noch konnten. Sie haben uns gefallen, wir haben ihnen gefallen, haben aber sofort begriffen, daß wir sie nicht haben können, weil wir uns mit ihnen jenseits der Grenze befunden hätten.

Jan saß im Zug und las. Eine unbekannte, hübsche junge Frau setzte sich in sein Abteil (der einzige freie Platz war direkt ihm gegenüber) und nickte. Er erwiderte den Gruß und überlegte, woher er sie kannte. Dann senkte er den Blick wieder auf die Seiten seines Buchs, las aber unkonzentriert. Er spürte, daß die Unbekannte ihn ständig interessiert und erwartungsvoll musterte.

Er klappte das Buch zu: »Woher kenne ich Sie?«

Es war nichts Außergewöhnliches. Angeblich waren sie sich vor fünf Jahren in einer unbedeutenden Gesellschaft begegnet. Er erinnerte sich an jene Zeit und stellte ihr einige Fragen: was sie damals getan und mit wem sie verkehrt habe, wo sie jetzt arbeite und ob der Job sie interessiere.

Er war es gewohnt, daß es ihm rasch gelang, einen Funken zwischen ihm und jeder beliebigen Frau zu zünden. Diesmal aber kam er sich vor wie ein Beamter einer Personalabteilung, der eine Frau ausfragte, die gekommen war, um sich für eine Stelle zu bewerben.

Er verstummte. Er schlug sein Buch wieder auf und versuchte zu lesen, hatte aber das Gefühl, von einer unsichtbaren Prüfungskommission beobachtet zu werden, die ein ganzes Dossier von Informationen über ihn besaß und ihn nicht aus den Augen ließ. Verbissen starrte er auf die Seiten, ohne aufzunehmen, was darin stand, und er machte sich bewußt, daß die Kommission geduldig jede Minute seines Schweigens registrierte, um sie bei der Schlußbewertung zu berücksichtigen.

Er klappte das Buch also wieder zu, versuchte nochmals, die Frau in ein unverbindliches Gespräch zu ziehen, und stellte abermals fest, daß es nicht gelang.

Der Mißerfolg schien ihm daher zu kommen, daß sie sich in einem vollen Abteil unterhielten. Er lud sie in den Speisewagen ein, wo sie einen Tisch für sich allein hatten. Er redete zwar gelöster, doch den Funken vermochte er auch hier nicht zu entfachen.

Sie kehrten ins Abteil zurück. Wieder öffnete er sein Buch, und abermals begriff er nicht, was darin stand.

Eine Weile saß sie ihm wortlos gegenüber, dann stand sie auf und trat in den Gang, um aus dem Fenster zu schauen.

Er war schrecklich unzufrieden. Die junge Frau gefiel ihm, und ihr Hinausgehen war nichts anderes als eine stille Aufforderung.

Er wollte die Situation im letzten Moment noch retten. Er ging ebenfalls in den Gang und stellte sich neben sie. Er sagte zu ihr, daß er sie wahrscheinlich nicht gleich erkannt habe, weil sie eine neue Frisur trage. Er strich ihr das Haar aus der Stirn und schaute in ihr verändertes Gesicht.

»Ja, jetzt erkenne ich Sie«, sagte er zu ihr. Selbstverständlich erkannte er sie nicht. Darum ging es auch gar nicht. Er wollte ihr nur die Hand fest auf den Scheitel legen, den Kopf sanft nach hinten drücken und tief in die Augen schauen.

Wie oft im Leben hatte er verschiedenen Frauen schon die Hand auf den Kopf gelegt und gefragt: »Zeigen Sie mal, wie würden Sie so aussehen?« Diese gebieterische Berührung und dieser gebieterische Blick konnten eine Situation schlagartig verändern. Als enthielten sie im Keim die große Szene, in der er sich ihrer mit allem bemächtigte (als riefen sie diese Szene aus der Zukunft herbei).

Nur verfehlte seine Geste diesmal ihre Wirkung. Sein eigener Blick war viel schwächer als der Blick, den er auf sich spürte, den zweifelnden Blick der Prüfungskommission, die genau wußte, daß er sich wiederholte und ihm zu verstehen gab, daß jede Wiederholung bloße Nachahmung und jede Nachahmung wertlos sei. Jan sah sich plötzlich mit den Augen der jungen Frau. Er sah die klägliche Pantomime seines Blicks und seiner Geste, diesen stereotypen Veitstanz, der durch jahrelange Wiederholung vollkommen sinnentleert war. Dadurch, daß seine Geste ihre Spontaneität, ihren natürlichen, unmittelbaren Sinn verloren hatte, war sie plötzlich unerträglich mühevoll geworden, als hingen an seinen Händen zentnerschwere Gewichte. Der Blick der jungen Frau erzeugte eine eigentümliche Atmosphäre *mehrfacher Schwere*.

Er konnte unmöglich weitermachen. Er ließ ihren Kopf los und schaute aus dem Fenster auf die vorbeieilenden Gärten.

Der Zug war am Ziel angekommen. Beim Bahnhofsausgang sagte sie zu Jan, sie wohne nicht weit von hier, und lud ihn zu sich ein.

Er lehnte ab.

Danach dachte er wochenlang daran: Wie hatte er eine Frau zurückweisen können, die ihm gefiel?

Er befand sich mit ihr jenseits der Grenze.

8.

Der männliche Blick ist schon oft beschrieben worden. Angeblich ruhe er kühl auf der Frau, als wolle er sie messen, wägen, einschätzen, auswählen, mit anderen Worten, in eine Sache verwandeln.

Weniger bekannt ist, daß die Frau einem solchen Blick gegenüber nicht ganz hilflos ist. Wird sie in eine Sache verwandelt, beobachtet sie den Mann mit dem Blick einer Sache. Es ist, wie wenn ein Hammer plötzlich Augen bekäme und aufmerksam den Maurer beobachtete, der damit einen Nagel einschlägt. Der Maurer sieht die boshaften Augen des Hammers, wird unsicher und haut sich auf den Daumen.

Der Maurer ist der Herr des Hammers, der Hammer jedoch ist dem Maurer gegenüber im Vorteil, weil das Werkzeug genau weiß, wie es gehandhabt werden muß, wogegen der Benutzer des Werkzeugs dies nur annähernd wissen kann.

Die Fähigkeit zu sehen verwandelt den Hammer in ein lebendiges Wesen, der gute Mauerer jedoch muß dessen dreisten Blick aushalten und den Hammer mit fester Hand wieder in eine Sache zurückverwandeln. Angeblich erlebt die Frau auf diese Weise eine kosmische Bewegung nach oben und nach unten: den Aufstieg von der Sache zum Wesen und den Fall vom Wesen zur Sache.

Jan passierte es aber immer öfter, daß ihm das Maurer-und-Hammer-Spiel mißglückte. Die Frauen schauten nicht richtig hin. Sie verdarben das Spiel. War es, weil sie in jener Zeit anfingen, sich zu organisieren und beschlossen hatten, ihr jahrhundertealtes Los zu verändern? Oder war es, weil Jan älter wurde und die Frauen und deren Blicke anders sah? Veränderte sich die Welt, oder veränderte er sich?

Schwer zu sagen. Fest steht, daß die junge Frau im Zug ihn mit mißtrauischen Augen voller Zweifel gemustert hatte und der Hammer aus seiner Hand gefallen war, noch bevor er Zeit gehabt hatte, ihn hochzuheben.

Unlängst war er Pascal begegnet, der sich über Barbara beklagt hatte: Sie hatte ihn zu sich eingeladen. Es waren zwei Mädchen dort, die Pascal nicht kannte. Sie unterhielten sich eine Weile, und dann holte Barbara aus heiterem Himmel einen alten, blechernen Wecker aus der Küche. Wortlos begann sie sich auszuziehen, und die Mädchen mit ihr.

»Verstehen Sie«, beklagte sich Pascal, »sie haben sich gleichgültig und achtlos ausgezogen, als wäre ich ein Hund oder ein Blumentopf.«

Dann hatte Barbara ihm befohlen, sich ebenfalls auszuziehen. Er wollte sich die Gelegenheit nicht entgehen lassen, zwei fremde Mädchen zu lieben, und gehorchte. Als er nackt war, wies Barbara auf den Wecker: »Schau gut auf den Sekundenzeiger. Wenn er in einer Minute nicht steht, fliegst du raus!«

»Sie haben gebannt zwischen meine Schenkel gestarrt und dann, wie die Sekunden verstrichen, angefangen zu kichern! Und dann haben sie mich rausgeworfen!«

Das ist ein Fall, wo der Hammer beschlossen hat, den Maurer zu kastrieren.

»Weißt du, Pascal ist ein aufgeblasener Flegel, und ich habe heimlich mit Barbaras Strafkommando sympathisiert«, sagte Jan zu Edwige. Übrigens hatte Pascal mit seinen Freunden einem Mädchen etwas ähnliches eingebrockt wie Barbara ihm. Das Mädchen war gekommen, um mit ihnen zu schlafen, und sie hatten sie ausgezogen und an die Couch gefesselt. Es machte ihr nichts aus, angebunden zu sein, das gehörte zum Spiel. Skandalös war vielmehr, daß sie nichts mit ihr machten, sie nicht einmal berührten, sondern nur anschauten. Das Mädchen fühlte sich vergewaltigt.

»Versteht sich«, sagte Edwige.

»Ich kann mir aber vorstellen, daß dieses nackte, gefesselte, gemusterte Mädchen erregt war. Pascal war in einer ähnlichen Situation nicht erregt. Er war kastriert.«

Der Abend war schon fortgeschritten, sie saßen beide in Edwiges Wohnung, und auf dem Tischchen vor ihnen stand eine halbleere Flasche Whisky. »Was willst du damit sagen?« fragte sie.

»Damit will ich sagen«, antwortete Jan, »daß es nicht das gleiche ist, wenn ein Mann und eine Frau das gleiche tun. Der Mann vergewaltigt, die Frau kastriert.«

»Damit willst du sagen, daß es schändlich ist, einen Mann zu kastrieren, aber schön, eine Frau zu vergewaltigen.«

»Damit will ich nur sagen«, wehrte sich Jan, »daß die Vergewaltigung Bestandteil der Erotik ist, wogegen die Kastration deren Verneinung darstellt.«

Edwige leerte ihr Glas in einem Zug und sagte wütend: »Wenn Vergewaltigung Bestandteil der Erotik ist, dann richtet sich die ganze Erotik gegen die Frau, und es wird Zeit, eine neue Erotik zu erfinden.«

Jan trank von seinem Whisky, schwieg eine Weile und fuhr dann fort: »Vor vielen Jahren haben wir in meiner alten Heimat mit Freunden eine Anthologie von Aussprüchen zusammengestellt, die unsere Geliebten während des Aktes sagten. Weißt du, welches Wort am häufigsten vorkam?«

Edwige wußte es nicht.

»Das Wörtchen *nein*. Das oft nacheinander wiederholte Wörtchen *nein: nein, nein, nein, nein, nein, nein, nein*... Ein Mädchen kommt, um mit dir zu schlafen, aber wenn du sie umarmst, stößt sie dich weg und sagt nein, so daß der ganze Liebesakt vom Rotlicht dieses schönsten aller Wörter beleuchtet ist und sich so in eine kleine Imitation einer Vergewaltigung verwandelt. Sogar in dem Augenblick, wenn sie sich dem Orgasmus nähern, sagen die Frauen *nein, nein, nein, nein, nein*, und sehr viele schreien auch noch auf dem Höhepunkt *nein*. Seit dieser Zeit ist *nein* für mich die Königin der Wörter. Hast du auch die Angewohnheit, *nein* zu sagen?«

Edwige erwiderte, sie habe nie nein gesagt. Weshalb sollte sie etwas sagen, das sie nicht dachte? »Wenn eine Frau nein sagt, meint sie ja. Diese Männerweisheit hat mich schon immer genervt. Der Satz ist so idiotisch wie die Geschichte der Menschheit.«

»Aber diese Geschichte ist in uns, und wir können ihr nicht entrinnen«, wandte Jan ein. »Die Frau, die sich entzieht und sich wehrt. Die Frau, die sich hingibt, der Mann, der sie nimmt. Die Frau, die sich verhüllt, der Mann, der ihr die Kleider vom Leib reißt. Das sind doch archaische Bilder, die wir in uns tragen!«

»Archaisch und albern! Alberner als Heiligenbilder! Was ist, wenn es die Frauen müde wären, sich nach diesen Mustern zu verhalten? Was, wenn diese ewigen Wiederholungen sie anödeten? Was, wenn sie andere Bilder und andere Spiele erfinden möchten?«

»Ja, diese Bilder sind schrecklich albern, und sie wiederholen sich auf alberne Weise. Da hast du völlig recht. Wenn aber unsere Erregung angesichts des Körpers einer Frau nur gerade mit diesen albernen Bildern verknüpft ist? Wird der Mann noch fähig sein, eine Frau zu lieben, wenn diese albernen alten Bilder in seinem Innern zerstört werden?«

Edwige lachte: »Ich glaube, du machst dir unnötige Sorgen!«

Dann sah sie ihn mit ihrem mütterlichen Blick an: »Denk bloß nicht, daß alle Männer sind wie du. Was weißt du schon, wie die Männer sind, wenn sie mit einer Frau allein sind?«

Jan wußte wirklich nicht, wie die Männer waren, wenn sie mit einer Frau allein waren. Es war still, und auf Edwiges Gesicht lag ein seliges Lächeln; es besagte, daß es schon sehr spät war und der Moment sich näherte, da Jan auf ihrem Körper die leere Filmspule abzuwickeln hatte.

Nach längerem Nachdenken fügte sie hinzu: »Die körperliche Liebe ist letztlich nicht so wichtig.«

Jan horchte auf: »Du meist, die körperliche Liebe ist nicht so wichtig?«

Sie lächelte ihn zärtlich an: »Nein, sie ist nicht so wichtig.«

Er vergaß diese Debatte schlagartig, weil er in diesem Augenblick etwas viel Wichtigeres begriffen hatte: für Edwige war die körperliche Liebe nur ein Zeichen, ein symbolischer Akt zur Bestätigung der Freundschaft.

An diesem Abend wagte er es zum ersten Mal zu sagen, daß er müde sei. Er legte sich neben sie ins Bett wie ein keuscher Freund, ohne die Filmspule in Bewegung zu setzen. Er strich ihr zärtlich übers Haar und sah, wie sich über ihrer beider Zukunft ein tröstlicher Regenbogen des Friedens spannte.

9.

Vor zehn Jahren bekam Jan ab und zu Besuch von einer gewissen verheirateten Frau. Sie kannten sich schon lange, sahen sich aber nur sehr selten, da die Frau arbeitete, und selbst wenn sie sich für ihn freimachen konnte, galt es keine Zeit zu verschwenden. Zuerst setzte sie sich in den Sessel, sie plauderten ein bißchen, aber wirklich nur ein bißchen. Jan mußte bald aufstehen, auf sie zugehen, sie küssen, vom Sessel hochheben und in seine Arme nehmen.

Dann entließ er sie aus seiner Umarmung, sie hopsten beide einen Schritt zurück und begannen, sich hastig auszuziehen. Er warf sein Jackett auf den Stuhl. Sie zog ihren Pullover aus und legte ihn über die Stuhllehne. Er knöpfte sich die Hose auf und ließ sie herunter. Sie neigte sich vor und rollte die Strumpfhose herunter. Alles geschah in Eile. Sie standen einander tief gebeugt gegenüber, er zog einen Fuß nach dem andern aus der Hose (er hob die Beine dabei hoch wie ein Soldat bei einem Defilee), sie neigte sich vor und streifte die bis zu den Knöcheln hinuntergerollte Strumpfhose von den Füßen, wobei sie die Beine auf die gleiche Weise hob wie er.

Das machten sie jedesmal, eines Tages aber geschah etwas Belangloses, das er nie vergessen sollte: Sie schaute ihn an und konnte sich ein Lächeln nicht verkneifen. Es war ein fast zärtliches Lächeln, voller Verständnis und Sympathie, ein schüchternes Lächeln, das gleichsam um Verzeihung bat, zweifellos aber ein Lächeln, das durch das Licht der Lächerlichkeit hervorgerufen war, das plötzlich die ganze Szene beleuchtete. Er mußte sich sehr beherrschen, um dieses Lächeln nicht zu erwidern. Denn auch vor ihm tauchte aus dem Zwielicht der Gewohnheit plötzlich die Lächerlichkeit zweier Personen auf, die sich vornübergebeugt gegenüberstanden und in sonderbarer Eile die Beine anhoben. Um ein Haar hätte er losgelacht. Er wußte aber, daß sie sich dann nicht hätten lieben können. Das Lachen war wie eine riesige Falle, die, hinter einer dünnen Wand versteckt, geduldig im Raum lauerte. Nur wenige Millimeter trennten den Liebesakt vom Lachen, und er fürchtete, sie zu überschreiten. Die wenigen Millimeter, die ihn von jener Grenze trennten, hinter der die Dinge ihren Sinn verlieren.

Er beherrschte sich. Er verjagte das Lächeln, warf seine Hose von sich und trat rasch auf sie zu, um ihren Körper zu berühren und mit dessen Wärme den Teufel des Lachens zu verscheuchen.

10.

Er erfuhr, daß Passers Zustand sich rapide verschlechterte. Passer lebte mit Morphiumspritzen und fühlte sich nur wenige Stunden am Tag wohl. Jan fuhr mit dem Zug in die entlegene Klinik und quälte sich während der Reise mit Vorwürfen, daß er ihn so selten besuchte. Als er ihn sah, erschrak er, Passer war sichtlich gealtert. Einige silbrige Haare beschrieben über seinem Schädel die gleiche Kurve wie vor Zeiten sein dichtes braunes Haar. Sein Gesicht war eine Erinnerung an sein einstiges Gesicht.

Passer begrüßte ihn temperamentvoll wie immer. Er faßte ihn am Arm und zog ihn energisch in sein Zimmer, wo sie einander gegenüber am Tisch Platz nahmen.

Als er Passer vor langer Zeit zum ersten Mal begegnet war, hatte dieser von den großen Hoffnungen für die Menschheit gesprochen und dabei mit der Faust auf den Tisch geschlagen, über dem seine ewig begeisterten Augen strahlten. Heute erzählte er nicht von den Hoffnungen für die Menschheit, sondern von den Hoffnungen für seinen Körper. Die Ärzte hatten ihm gesagt, er hätte gewonnen, wenn er die nächsten vierzehn Tage mit einer intensiven Spritzenkur und unter großen Schmerzen überstünde. Als er das sagte, schlug er mit der Faust auf den Tisch, und seine Augen strahlten. Die begeisterte Erzählung über die Hoffnungen des Körpers war eine melancholische Erinnerung an die Erzählung über die Hoffnungen für die Menschheit. Beide Begeisterungen waren gleichermaßen illusorisch, und Passers leuchtende Augen verliehen beiden das gleiche, magische Licht.

Dann sprach er von der Schauspielerin Hanna. Mit züchtiger Männerscheu gestand er Jan, daß er ein letztes Mal den

Kopf verloren habe. Er sei verrückt nach dieser unendlich schönen Frau, obwohl er wisse, daß diese Verrücktheit die einfältigste aller möglichen Verrücktheiten sei. Mit leuchtenden Augen erzählte er vom Wald, in dem sie Pilze gesucht hatten, als suchten sie einen Schatz, und vom Gasthaus, in dem sie Rotwein getrunken hatten.

»Und Hanna war phantastisch! Verstehst du! Sie hat nicht die fürsorgliche Krankenschwester gespielt, sie hat mich nicht mit mitleidigen Blicken an mein Elend und meinen Verfall erinnert, sie hat mit mir gelacht und getrunken. Wir haben einen Liter Wein getrunken! Ich fühlte mich wie achtzehn! Ich saß auf meinem Stuhl, der direkt auf der Todeslinie stand, und hatte Lust zu singen!«

Passer schlug mit der Faust auf den Tisch und schaute Jan mit seinen strahlenden Augen an, über denen sich, angedeutet in drei silbrigen Haaren, die Erinnerung an seine mächtige Mähne wölbte.

Jan sagte, wir säßen alle auf der Todeslinie. Die ganze Welt, die in Gewalt, Grausamkeit und Barbarei versinke, habe sich auf dieser Linie niedergelassen. Er sagte das, weil er Passer liebte und es fürchterlich fand, daß dieser Mann, der so herrlich mit der Faust auf den Tisch schlagen konnte, früher sterben würde als die Welt, die keine Liebe verdiente. Er bemühte sich, den Untergang der Welt heraufzubeschwören, um Passers Tod erträglicher scheinen zu lassen. Doch Passer wollte nichts vom Ende der Welt wissen, er schlug mit der Faust auf den Tisch und fing wieder an, von den Hoffnungen für die Menschen zu reden. Er sagte, wir lebten in einer Zeit großer Veränderungen.

Jan hatte Passers Begeisterung für die Dinge, die sich veränderten, nie geteilt, er mochte aber dessen Sehnsucht nach Veränderung, weil er darin die älteste menschliche Sehnsucht sah, den konservativsten Konservatismus der Menschheit. Aber obwohl er diese Sehnsucht schätzte, wollte er sie Passer jetzt wegnehmen, weil der Stuhl seines Freundes auf der Todeslinie stand. Er wollte die Zukunft in Passers Augen in den Schmutz ziehen, damit Passer dem Leben, das er im Begriff war zu verlieren, weniger nachtrauerte.

Deshalb sagte er ihm: »Dauernd sagt man uns, wir lebten in einer großen Epoche. Clevis redet vom Ende des jüdisch-christlichen Zeitalters, andere sprechen vom Ende der europäischen Zivilisation, wieder andere von der Weltrevolution und vom Kommunismus, doch das sind alles Dummheiten. Wenn unsere Zeit eine Wende darstellt, liegt diese in etwas anderem.«

Passer sah ihm in die Augen, mit seinem strahlenden Blick, über dem sich die Erinnerung an die mächtige Mähne wölbte, von der drei silbrige Haare übriggeblieben waren.

Jan fuhr fort: »Kennst du die Geschichte vom englischen Lord?«

Passer schlug mit der Hand auf den Tisch und verneinte.

»Nach der Hochzeitsnacht sagt ein englischer Lord zu seiner Frau: Lady, ich hoffe, Sie sind schwanger. Ich möchte diese lächerlichen Bewegungen nicht noch ein zweites Mal wiederholen.«

Passer lächelte, schlug aber nicht mit der Faust auf den Tisch. Die Anekdote gehörte nicht zu der Sorte, die seine Begeisterung weckte.

Und Jan fuhr fort: »Keine Weltrevolution. Wir erleben eine große historische Epoche, in der die körperliche Liebe sich endgültig in lächerliche Bewegungen verwandelt.«

Auf Passers Gesicht zeichnete sich wieder ein feines Lächeln ab. Jan kannte es gut. Es war weder ein Lächeln der Freude noch der Zustimmung, sondern ein Lächeln der Toleranz. Sie waren einander nie sehr nahe gestanden, und wenn die Verschiedenheit in seltenen Augenblicken allzu offensichtlich wurde, warfen sie sich dieses Lächeln zu, um sich gegenseitig zu versichern, daß ihre Freundschaft dadurch keineswegs gefährdet sei.

11.

Warum hat er immer dieses Bild der Grenze vor Augen?

Er sagt sich, es komme daher, daß er älter werde: Die Dinge wiederholen sich und verlieren mit jeder Wiederholung ein Stück ihres Sinns. Oder besser gesagt, sie verlieren tropfenweise ihre vitale Kraft, die automatisch einen Sinn voraussetzt. Die Grenze bedeutet für Jan folglich ein Höchstmaß an zulässiger Wiederholbarkeit.

Eines Tages hatte er eine Theateraufführung besucht, in der ein sehr intelligenter Komiker mitten in einer Aktion ganz überraschend langsam und konzentriert zu zählen anfing: eins, zwei, drei, vier ... er sprach jede Zahl sehr nachdenklich aus, als sei sie ihm entwischt und als müsse er sie im ganzen Raum suchen: fünf, sechs, sieben, acht ... Bei fünfzehn fing das Publikum zu lachen an, und als er langsam und immer nachdenklicher bei hundert angelangt war, fielen die Leute von den Bänken.

In einer anderen Vorstellung setzte sich derselbe Komiker ans Klavier und begann, mit der linken Hand eine Walzerbegleitung zu spielen: mtata, mtata. Die Rechte ließ er hängen, man hörte keine Melodie, immer nur das gleiche mtata, mtata, er aber schaute vielsagend ins Publikum, als sei diese Walzerbegleitung eine wundervolle Musik, die Ergriffenheit, Applaus und Begeisterung verdiente. Er spielte ohne Unterbrechung, zwanzig-, dreißig-, fünfzig-, hundertmal das gleiche mtata, mtata, und die Leute erstickten fast vor Lachen.

Ja, wenn man die Grenze überschritten hat, erklingt ein schicksalhaftes Lachen. Aber wenn man noch weiter geht, *hinter* das Lachen?

Jan stellt sich vor, daß die griechischen Götter zunächst leidenschaftlich an den Abenteuern der Menschen teilgenommen hatten. Später dann blieben sie auf dem Olymp, schauten nur noch von oben zu und lachten laut. Und heute schlafen sie, schlafen seit langem.

Trotzdem glaube ich, daß Jan sich irrt, wenn er vermutet, daß die Grenze eine Linie ist, die das menschliche Leben an einer bestimmten Stelle durchtrennt, daß sie also eine Zäsur in der Zeit, eine bestimmte Sekunde auf der Uhr des menschlichen Lebens darstellt. Nein. Ich bin mir vielmehr sicher, daß die Grenze immerfort bei uns ist, unabhängig von der Zeit und von unserem Alter, daß sie allgegenwärtig ist, wenngleich je nach den Umständen einmal besser, einmal schlechter sichtbar.

Die Frau, die Jan so sehr geliebt hatte, hatte recht, als sie sagte, daß das, was sie am Leben hielt, nur ein Spinnfaden sei. Es genügt so wenig, ein leiser Windhauch, damit die Dinge sich kaum merklich verschieben und etwas, wofür wir gerade noch unser Leben hingegeben hätten, uns plötzlich nur noch wie ein inhaltsloser Unsinn vorkommt.

Jan hatte Freunde, die wie er ihre alte Heimat verlassen hatten und nun ihre ganze Zeit dem Kampf für die verlorene Freiheit widmeten. Alle hatten sie schon das Gefühl erlebt, daß das, was sie noch an ihre alte Heimat band, nur noch eine Illusion war und sie lediglich aufgrund irgendeiner Beharrlichkeit des Schicksals immer noch bereit waren, für etwas zu sterben, das ihnen gleichgültig geworden war. Alle kannten sie dieses Gefühl, fürchteten aber zugleich, es in den Blick zu nehmen, sie wandten den Kopf ab, um die Grenze nicht zu sehen und (erfaßt von einem Schwindelgefühl wie über einem Abgrund) hinüberzugleiten auf die andere Seite, dorthin, wo die Sprache ihres gequälten Volkes nur noch wie bedeutungsloses Vogelgezwitscher klingt.

Wenn Jan die Grenze für sich als Höchstmaß an zulässiger Wiederholbarkeit definiert hat, muß ich ihn jetzt korrigieren: die Grenze ist kein Resultat der Wiederholung. Die Wiederholung ist lediglich eine der Möglichkeiten, um die Grenze sichtbar zu machen. Die Grenzlinie ist staubbedeckt, und die Wiederholung ist wie die Geste einer Hand, die den Staub wegwischt.

Ich möchte Jan ein bemerkenswertes Erlebnis aus seiner Kindheit in Erinnerung rufen: Er war damals ungefähr dreizehn Jahre alt. Man unterhielt sich über Wesen, die auf anderen Planeten leben. Und er spielte mit der Vorstellung, daß diese Außerirdischen mit mehr erotischen Stellen ausgestattet wären als der Mensch, der Bewohner der Erde. Er, das Kind, das sich damals beim Anblick der gestohlenen Fotografie einer nackten Tänzerin heimlich Erregung verschaffte, hatte das Gefühl, daß die irdische Frau mit ihrem Schoß und den beiden Brüsten, diesem allzu einfachen Dreieck, eigentlich erotisch armselig sei. Er träumte von einem Wesen, das am Körper statt der kläglichen Triangel zehn oder zwanzig erotische Stellen gehabt und den Augen unerschöpfliche Erregung geschenkt hätte.

Damit will ich sagen, daß er mitten in seiner überlangen Laufbahn der Keuschheit bereits wußte, was es bedeutete, des weiblichen Körpers überdrüssig zu sein. Noch bevor er die Lust kennenlernte, war er in seinen Vorstellungen ans Ende der Erregung gelangt. Er hatte ihre Endlichkeit erkannt.

Somit hat er von Kindheit an in Sichtweite jener geheimnisvollen Grenze gelebt, jenseits derer eine weibliche Brust nichts als eine weiche, am Brustkasten hängende Beule ist. Die Grenze war von Anfang an sein Schicksal. Der dreizehnjährige Jan, der sich nach zusätzlichen erotischen Stellen am weiblichen Körper sehnte, kannte sie genausogut wie der dreißig Jahre ältere Jan.

12.

Es war windig und matschig. Am offenen Grab standen in ungeordnetem Halbkreis die Trauergäste. Jan war dort, und fast alle seine Bekannten, die Schauspielerin Hanna, die Familie Clevis, Barbara, und natürlich die Passers: die Frau, der weinende Sohn und die Tochter.

Zwei Männer in abgetragenen Anzügen hoben die Seile hoch, auf denen der Sarg ruhte. Im selben Augenblick trat ein nervöser Mann mit einem Blatt Papier in der Hand ans Grab, drehte sich mit dem Gesicht den Totengräbern zu, schaute aufs Papier und begann laut zu lesen. Die Totengräber sahen ihn an, zögerten kurz, ob sie den Sarg nicht wieder neben dem Grab abstellen sollten, ließen ihn dann aber langsam in die Grube gleiten, als hätten sie beschlossen, dem Toten das Anhören einer vierten Rede zu ersparen.

Das unerwartete Verschwinden des Sarges brachte den Redner aus dem Konzept. Seine Ansprache war in der zweiten Person Singular abgefaßt. Er redete den Toten an, machte ihm Versprechungen, stimmte ihm zu, beschwichtigte ihn, dankte ihm und beantwortete dessen vorausgesetzte Fragen. Der Sarg war am Boden der Grube angelangt, die Totengräber zogen die Seile herauf und blieben bescheiden neben dem Grab stehen. Als sie merkten, wie eindringlich der Mann auf sie einredete, senkten sie verlegen die Köpfe.

Je stärker dem Redner das Unpassende der Situation bewußt wurde, desto mehr war er von den beiden düsteren Gestalten fasziniert, und er mußte den Blick fast gewaltsam von ihnen losreißen. Er drehte sich in Richtung des Halbkreises der Trauergäste. Aber auch jetzt klang seine Rede in der zweiten Person nicht besser, denn es machte den Eindruck, als habe sich der Verstorbene irgendwo in der Menge versteckt.

Wohin sollte der Redner schauen? Er heftete seinen Blick ängstlich aufs Blatt, und obwohl er die Ansprache auswendig konnte, klebte er weiter an den Buchstaben.

Alle Anwesenden wurden von einer Art Unruhe erfaßt, die noch verstärkt wurde durch hysterische Windstöße, die jeden Moment an ihnen rüttelten. Vater Clevis hatte seinen Hut sorgfältig auf den Scheitel gedrückt, der Wind war jedoch so heftig, daß er ihn plötzlich vom Kopf riß und zwischen dem offenen Grab und der Familie Passer, die in der ersten Reihe stand, zu Boden schweben ließ.

Im ersten Augenblick wollte er sich durch die Menge zwängen und seinem Hut nachlaufen, er unterließ es jedoch, da eine solche Reaktion den Eindruck erzeugt hätte, sein Hut sei ihm wichtiger als der Ernst der Zeremonie zu Ehren seines Freundes. Vater Clevis beschloß also, nicht zu stören und so zu tun, als sei nichts passiert. Doch das war keine gute Lösung. Von dem Moment an, da der Hut einsam auf dem Erdstreifen vor dem Grab lag, wurde die Trauergemeinde noch unruhiger und war absolut unfähig, den Worten des Redners zu folgen. Trotz seiner bescheidenen Reglosigkeit störte der Hut die Zeremonie viel mehr, als wenn Clevis die paar Schritte gemacht und ihn aufgehoben hätte. Also sagte er zu der Person, die vor ihm stand, Verzeihung, und schob sich durch die Menge. So stand er bald auf der freien Fläche (die einer kleinen Bühne glich) zwischen dem Grab und der Trauergemeinde. Er bückte sich, streckte seinen Arm aus, doch in diesem Augenblick schob ein erneuter Windstoß den Hut ein Stück weiter, zu Füßen des Redners.

Nun konnte niemand mehr an etwas anderes denken als an Vater Clevis und seinen Hut. Der Redner ahnte nichts von dem Hut, spürte aber, daß etwas unter seinen Zuhörern vorging. Er hob den Blick von seinem Papier und schaute überrascht auf den Unbekannten, der zwei Schritte vor ihm stand und ihn anschaute, als wollte er ihn anspringen. Rasch senkte er wieder den Blick; vielleicht in der Hoffnung, das unglaubliche Phantom wäre verschwunden, wenn er wieder aufschaute. Doch als er es tat, stand der Mann immer noch vor ihm und schaute ihn unverwandt an.

Vater Clevis konnte jetzt nämlich weder vor noch zurück. Sich vor die Füße des Redners zu werfen, schien ihm deplaziert, ohne Hut zurückzukehren lächerlich. Also stand er regungslos da, gebannt durch seine Unentschlossenheit, und wartete vergeblich auf eine Lösung.

Er wünschte sich, daß jemand ihm helfe. Sein Blick fiel auf die Totengräber. Sie standen reglos auf der anderen Seite des Grabes und starrten auf die Füße des Redners.

In diesem Augenblick kam ein neuer Windstoß auf und schob den Hut langsam auf den Rand des Grabes zu. Clevis faßte einen Entschluß. Er machte einen energischen Schritt, streckte den Arm aus und bückte sich. Der Hut entwich ihm, wich vor ihm zurück, bis er zuletzt fast vor seinen Fingern über den Rand rutschte und in die Tiefe fiel.

Clevis streckte noch einmal den Arm nach ihm aus, als wollte er ihn zurückrufen, beschloß dann aber plötzlich, so zu tun, als hätte es den Hut nie gegeben und als stehe er nur dank eines völlig belanglosen Zufalls hier am Rand des Grabes. Er bemühte sich, völlig natürlich und gelöst zu wirken, was aber schwierig war, da aller Augen auf ihm ruhten. Mit krampfhaft verzerrtem Gesicht versuchte er, niemanden zu sehen und ordnete sich in die erste Reihe ein, in der Passers Sohn schluchzte.

Als das drohende Phantom des Mannes, der zum Sprung angesetzt hatte, verschwunden war, beruhigte sich der Mann mit dem Papier wieder und hob den Blick zur Menge (die ihn überhaupt nicht mehr hörte), um den letzten Satz seiner Ansprache vorzutragen. Während er sich den Totengräbern zuwandte, sagte er sehr feierlich: »Victor Passer, all jene, die dich geliebt haben, werden dich nie vergessen. Möge dir die Erde leicht sein.«

Er beugte sich über den Erdhaufen neben dem Grab, in dem eine kleine Schaufel stak, nahm Erde und neigte sich über die Grube. In diesem Moment wogte eine Welle unterdrückten Lachens durch die Trauergemeinde. Denn alle stellten sich vor, daß der Redner, der mit der vollen Schaufel in der Hand einen Moment lang erstarrte und reglos in die Tiefe schaute, auf dem Grund der Grube einen Sarg und darauf einen Hut sah, als hätte der Tote aus dem eitlen Wunsch heraus, bei einem so feierlichen Anlaß würdig zu erscheinen, nicht barhäuptig sein wollen.

Der Redner beherrschte sich, warf die Erde auf den Sarg und achtete darauf, daß der Hut nicht getroffen wurde, als versteckte sich darunter tatsächlich Passers Kopf. Dann reichte er die Schaufel der Witwe. Ja, alle mußten den Kelch der Versuchung bis zur Neige leeren. Alle mußten diesen entsetzlichen Kampf gegen das Lachen ausfechten. Alle, die Ehefrau und der schluchzende Sohn nicht ausgenommen, mußten eine Schaufel Erde nehmen und sich dann über die Grube beugen, in der ein Sarg mit einem aufgesetzten Hut lag, als streckte Passer mit seiner unverwüstlichen Vitalität und seinem unverwüstlichen Optimismus daraus seinen Kopf hervor.

13.

In Barbaras Villa waren ungefähr zwanzig Leute versammelt. Sie saßen alle im großen Salon auf der Couch, in den Fauteuils, auf dem Boden. In der Mitte, im Kreis der zerstreuten Blicke der Gäste, bewegte und verrenkte sich ein Mädchen, das angeblich aus einem Städtchen vom Lande gekommen war.

Barbara saß in einem breiten Plüschsessel: »Dauert das nicht etwas lange?« sagte sie und schaute das Mädchen streng an.

Das Mädchen sah sie ebenfalls an und beschrieb mit den Schultern Bewegungen, als wollte sie auf alle Anwesenden hinweisen und sich über deren Desinteresse und Unkonzentriertheit beschweren. Doch die Strenge von Barbaras Blick ließ eine stumme Ausrede nicht zu, und das Mädchen begann, ohne ihre ausdruckslosen, unverständlichen Bewegungen zu unterbrechen, die Bluse aufzuknöpfen.

Von da an sah Barbara nicht mehr sie an, sondern ließ den Blick über alle Anwesenden schweifen, die, wenn sie ihn auffingen, zu plaudern aufhörten und die Augen gehorsam dem sich ausziehenden Mädchen zuwandten. Barbara zog ihren Rock hoch, legte sich eine Hand zwischen die Schenkel und richtete ihre Blicke herausfordernd in alle Ecken des Salons, als turnte sie etwas vor und verfolgte zugleich aufmerksam, ob ihre Gymnastikübung auch nachgemacht werde.

Dann nahmen die Dinge ihren eigenen, gemächlichen, aber bestimmten Lauf, das Mädchen vom Land war schon lange nackt und lag in den Armen irgendeines Mannes, und die anderen verteilten sich auf die übrigen Zimmer. Barbara freilich war allgegenwärtig, stets wachsam und unendlich anspruchsvoll. Sie duldete es nicht, daß die Gäste sich in Pärchen aufteilten und in irgendwelche Ecken verzogen. Jetzt wandte sie sich wütend an ein Mädchen, dem Jan den Arm um die Schulter gelegt hatte: »Für ein Schäferstündchen kannst du zu ihm nach Hause gehen. Hier bist du in Gesellschaft.« Und sie nahm sie an der Hand und schleifte sie in ein Nebenzimmer.

Jan fing den Blick eines sympathischen jungen Mannes mit Glatze auf, der etwas abseits saß und Barbaras Eingreifen beobachtet hatte. Sie lächelten einander zu. Der Glatzkopf trat zu Jan, und Jan sagte: »Marschall Barbara.«

Der Glatzkopf lachte und sagte: »Sie ist eine Trainerin, die uns für ein olympisches Finale vorbereitet.«

Dann sahen sie gemeinsam zu Barbara hinüber und beobachteten deren weiteres Tun.

Sie kniete vor einen Mann und eine Frau nieder, die sich gerade liebten, schob ihren Kopf zwischen die Gesichter der beiden und saugte sich an den Lippen der Frau fest. Voller Respekt vor Barbara löste sich der Mann von seiner Partnerin, offenbar in der Annahme, Barbara wolle sie für sich allein. Barbara umarmte die Frau, zog sie an sich, beide lagen aneinandergeschmiegt auf der Seite, während der Mann, bescheiden und ehrfurchtsvoll, vor ihnen stand. Ohne daß sie aufhörte, die Frau zu küssen, hob Barbara eine Hand und beschrieb damit in der Luft einen Kreis. Der Mann begriff, daß diese Aufforderung ihm galt, wußte aber nicht, ob sie ihm zu bleiben befahl oder ihn wegschickte. Gespannt beobachtete er die Hand, deren Bewegung immer energischer und ungeduldiger wurde. Schließlich löste Barbara ihre Lippen vom Mund der Frau und äußerte ihren Wunsch laut. Der Mann nickte, legte sich wieder auf den Boden und preßte sich von hinten an die Frau, die nun zwischen ihm und Barbara gefangen war.

»Wir sind alle Gestalten aus Barbaras Traum«, sagte Jan.

»Ja«, erwiderte der Glatzkopf »Aber es klappt nie ganz, wie es sollte. Barbara ist wie ein Uhrmacher, der die Zeiger seiner Uhr selbst vorwärts schieben muß.«

Als es Barbara gelungen war, die Position des Mannes zu verändern, verlor sie das Interesse an der Frau, die sie gerade noch leidenschaftlich geküßt hatte. Sie stand auf und trat zu einem sehr jungen Liebespaar, das sich in einer Ecke ängstlich aneinanderkuschelte. Sie waren beide nur zur Hälfte ausgezogen, und der Junge versuchte, mit seinem Körper den Körper des Mädchens zu bedecken. Wie Statisten auf einer Opernbühne, die stumm den Mund öffnen und sinnlos gestikulieren, um ein angeregtes Gespräch vorzutäuschen, versuchten die beiden, so gut wie möglich anzudeuten, daß sie ganz voneinander eingenommen waren, nur um unauffällig und vor dem Interesse anderer geschützt zu bleiben.

Barbara ließ sich von diesem Spiel jedoch nicht täuschen, kniete sich neben ihnen nieder, streichelte eine Weile ihre Haare, redete auf sie ein. Dann verschwand sie in einem Nebenraum und kam in Begleitung dreier nackter Männer zurück. Sie kniete sich abermals zu dem Liebespar, nahm den Kopf des jungen Mannes in ihre Hände und küßte ihn. Gelenkt durch die unhörbaren Befehle von Barbaras Augen, beugten sich die drei nackten Männer über das Mädchen und zogen ihr die restlichen Kleidungsstücke aus.

»Wenn alles vorbei ist, kommt die Vollversammlung«, sagte der Glatzkopf. »Barbara wird uns alle zusammentrommeln und in einem Halbkreis um sich herum Platz nehmen lassen, dann wird sie sich vor uns hinstellen, ihre Brille aufsetzen und analysieren, was wir gut und was wir schlecht gemacht haben, sie wird die Fleißigen loben und die Drückeberger tadeln.«

Die schüchternen Liebenden teilten ihre Körper endlich mit anderen. Barbara erhob sich von ihnen und ging auf die beiden Männer zu. Sie lächelte Jan kurz an und trat zum Glatzkopf. Fast im selben Augenblick wurde Jan sanft von dem Mädchem vom Lande berührt, die den Abend mit ihrem Striptease eröffnet hatte. Er sagte sich, daß Barbaras große Uhr doch nicht so schlecht funktionierte.

Die junge Frau nahm sich Jans mit eifrigem Fleiß an, seine Augen wanderten jedoch immer wieder auf die andere Seite des Zimmers zum Glatzkopf, dessen Glied von Barbaras Hand bearbeitet wurde. Die beiden Paare waren in der gleichen Situation. Die vornübergeneigten Frauen beschäftigten sich auf die gleiche Weise mit der gleichen Sache und sahen aus wie fleißige Gärtnerinnen über einem Blumenbeet. Das eine Paar schien nur das Spiegelbild des andern zu sein. Die Blicke der beiden Männer trafen sich, und Jan sah, wie der Körper des Glatzkopfs vor verhaltenem Lachen geschüttelt wurde. Und weil sie miteinander verbunden waren wie eine Sache mit ihrem Spiegelbild, mußte der eine, wenn der andere sich schüttelte, es ebenfalls tun. Jan wandte den Kopf ab, damit das Mädchen, das ihn liebkoste, sich nicht verletzt fühlte. Doch sein Spiegelbild zog ihn unwiderstehlich an. Er blickte erneut zu ihm hinüber und sah die vor unterdrücktem Lachen geweiteten Augen des Glatzkopfs. Die beiden waren durch eine mindestens fünffache telepathische Leitung miteinander verbunden. Nicht nur, daß jeder wußte, was der andere dachte, sie wußten auch, daß sie es voneinander wußten. Und es gingen ihnen alle Vergleiche durch den Kopf, mit denen sie Barbara zuvor bedacht hatten, und sie entdeckten immer noch mehr. Sie sahen einander an, wichen sich mit den Blicken aber aus, weil sie wußten, daß ein Lachen in diesem Moment das gleiche Sakrileg gewesen wäre, wie ein Lachen in der Kirche im Augenblick, da der Priester die Hostie in die Höhe hält. Kaum aber flog dieser Vergleich durch die beiden Köpfe, wurde ihre Lust zu lachen noch größer. Sie waren zu schwach. Das Lachen war stärker. Ihre Körper schüttelten sich hemmungslos.

Barbara schaute ins Gesicht ihres Partners. Der Glatzkopf kapitulierte und lachte aus vollem Hals. Als ahnte sie, wo der Quell des Bösen war, drehte sie sich um zu Jan. Das Mädchen vom Land flüsterte ihm gerade zu: »Was hast du? Warum weinst du?«

Doch da stand Barbara bereits neben ihm und zischte: »Glaub bloß nicht, daß du mir hier Passers Begräbnis nachspielen kannst!«

»Sei nicht böse«, sagte Jan lachend, während Tränen über seine Wangen liefen.

Sie bat ihn zu gehen.

14.

Vor seiner Abreise nach Amerika fuhr er mit Edwige ans Meer. Auf eine verlassene Insel mit einigen Miniaturdörfchen, mit Wiesen, auf denen träge Schafe weideten, und einem einzigen Hotel mit eingezäuntem Badestrand. Sie hatten jeder ein Zimmer für sich.

Er klopfte an ihre Tür. Aus der Tiefe des Raums forderte ihre Stimme ihn auf einzutreten. Im Innern sah er niemanden. »Ich bin pinkeln«, rief sie ihm durch die halboffene Toilettentür zu.

Das kannte er. Selbst wenn sie eine zahlreiche Gesellschaft bei sich zu Besuch hatte, konnte sie seelenruhig verkünden, sie gehe jetzt pinkeln, und sich dann durch die angelehnte Toilettentür weiterunterhalten. Es war weder Koketterie noch Schamlosigkeit. Im Gegenteil: es war die absolute Aufhebung von Koketterie und Schamlosigkeit.

Edwige ließ keine Traditionen gelten, die wie Gewichte auf dem Menschen lasteten. Sie weigerte sich anzuerkennen, daß ein nacktes Gesicht anständig und ein nackter Hintern unanständig sei. Sie sah nicht ein, weshalb die salzige Flüssigkeit, die aus unseren Augen tropft, edel und poetisch sein, wogegen die Flüssigkeit, die wir aus unserem Bauch lassen, Ekel erregen sollte. Das alles kam ihr dumm, künstlich und unvernünftig vor, und sie reagierte auf diese Konventionen wie ein trotziges Kind auf die Hausordnung eines katholischen Internats.

Als sie aus der Toilette kam, lächelte sie Jan an und hielt ihm beide Wangen zum Kuß hin: »Gehn wir an den Strand?«

Er war einverstanden.

»Die Kleider kannst du hierlassen«, sagte sie und zog den Morgenrock aus, unter dem sie nackt war.

Für Jan war es immer ein bißchen ungewöhnlich, sich vor anderen auszuziehen, und er schaute Edwige fast neidisch an, weil sie sich in ihrer Nacktheit bewegte, als trüge sie ein bequemes Hauskleid. Ja, sie bewegte sich sogar noch natürlicher, als wenn sie angezogen war, als hätte sie durch das Wegwerfen der Kleider auch das beschwerliche Los einer Frau abgeworfen, um ein bloßes menschliches Wesen ohne Geschlechtsmerkmale zu werden. Als läge das Geschlecht in den Kleidern, als bedeutete die Nacktheit einen Zustand sexueller Neutralität.

Nackt gingen sie die Treppe hinunter zum Strand, wo gruppenweise nackte Leute herumsaßen, herumspazierten oder badeten: nackte Mütter mit nackten Kindern, nackte Omas mit nackten Enkeln, nackte Jugendliche und nackte Greise. Es gab hier entsetzlich viele Frauenbrüste verschiedenster Formen, hübsche, weniger hübsche, häßliche, riesige und runzlige. Jan stellte melancholisch fest, daß alte Brüste neben jungen nicht jünger aussahen, sondern junge vielmehr älter, und daß insgesamt alle gleich bizarr und bedeutungslos waren.

Und abermals wurde er von der unklaren und geheimnisvollen Vorstellung der Grenze überwältigt. Ihm schien, als befände er sich direkt davor, als sei er im Begriff, sie zu überschreiten. Und er wurde von einer merkwürdigen Traurigkeit erfaßt, und aus dieser Traurigkeit tauchte wie aus einem Nebel ein noch seltsamerer Gedanke auf: die Juden hatten die Gaskammern in Hitlers Konzentrationslagern scharenweise und nackt betreten. Er verstand nicht recht, weshalb sich ihm diese Vorstellung so unauslöschlich aufdrängte und was sie ihm eigentlich sagen wollte. Vielleicht, daß sich auch die Juden in jenem Moment *jenseits der Grenze* befunden hatten und die Nacktheit die Uniform der Menschen auf der anderen Seite war. Daß die Nacktheit ein Totenhemd war.

Die Traurigkeit, die Jan angesichts der nackten Körper am Strand ergriffen hatte, wurde immer unerträglicher. Er sagte: »Seltsam, alle diese nackten Körper.«

Sie pflichtete ihm bei: »Ja. Und das Seltsamste ist, daß alle diese Körper schön sind. Schau, auch alte, auch kranke Körper sind schön, weil es bloße Körper sind, Körper ohne Kleider. Sie sind schön wie die Natur. Ein alter Baum ist schließlich nicht weniger schön als ein junger, und ein kranker Löwe ist immer noch der König der Tiere. Die menschliche Häßlichkeit ist eine Häßlichkeit der Kleider.«

Edwige und er hatten sich nie verstanden, waren aber dennoch immer gleicher Meinung. Jeder legte die Worte des andern auf seine Weise aus, und so herrschte zwischen ihnen eine wundervolle Harmonie. Eine wundervolle Solidarität, die auf Unverständnis beruhte. Er war sich dessen bewußt, und es behagte ihm fast schon.

Sie spazierten langsam den Strand entlang, der Sand unter ihren Füßen brannte, ins Rauschen des Meeres mischte sich das Blöken eines Widders, und unter den Ästen eines Olivenbaums weidete ein schmutziges Schaf ein Inselchen versengten Grases ab. Jan dachte an Daphnis. Er liegt da, berauscht durch die Nacktheit von Chloës Körper, er ist erregt, weiß aber nicht, wozu diese Erregung ihn auffordert, es bleibt eine Erregung ohne Ende und ohne Erfüllung, unabsehbar, endlos. Jans Herz krampfte sich vor grenzenloser Wehmut zusammen, und er wollte zurück zu diesem Knaben. Zurück zu seinen eigenen Anfängen, zurück zu den Anfängen der Menschheit, zurück zu den Anfängen der Liebe. Er sehnte sich nach dem Verlangen. Sehnte sich nach dem Herzklopfen. Er sehnte sich danach, neben Chloë zu liegen und nicht zu wissen, was körperliche Liebe war. Nicht zu wissen, was Lust war. Sich in bloße Erregung zu verwandeln, in die lange und geheimnisvolle, unverständliche und wunderbare Erregung des Mannes angesichts des Körpers der Frau. Und er sagte laut: »Daphnis!«

Das Schaf fraß weiter das versengte Gras, und er wiederholte noch einmal seufzend: »Daphnis, Daphnis...«

»Du rufst Daphnis?«

»Ja«, sagte er, »ich rufe Daphnis.«

»Das ist gut«, sagte Edwige, »wir müssen zu ihm zurückkehren. Dorthin zurückkehren, wo der Mensch noch nicht vom Christentum verstümmelt war. Meinst du es so?«

»Ja«, sagte Jan, obwohl er etwas ganz anderes dachte.

»Dort gäbe es vielleicht noch ein kleines Paradies der Natürlichkeit«, fuhr sie fort. »Schafe und Hirten. Menschen, die der Natur gehören. Freiheit der Sinne. Das ist Daphnis für dich, nicht wahr?«

Er bestätigte abermals, daß er genau so denke, und Edwige sagte: »Ja, du hast recht, das hier ist Daphnis' Insel!«

Da es ihn amüsierte, ihre wechselseitige, auf Unverständnis beruhende Übereinstimmung weiterzuspinnen, fügte er hinzu: »Und das Hotel, in dem wir wohnen, sollte *Auf der anderen Seite* heißen.«

»Ja«, jubelte Edwige. »Auf der anderen Seite dieser unmenschlichen Welt, in der wir durch unsere Zivilisation eingekerkert sind!«

Kleine Gruppen nackter Menschen näherten sich ihnen, und Edwige stellte ihnen Jan vor. Die Leute gaben ihm die Hand, verneigten sich, nannten ihre Titel und sagten, es freue sie, ihn kennenzulernen. Dann wurden einige Themen diskutiert: die Temperatur des Wassers, die Heuchelei der

Gesellschaft, die Körper und Seele verkrüppeln lasse, die Schönheit der Insel.

Zum letzten Thema bemerkte Edwige: »Jan hat gerade gesagt, es sei Daphnis' Insel. Ich denke, das trifft genau zu.«

Alle waren über diesen Einfall entzückt, und ein Mann mit ungewöhnlich dickem Bauch spann diesen Gedanken weiter, indem er behauptete, die westliche Zivilisation stehe vor dem Untergang und die Menschheit werde sich endlich von der unterjochenden Last jüdisch-christlicher Tradition befreien. Es waren Sätze, die Jan schon zehn-, zwanzig-, dreißig-, hundert-, fünfhundert-, tausendmal gehört hatte, und nach einer Weile schien ihm, als hätten sich diese wenigen Meter Strand in ein Auditorium verwandelt. Der Mann redete, die anderen hörten ihm interessiert zu, und ihre entblößten Geschlechtsteile starrten stumpf, traurig und teilnahmslos in den gelben Sand.

Neue deutschsprachige Literatur in den suhrkamp taschenbüchern

Aschenbeck, Udo: Südlich von Tokio. st 1409
Bauer, Margrit: Überleben. Eine unsystematische Ermittlung gegen die Not aller Tage. st 1098
Behrens, Katja: Die weiße Frau. Erzählungen. st 655
Berkéwicz, Ulla: Josef stirbt. Erzählung. st 1125
– Michel, sag ich. st 1530
Blatter, Silvio: Kein schöner Land. Roman. st 1250
– Love me Tender. Erzählung. st 883
– Schaltfehler. Erzählungen. st 743
– Die Schneefalle. Roman. st 1170
– Wassermann. Roman. st 1597
– Zunehmendes Heimweh. Roman. st 649
Böni, Franz: Die Fronfastenkinder. Aufsätze 1966-1985. Mit einem Nachwort von Ulrich Horn. st 1219
Brasch, Thomas: Der schöne 27. September. Gedichte. st 903
Buch, Hans Christoph: Die Hochzeit von Port-au-Prince. Roman. st 1260
– Jammerschoner. Sieben Nacherzählungen. st 815
– Karibische Kaltluft. Berichte und Reportagen. st 1140
Cailloux, Bernd: Intime Paraden. Erzählungen. st 1707
Dinkelmann, Fritz H.: Das Opfer. Roman. st 1591
Fritsch, Werner: Cherubim. st 1672
Gall, Herbert: Deleatur. Notizen aus einem Betrieb. st 639
Genzmer, Herbert: Cockroach Hotel. Ängste. st 1243
– Freitagabend. st 1540
– Manhattan Bridge. Geschichte einer Nacht. st 1396
Goetz, Rainald: Irre. Roman. st 1224
Hänny, Reto: Flug. st 1649
Hengstler, Wilhelm: Die letzte Premiere. Geschichten. st 1389
Horstmann, Ulrich: Das Glück von Omb'assa. Phantastischer Roman. PhB 141. st 1088
– Das Untier. Konturen einer Philosophie der Menschenflucht. st 1172
Hürlimann, Thomas: Die Tessinerin. Geschichten. st 985
Innerhofer, Franz: Die großen Wörter. Roman. st 563
– Schattseite. Roman. st 542
– Schöne Tage. Roman. st 349
Kirchhoff, Bodo: Dame und Schwein. Geschichten. st 1549
– Die Einsamkeit der Haut. Prosa. st 919
– Ferne Frauen. Erzählungen. st 1691
– Mexikanische Novelle. st 1367

250/1/8.90

Neue deutschsprachige Literatur
in den suhrkamp taschenbüchern

Kirchhoff, Bodo: Ohne Eifer, ohne Zorn. Novelle. st 1301
– Zwiefalten. Roman. st 1225
Kiss, Ady Henry: Da wo es schön ist. st 914
Klix, Bettina: Tiefenrausch. Aufzeichnungen aus der Großstadt. st 1281
Kolleritsch, Alfred: Gedichte. Ausgewählt und mit einem Vorwort versehen von Peter Handke. st 1590
– Die grüne Seite. Roman. st 323
Konrad, Marcel: Stoppelfelder. Roman. st 1348
Laederach, Jürg: Laederachs 69 Arten den Blues zu spielen. st 1446
– Nach Einfall der Dämmerung. Erzählungen und Erzählungen. st 814
– Sigmund oder Der Herr der Seelen tötet seine. st 1235
Leutenegger, Gertrud: Gouverneur. st 1341
– Ninive. Roman. st 685
– Vorabend. Roman. st 642
Meinecke, Thomas: Mit der Kirche ums Dorf. Kurzgeschichten. st 1354
Meyer, E. Y.: Eine entfernte Ähnlichkeit. Erzählungen. st 242
– In Trubschachen. Roman. st 501
– Ein Reisender in Sachen Umsturz. Erzählungen. Neufassung. st 927
– Die Rückfahrt. Roman. st 578
Morshäuser, Bodo: Die Berliner Simulation. Erzählung. st 1293
– Blende. Erzählung. st 1585
– Nervöse Leser. Erzählung. st 1715
Neumeister, Andreas: Äpfel vom Baum im Kies. st 1748
Offenbach, Judith: Sonja. Eine Melancholie für Fortgeschrittene. st 688
Pedretti, Erica: Harmloses, bitte. st 558
– Heiliger Sebastian. Roman. st 769
– Sonnenaufgänge Sonnenuntergänge. Erzählungen. st 1653
Pietsch, Nikolaus: Der Gefangene von Heidelberg. st 1129
Rosei, Peter: Der Fluß der Gedanken durch den Kopf. Logbücher. st 1656
– Reise ohne Ende. Aufzeichnungsbücher. st 875
Rothmann, Ralf: Messers Schneide. Erzählung. st 1633
Schertenleib, Hansjörg: Die Ferienlandschaft. Roman. st 1277
Schimmang, Jochen: Das Ende der Berührbarkeit. Eine Erzählung. st 739
– Der schöne Vogel Phönix. Erinnerungen eines Dreißigjährigen. st 527
Schleef, Einar: Gertrud. st 942
Sloterdijk, Peter: Der Zauberbaum. Die Entstehung der Psychoanalyse im Jahr 1785. Ein epischer Versuch zur Philosophie der Psychologie. st 1445

250/2/8.90

Neue deutschsprachige Literatur
in den suhrkamp taschenbüchern

Stark, Angelika: Liebe über Leichen. st 1099
Strätz, Harald: Frosch im Hals. Erzählungen. st 938
Struck, Karin: Lieben. Roman. st 567
– Die Mutter. Roman. st 489
– Trennung. Erzählung. st 613
Wachenfeld, Volker: Camparirot. Eine sizilianische Geschichte. st 1608
– Keine Lust auf Pizza. Roeders Story. st 1347
Wigger, Daniel: Auch Spinnen vollführen Balzgesänge. st 1550
Winkler, Josef: Der Ackermann aus Kärnten. Roman. st 1043
– Menschenkind. Roman. st 1042
– Muttersprache. Roman. st 1044
Zschorsch, Gerald: Glaubt bloß nicht, daß ich traurig bin. Prosa, Lieder, Gedichte. Mit einem Text von Rudi Dutschke. st 1784

250/3/8.90

suhrkamp taschenbücher
Eine Auswahl

265/1/11.93

suhrkamp taschenbücher
Eine Auswahl

Capote: Die Grasharfe. st 1796
Carpentier: Explosion in der Kathedrale. st 370
– Die Harfe und der Schatten. st 1024
Carroll: Schlaf in den Flammen. st 1742
Celan: Gesammelte Werke in fünf Bänden. st 1331/1332
Cioran: Syllogismen der Bitterkeit (1952). st 607
Clarín: Die Präsidentin. st 1390
Cortázar: Bestiarium. st 543
– Die Gewinner. st 1761
– Ein gewisser Lukas. st 1937
– Rayuela. st 1462
Dalos: Die Beschneidung. st 2166
Dorst: Merlin oder Das wüste Land. st 1076
Duerr: Sedna oder die Liebe zum Leben. st 1710
Duras: Hiroshima mon amour. st 112
– Der Liebhaber. st 1629
– Der Matrose von Gibraltar. st 1847
– Sommerregen. st 2284
Eich: Fünfzehn Hörspiele. st 120
Eliade: Auf der Mântuleasa-Straße. st 1826
Elias: Mozart. st 2198
– Über den Prozeß der Zivilisation. Soziogenetische und psychogenetische Untersuchungen. st 2259
Enzensberger: Ach Europa! st 1690
– Gedichte. st 1360
– Mittelmaß und Wahn. st 1800
Enzensberger: Zukunftsmusik. st 2223
Federspiel: Geographie der Lust. st 1895
– Die Liebe ist eine Himmelsmacht. st 1529
Feldenkrais: Abenteuer im Dschungel des Gehirns. st 663
– Bewußtheit durch Bewegung. st 429
– Die Entdeckung des Selbstverständlichen. st 1440
– Das starke Selbst. st 1957
Fleißer: Abenteuer aus dem Englischen Garten. st 925
– Eine Zierde für den Verein. st 294
Frisch: Gesammelte Werke in zeitlicher Folge. 7 Bde. st 1401-1407
– Andorra. st 277
– Homo faber. st 354
– Mein Name sei Gantenbein. st 286
– Montauk. st 700
– Stiller. st 105
– Der Traum des Apothekers von Locarno. st 2170
Fromm / Suzuki / Martino: Zen-Buddhismus und Psychoanalyse. st 37
Fuentes: Nichts als das Leben. st 343
Gandhi: Mein Leben. st 953
García Lorca: Dichtung vom Cante Jondo. st 1007
Goetz: Irre. st 1224
Gulyga: Immanuel Kant. st 1093
Handke: Die Angst des Tormanns beim Elfmeter. st 27

265/2/11.93

265/3/11.93

265/4/11.93

suhrkamp taschenbücher
Eine Auswahl

Museum der modernen Poesie. st 476
Neruda: Liebesbriefe an Albertina Rosa. st 829
Nizon: Im Bauch des Wals. st 1900
Nooteboom: In den niederländischen Bergen. st 2253
– Mokusei! Eine Liebesgeschichte. st 2209
O'Brien: Der dritte Polizist. st 1810
Onetti: So traurig wie sie. st 1601
Oz: Bericht zur Lage des Staates Israel. st 2192
– Black Box. st 1898
– Eine Frau erkennen. st 2206
– Der perfekte Frieden. st 1747
Paz: Essays. 2 Bde. st 1036
– Gedichte. st 1832
Penzoldt: Idolino. st 1961
Percy: Der Idiot des Südens. st 1531
Plenzdorf: Legende vom Glück ohne Ende. st 722
– Die neuen Leiden des jungen W. st 300
Poniatowska: Stark ist das Schweigen. st 1438
Praetorius: Reisebuch für den Menschenfeind. st 2203
Proust: Auf der Suche nach der verlorenen Zeit. 10 Bde. st
Puig: Der Kuß der Spinnenfrau. st 869
– Der schönste Tango der Welt. st 474
Ribeiro: Brasilien, Brasilien. st 1835
Rochefort: Zum Glück gehts dem Sommer entgegen. st 523
Rodoreda: Auf der Plaça del Diamant. st 977
Rothmann: Stier. st 2255
Rubinstein: Nichts zu verlieren und dennoch Angst. st 2230
Russell: Eroberung des Glücks. st 389
Sanzara: Das verlorene Kind. st 910
Semprún: Die große Reise. st 744
– Was für ein schöner Sonntag. st 972
Sloterdijk: Der Zauberbaum. st 1445
Späth: Stilles Gelände am See. st 2289
Sternberger: Drei Wurzeln der Politik. st 1032
Strugatzki / Strugatzki: Die häßlichen Schwäne. st 1275
– Eine Milliarde Jahre vor dem Weltuntergang. st 1338
Tendrjakow: Die Abrechnung. st 965
Unseld: Der Autor und sein Verleger. st 1204
– Begegnungen mit Hermann Hesse. st 218
Vargas Llosa: Der Geschichtenerzähler. st 1982
– Der Hauptmann und sein Frauenbataillon. st 959
– Der Krieg am Ende der Welt. st 1343
– Lob der Stiefmutter. st 2200
– Tante Julia und der Kunstschreiber. st 1520

265/5/11.93

265/6/11.93